Gallmeister

LE CŒUR DE L'HIVER

DU MÊME AUTEUR

Western Star, 2021
Une évidence trompeuse, 2020 ; Points, 2021
Dry Bones, 2019 ; Points, 2021
Tout autre nom, 2018 ; Points, 2020
La Dent du serpent, 2017 ; Points, 2019
À vol d'oiseau, 2016 ; Points, 2018
Steamboat, 2015
Tous les démons sont ici, 2015 ; Points, 2018
Molosses, 2014 ; Points, 2016
Dark Horse, 2013 ; Points, 2015
Enfants de poussière, 2012 ; totem n°36
L'Indien blanc, 2011 ; totem n°26
Le Camp des morts, 2010 ; totem n°16
Little Bird, 2009 ; totem n°9

Craig Johnson

LE CŒUR DE L'HIVER

Roman

Traduit de l'américain
par Sophie Aslanides

Gallmeister

FICTION

Titre original: DEPTH OF WINTER

ISBN 978-2-35178-217-0
ISSN 1956-0982

Photo de l'auteur © Craig Johnson
Illustration de couverture © Giordano Poloni
Conception graphique : Aurélie Bert

Pour Anna, Greg, et le reste de leur vie ensemble

Au milieu de l'hiver, j'apprenais enfin
qu'il y avait en moi un été invincible.

ALBERT CAMUS

Pauvre Mexique, si loin de Dieu
et si près des États-Unis.

PORFIRIO DÍAZ

I

Je fis tourner mon verre d'eau sur le cercle luisant de condensation qu'il avait laissé sur la surface laquée rouge de la table entre nous et observai l'homme assis face à moi. Je redoutais qu'il disparaisse si mon attention se relâchait ne serait-ce qu'un instant. Le Voyant était ainsi ; c'était comme si, tout à coup, il s'éloignait, comme s'il accédait à des endroits sans y être vraiment, s'appropriait les secrets d'autres gens.

— Vous devriez vous initier un peu à la culture pendant que vous êtes ici, au sud de la frontière – assister aux corridas. (Ajustant son porkpie en paille à un angle plus primesautier, le bossu sourit.) Ça pourrait vous plaire.

Je ne dis rien.

Il regarda vaguement dans ma direction, son sourire s'effaçant lentement.

— Mon ami, Miguel Guerra, dit que vous êtes extrêmement motivé, mais que si je peux vous dissuader, je dois le faire.

Je restai silencieux.

Il me dévisagea.

— Vous parlez espagnol ?

J'essuyai la sueur sous mes yeux avec mon pouce et mon index – j'avais bien du mal à croire que nous serions bientôt en novembre.

— Très peu.

Il avait enlevé ses lunettes noires bon marché qu'il avait déposées à côté de son verre. Ses yeux étaient opaques, et ils parurent se diriger vers le sud, vers les collines bosselées qui sortaient du désert telle une main décharnée dont les doigts écartés formaient des pics et des créneaux, comme si les montagnes étaient en guerre avec les plaines.

— Ce n'est pas une bonne chose, parce que là où vous allez, il arrivera que personne ne parle anglais.

Le Voyant but quelques gorgées de son soda puis remua sa canne blanche entre les genoux de son pantalon usé jusqu'à la corde, à l'endroit exact où se finissaient ses jambes.

— Votre anglais est très bon.

Il haussa les épaules.

— J'ai passé toute ma vie ici à Juárez, et autrefois, avant l'arrivée des nouvelles drogues, nous n'étions qu'une banlieue d'El Paso. (Il jeta un coup d'œil vers ses jambes amputées.) Les nouvelles drogues ne sont pas comme les anciennes qui ont provoqué ça. Dans les années 1960, ma mère est allée en Allemagne, et c'est là-bas qu'on lui a administré la substance qui m'a pris mes jambes, m'a ôté la vue et en même temps, m'a donné ce dos tordu. (Il esquissa un geste vers sa bosse dont la forme rappelait une des collines au loin.) Vous saviez que dans mon pays, on considère que les bossus portent chance – que nous attirons la bonne fortune ?

— J'espère que c'est le cas.

— Personnellement, ça ne m'a jamais rien apporté de tel.

Il resta silencieux un moment puis se tourna vers le Club Kentucky, qu'il voyait dans son imagination.

— Il fut un temps où Juárez était Las Vegas avant que Las Vegas existe – des bars, des casinos, des cabarets, des bordels, ouverts vingt-quatre heures sur vingt-quatre. (Le Voyant sirota son soda.) On raconte que c'est ce club qui a inventé la margarita. (Il leva le menton.) Marilyn Monroe s'est assise sur le tabouret sur lequel vous vous trouvez.

— Comment savez-vous ça ?

Pour la première fois, il me fit un grand sourire et je fus surpris par l'éclat de sa dentition parfaite.

— Ma mère était là.

— Dans ce bar ?

— *Sí*, le 21 janvier 1961. Monroe a engagé une procédure pour divorcer d'Arthur Miller ici, à Juárez. Elle était avec deux hommes, ses avocats : Aurellano González Vargas et Arturo Sosa Aguilar. Le motif avancé : incompatibilité de caractères. (Il se pencha vers moi sur l'air de la confidence.) Un dramaturge extraordinaire, mais elle a dit à ma mère que la sienne n'était pas plus grosse qu'une saucisse de cocktail.

— Ah…

— Ma mère a aussi vu votre John Wayne boire des quantités invraisemblables d'alcool et quand il est sorti sur le trottoir, il est tombé en avant, droit comme un arbre. (Sentant mon absence d'intérêt, le Voyant s'adossa contre le mur.) La plupart des touristes adorent les histoires sur les célébrités hollywoodiennes.

— Je ne suis pas venu en touriste.

Il agita sa canne vers moi et changea de sujet.

— Est-ce que vous savez monter un *burro* ?

— Je monte à cheval.

— Cela ne signifie pas que vous savez monter un *burro*. Certains endroits seront inaccessibles à cheval ou en voiture.

— Très bien. J'irai à pied.

— Ça ne suffit pas.

Il étudia le problème pendant quelques instants puis secoua la tête.

— Là où vous allez, vous allez devoir prouver que vous avez une raison d'y être, sinon ils vous tueront, juste pour entendre le bruit de leurs armes.

— J'imagine qu'il n'y a guère de possibilité que je passe inaperçu ?

Il sourit et se mit à hocher la tête lentement.

— Voyons voir… (Son visage s'assombrit et sa bouche s'ouvrit en grand comme si, tel un serpent, il goûtait l'air entre nous.) À en juger par le timbre de votre voix et votre capacité pulmonaire, je dirais que vous pesez au moins quatre-vingt-dix kilos, et si j'en crois les craquements du plancher quand vous êtes entré, je corrigerais : plutôt cent dix.

— C'est exact.

— D'après le point d'origine de votre voix, vous devez mesurer un mètre quatre-vingt-dix ou quatre-vingt-quinze.

— Quatre-vingt-quinze.

— La structure faciale affecte aussi la voix. Vos ancêtres viennent d'Europe du Nord, alors je suppose que vous êtes plutôt blond, mais vu votre âge, vos cheveux sont peut-être bien gris, et vos yeux, bleus – pas franchement bleus, plus probablement bleus avec du vert ou du gris.

— Ils sont gris, pas bleus.

— Ah, les yeux, c'est difficile... Mais vous voudrez bien me pardonner, parce qu'en réalité, je n'ai jamais vu la couleur bleue, ni le gris, ni aucune autre couleur.

Il lorgna du côté du bar où il savait sans le voir que tout le personnel – composé de quatre barmen âgés – nous observait, tout ouïe.

— Et si j'en crois la déférence que vous témoignent les gens, je devine que vous dégagez quelque chose d'impressionnant.

Je soupirai.

— En apparence seulement.

— Vous êtes armé ?

— Ouaip.

— Avec quoi ?

— Un colt 1911.

Il eut un mouvement d'incrédulité devant mon choix d'une telle antiquité.

— Pourquoi un calibre 45 ?

— Parce qu'ils ne font pas de .46.

Avec un petit sourire, il laissa ses yeux sans vie s'attarder sur la surface de la table.

— Je regrette de devoir vous le demander mais... Est-ce que vous savez tirer ?

— Ouaip.

— Et vous tirez bien ?

— Assez bien pour faire ce qu'il y a à faire.

Il attendit un moment puis acquiesça.

— Peut-être que ça nous sera utile. (Il pencha la tête sur le côté.) Depuis toujours des hommes de votre pays viennent, pour l'argent et les femmes surtout, pour d'autres choses aussi. Je propose un safari, mais il ne sera pas question d'animaux.

— Quoi, alors ?

— Autrefois, des hommes comme vous venaient dans notre bon vieux Mexique pour chercher des antiquités. Il y en a encore aujourd'hui. Un bon ami de mon cousin, un certain M. Guzmán, est venu ici à la recherche d'un modèle de colt particulier, le Russian P, fabriqué par vos compatriotes.

— José Guzmán. (Je souris.) J'ai entendu dire que ses amis l'appellent tous Buck.

— Je crois bien que c'est son nom, *sí*. Il était policier, comme vous. Vous le connaissez ?

— C'est une légende.

— Mon cousin était avec lui quand il a acheté le pistolet simple action à un gros flic qui faisait la circulation au milieu de la rue à Nogales. (Il but une gorgée de son Guayaba Jarritos.) Vous êtes quel genre de policier ?

— Je suis le shérif du comté d'Absaroka, dans le Wyoming.

— On ne voit pas souvent de shérifs.

Il se montra de plus en plus enthousiasmé par son idée d'amateur d'armes anciennes.

— Ce rôle de collectionneur nous fournira une raison d'être dans des zones où nous ne devrions normalement pas nous trouver, et la réputation d'être durs en affaires sans avoir à nous exposer aux dangers de l'argent de la drogue. (Il finit son soda.) Je vais commencer à faire circuler la rumeur qu'il y a un *gringo* en ville qui cherche des armes anciennes et que nous allons nous promener dans la région qui s'étend au sud d'ici.

— Nous… ?

Il baissa les yeux.

— Votre cause est bonne et je voudrais vous aider.

Je secouai la tête, puis, comprenant qu'il ne pouvait pas voir ma réaction, pris la parole.

— Je ne peux pas vous laisser faire ça. J'apprécie votre aide, mais si vous venez avec moi, vous risquez fort de vous faire tuer.

— Je suis déjà à moitié mort, alors, quelle importance ?

Il plia sa canne et tendit les bras comme ma petite-fille Lola quand elle voulait qu'on la sorte de sa chaise haute.

— Nous allons avoir besoin d'un chauffeur.

Je finis mon eau et poussai le vieux fauteuil roulant, qui était peint en turquoise et orange vif.

— Vous ne venez pas, et je n'ai pas besoin de voiture. Mon pick-up est garé en face.

Il secoua la tête à son tour.

— Un pick-up neuf ?

— Je ne sais pas, c'est une location. Il est bleu, je crois.

Il décida de piloter lui-même son fauteuil et traversa le bar vers la porte donnant sur la rue.

— Trop neuf pour ce qu'on veut faire, et les plaques américaines sont trop voyantes. Il nous faut quelque chose de plus discret, avec un chauffeur qui connaît les routes.

Je jetai quelques pesos sur la table avant de presser le pas pour le suivre.

— Je croyais que les routes que nous allions prendre n'étaient pas praticables en voiture.

Par-dessus son épaule, il lança :

— Vers la fin, oui, mais d'abord, il nous faut un chauffeur et un véhicule qui n'attire pas l'attention.

Un des vieux barmen accourut pour lui ouvrir la porte en verre, puis m'aida à lui faire passer le seuil en caoutchouc.

Tout dans son attitude signifiait clairement qu'il était heureux de nous voir débarrasser le plancher. Les yeux mi-clos dans le soleil éblouissant, tirant sur le col de ma chemise trempée de sueur, je rejoignis le Voyant sur le trottoir.

— Est-ce que la température baisse parfois, dans cette fichue ville ?

— Il a neigé, il y a trente-sept ans. (Il remplaça ses lunettes noires d'intérieur par celles qu'il portait à l'extérieur, beaucoup plus grandes.) L'hiver, la nuit, il fait plus frais. (Il sourit.) Parfois.

Nous venions d'arriver au bord du trottoir quand une immense Cadillac décapotable de 1959, d'un rose invraisemblable, apparut et ralentit avant de s'arrêter devant nous comme un gros bubble-gum Hubba Bubba qu'un géant aurait craché dans le caniveau. Un jeune homme avec des cheveux longs et des lunettes aux verres incroyablement épais en sortit, fit le tour, ouvrit la portière et me salua.

— *Hola, Capitán.*

Le Voyant désigna le conducteur.

— Mon neveu, Alonzo, notre chauffeur.

Je lui tendis la main.

— Walt Longmire.

— Ravi de vous rencontrer.

Il souleva son oncle, le déposa délicatement sur le siège passager, puis rangea le fauteuil dans les profondeurs insondables du coffre.

Je me penchai en avant mais le Voyant m'arrêta en brandissant sa canne.

— Nous n'avons pas discuté de ce que vous coûteront nos services.

— Je me disais bien qu'on finirait par aborder le sujet.

Il désigna son neveu puis me tendit la main.

— Cent dollars US par jour, plus les frais.

— Avec un véhicule pareil, on en aura pour mille dollars de plus rien que pour l'essence.

Je scellai notre accord par une poignée de mains et remarquai la force de ses doigts. Puis je tapotai les cornes de Texas Longhorn fixées sur le capot.

— Alors, c'est ça, la voiture passe-partout qui va nous emmener vers le sud ?

Alonzo fit rugir le moteur.

— Ce vieux mastodonte cornu, boulimique et rose comme un gringo nous emmènera jusqu'à l'équateur si besoin. (Il sourit, et il était évident que le Voyant et lui sortaient du même corral génétique.) On se retrouve ce soir à la cathédrale Notre-Dame de Guadalupe. (Il montra le bout de la rue.) Je vous rejoindrai à l'intérieur un peu avant neuf heures ce soir. Des questions ?

— Ouaip.

Laissant mon regard passer sur les flancs étincelants et les monstrueux ailerons de la Cadillac rose bonbon, les plus grands jamais fabriqués, je fourrai mes mains dans les poches de mon jean et jetai un coup d'œil vers lui.

— Quelle quantité de produits Mary Kay* avez-vous vendu pour avoir les moyens de vous procurer cette voiture ?

Pendant le long trajet à pied qui me ramena jusqu'au pont de l'avenue Benito Juárez, je réfléchis à ce que j'étais en train de faire. J'étais en terre étrangère, et je pouvais compter

* Marque de cosmétiques texane. (Toutes les notes sont de la traductrice.)

pour tout renfort sur un bossu aveugle en fauteuil et son neveu équipé de culs-de-bouteille au volant d'une Caddy. Ni l'un ni l'autre ne m'inspirait une grande confiance.

Je constatai qu'il y avait de plus en plus de monde sur le trottoir à mesure que j'approchai du bâtiment des gardes-frontières sur la droite, et, prenant l'accès principal pour rentrer dans mon pays au lieu de celui qui était réservé aux Américains avec des papiers en règle, j'eus l'impression de voir les cages de contention destinées chez nous au bétail.

Il fallait vraiment que je me fasse faire un passeport.

Planté dans la longue file d'attente, j'observai les gens autour de moi et conclus que le Voyant avait raison : si je voulais passer inaperçu, il allait falloir que je perde environ vingt centimètres et vingt kilos, et que j'envisage un traitement pigmentaire.

Derrière l'écran en Plexiglas, une jeune femme qui avait l'air très lasse me fit signe d'avancer.

— Vous êtes citoyen américain ?

— Ouaip.

— Vos papiers d'identité ?

Je sortis mon permis de conduire et le lui passai dans la fente. Elle l'examina pendant quelques instants et je la vis glisser une main sous le comptoir. Rapidement, un autre individu en uniforme apparut à côté d'elle et me fit signe d'aller me présenter devant une porte sans inscription sur la droite, au lieu de celle qui était destinée à tous, sur la gauche.

— Il y a un problème ?

— Pas vraiment, sauf que vous êtes censé avoir un passeport pour entrer au Mexique, même si vous n'avez pas vraiment besoin d'en avoir un pour rentrer aux États-Unis.

L'homme plus âgé qui était posté derrière la jeune femme fit un autre signe de la main, et elle revint à moi, un sourire factice aux lèvres.

— Juste un contrôle de routine – vous êtes le millionième client de la journée, félicitations !

Je hochai la tête et suivis mon permis de conduire. La lourde porte émit un grésillement, je la poussai et arrivai dans un petit hall. Le garde-frontière de tout à l'heure apparut et pointa du doigt une autre porte au fond.

— J'ai droit à un prix ?

— Ouais, il est là-dedans.

Je me dirigeai vers la porte en question et, à l'instant où je posai la main sur la poignée, la porte se déverrouilla.

L'agent spécial du FBI Mike McGroder était en train de lire un dossier, assis sur un fauteuil, ses pieds chaussés de mocassins posés sur la table métallique.

— Je t'avais dit de ne pas y aller seul.

— Tes chaussettes sont dépareillées. (Je pris place en face de lui.) Je faisais juste un peu de tourisme. Tu savais que Marilyn Monroe a divorcé d'Arthur Miller à Juárez ?

— Non.

— Tu savais que la sienne n'était pas plus grosse qu'une saucisse de cocktail ?

— Walt. (Il lança un coup d'œil à la caméra de surveillance installée au plafond, dans le coin derrière lui.) Tu faisais une reconnaissance dans un pays étranger et tu as de la chance que j'aie un peu d'influence et que je puisse te ramener de notre côté de la frontière.

— Pour autant que je me souvienne, je suis un citoyen américain.

— Un citoyen américain armé au Mexique, ce qui signifie que tu as droit à la plus jolie cellule du pénitencier haute sécurité le plus merdique dans l'État libre et souverain de Chihuahua.

— Je voulais juste mettre la machine en route.

— OK, tête brûlée.

Il s'assit. Il posa ses pieds par terre, jeta le dossier sur la table et passa sa main sur ses cheveux coupés très courts.

— Je t'ai organisé une rencontre avec l'agent spécial d'ici et le gars de la DEA d'El Paso, demain à quatre heures et demie.

— Je serai déjà parti.

— Walt. (Il cala ses coudes sur la table, croisa les doigts avant d'y appuyer son menton.) Ils savent que tu vas y aller. Bon sang, ils se préparent et ils vont te concocter un accueil très très chaleureux.

— J'imagine, oui.

— J'essaie juste de te donner une chance de survivre.

— Ce n'est pas important.

— Écoute, prenons le temps de mettre tous les atouts de notre côté. Je pense que la priorité, c'est de faire sortir ta fille du Mexique et éviter que tu sois tué.

— Ce serait bien que je reste en vie, mais je doute que cela arrive.

Je m'adossai tout en revoyant l'image d'une petite fille de cinq ans aux cheveux blond vénitien en train de danser dans un pré sous l'œil attentif des chevaux.

— Il sait que je suis ici, il sait que je sais qu'il la détient, et il la tuera si je ne joue pas le jeu.

Je glissai la main sous mon blouson léger et sortis le .45 mentionné précédemment que je portais au creux des reins avant de le poser sur la table entre nous.

— J'ai ceci. Je sais bien que je vais devoir me battre et je l'échangerais volontiers contre une carabine, un fusil à pompe, un lance-roquettes, un char Sherman ou une bombe atomique… mais c'est tout ce que j'ai.

— Tu ne l'as même plus.

Il tendit le bras et tira mon colt vers lui sans même le regarder.

— Tu vas attendre demain après-midi le rendez-vous avec les autorités, et ensuite, nous mettrons au point un plan pour sauver ta fille.

Je ris sans joie.

— Tu crois que ces gars-là savent ce qui se passe là-bas ?

— Mieux qu'un shérif qui débarque du Wyoming, c'est certain.

Quelques instants plus tard, il ajouta :

— Tu es arrivé hier soir, pourquoi tu es si pressé ?

Je me mis debout et, n'ayant rien d'autre à faire, je fis quelques pas.

— Ma fille, Mike. C'est comme si je me promenais avec un grand trou à l'intérieur, et tout ce que je peux faire, c'est écouter le vent s'y engouffrer. Je dois agir, et je prie pour que ce ne soit pas une erreur, mais je dois agir. (Je pivotai vers la caméra avant de poursuivre.) Il n'est pas question que j'attende. Il saura que nous préparons un coup, il lèvera le camp, avec Cady, et ils disparaîtront. Je ne laisserai pas une chose pareille arriver.

Mike contourna son bureau et s'assit sur le coin.

— C'est de l'inconscience. Tu cours le risque de déclencher une guerre de cartels et provoquer la mort de milliers de personnes innocentes. (Il eut l'air de consulter la caméra.) Donne-moi ton insigne.

— Ce n'est pas toi qui me l'as confié, ce sont les habitants du comté d'Absaroka.

— Ne rendons pas la situation encore plus pénible, OK ?

Sans le quitter des yeux, je sortis mon étui de ma poche de chemise, le tins pendant un moment, et le jetai sur la table.

— Tu m'arrêtes ?

— Nous ne te laisserons pas repartir au Mexique.

— Essaie donc de m'en empêcher.

Je me dirigeai vers la porte par laquelle j'étais entré, mais elle était verrouillée. Je fis volte-face. Il ramassait mon pistolet et mon insigne, qu'il coinça sous son bras.

— Je viens de le faire.

Je me trouvai dans une salle d'attente, mais les deux portes étant fermées à clé, cette pièce aurait pu tout aussi bien être une cellule. Il y avait trois chaises et le bureau où s'était assis McGroder pour discuter avec moi. J'avais vu ce même mobilier partout dans les bâtiments fédéraux – quelqu'un avait dû solder un lot énorme.

Je m'assis à mon tour et cherchai le bouton sur lequel McGroder avait dû appuyer pour déverrouiller les portes, en vain. En ouvrant un des tiroirs, je découvris deux trombones, une agrafeuse cassée et une biographie d'Ambrose Bierce tellement vieille et usée qu'il l'avait probablement possédée lui-même avant de disparaître au fin fond du Mexique, il y a si longtemps.

Arrivé au chapitre 5, j'avais décidé que ce livre était plutôt bon et je n'en levai les yeux qu'au moment où un monsieur assez âgé en bleu de travail ouvrit la porte par laquelle Mike était sorti.

L'agent d'entretien tenait un balai serpillière et, du bout du pied, poussait un seau à roulettes. Je me mis debout. M'apercevant, il s'apprêta à refermer la porte, mais je n'étais pas du genre à laisser passer une bonne occasion.

— Attendez, je vous débarrasse le plancher.

Il marqua une pause et je gesticulai avec mon livre.

— Je peux trouver un autre endroit pour lire.

— Vous êtes sûr ?

Je saisis la porte d'une main et vérifiai par-dessus son épaule que le couloir était bien vide.

— Oh oui, il est temps que je m'en aille d'ici, de toute manière.

Après ces paroles qui n'auraient pu être plus vraies, je passai à côté de lui, sans toutefois lâcher la porte.

— Le pêne reste souvent coincé, alors, si j'étais vous, je calerais le seau dans l'embrasure.

J'avais eu l'impression que McGroder avait traversé le hall, alors j'essayai le couloir de droite et découvris des toilettes avec une fenêtre à peine assez grande pour laisser passer un chat d'appartement.

Renonçant à cette voie, je partis de l'autre côté et découvris une autre cellule de détention provisoire – j'avais donc le choix entre mon ancienne cellule, qu'on était en train de nettoyer, une autre, les toilettes, ou la porte numéro 1. Je rebroussai chemin jusqu'à l'endroit où le vieux monsieur était en train de laver et déplaçai doucement le seau pour que la porte se referme sans bruit.

Serrant mon fidèle compagnon de lecture sous mon bras, je me dirigeai vers le bout du couloir et ouvris la porte d'un geste décidé, pour tomber nez à nez avec un soldat de première classe armé, en uniforme d'apparat, calé contre le mur, qui se redressa et me dévisagea, l'air interrogateur.

Sans lâcher la porte, je m'assurai qu'il voie bien mon livre.

— Salut.

— Salut… ?

De mon pouce tendu, je désignai l'endroit d'où je venais.

— Hé, c'est pas mes affaires, mais je crois qu'il y a un agent d'entretien enfermé dans la cellule, au bout du couloir. (J'agitai mon livre d'Ambrose Bierce.) J'allais aux toilettes quand j'ai entendu des coups frappés sur la porte.

— Vous ne pouvez pas lui ouvrir ?

— Je crois que le pêne est coincé, et puis, comme j'ai dit, je vais aux toilettes.

Le soldat passa à côté de moi en secouant la tête.

— Avec le nombre de rétentions qu'on effectue tous les jours, il leur arrive d'utiliser ces pièces comme cellules alors qu'elles n'ont pas de serrures multi-points.

— Ouaip, il faudrait vraiment arranger ça.

Tandis qu'il s'éloignait, je m'engageai dans un couloir avant d'en prendre un autre à angle droit. Derrière une cloison en verre se trouvait une salle de conférences, plus sophistiquée. J'étais suffisamment proche pour voir l'arrière de la tête de Mike McGroder et d'autres types en costume en train de passer en revue ce qui semblait une longue liste d'éléments présentée par un jeune homme que je ne connaissais pas.

Comme il était le seul qui se trouvait face à moi, je souris, agitai à bout de bras le précieux Bierce et articulai silencieusement : *Il est vraiment bien…* tout en continuant ma route.

Il marqua une courte pause, un peu perplexe, puis me fit un signe de la main et reprit ses activités.

Il y avait deux grandes portes en verre derrière la zone d'accueil du public et un comptoir où deux autres agents de la police des frontières parlaient à des gens qui formaient une queue interminable. Je connaissais la chanson ; je poussai une porte et me dirigeai vers l'extérieur sans hésitation. J'étais sorti et sur le trottoir quand j'entendis quelqu'un approcher derrière moi.

Je dépassai le coin du bâtiment et me dirigeai vers mon pick-up de location que j'avais laissé sur le parking longue durée. Le gars du FBI ne m'avait pas pris mes clés, alors je déverrouillai les portières avec la télécommande et partis. Je longeai la 6e rue, puis Santa Fe jusqu'à East Franklin, où je pris à droite et me garai dans la ruelle longeant le vénérable Hôtel Gardner.

J'y avais pris une chambre la veille, juste après avoir découvert l'établissement, puisque c'était la première fois que je venais à El Paso. Avec un clin d'œil, la gentille dame à la réception m'avait demandé si je voulais la chambre 221.

Je ne voyais pas pourquoi je refuserais et elle m'avait tendu la clé.

Un soir glacial et humide de 1934, le réceptionniste avait accueilli un large groupe qui avait réservé plusieurs chambres sous le nom de John D. Ball et Compagnie. Ils burent un peu, dansèrent un peu, mais tout bien considéré, se comportèrent plutôt correctement ce soir-là. Ils quittèrent l'hôtel sans incident le lendemain matin, et ce n'est que lorsque leurs bagages échappèrent à un incendie dans un hôtel en Arizona une semaine plus tard qu'ils furent arrêtés par la police de Tucson et identifiés comme étant John Dillinger et sa bande.

J'ouvris la porte de la 221, entrai et fus accueilli par un grand individu de type hispanique étalé sur mon lit avec, aux pieds, des bottes pointues et sur la tête, un Stetson noir. D'une main, il tenait le canon d'un .357 pointé sur moi et dans l'autre, une vieille carte postale d'avant-guerre, qu'il examinait de près.

— Mains en l'air.

Ce n'était pas Dillinger.

Je l'ignorai, ramassai mon sac en toile et entrepris de rassembler mes affaires, dont mon insigne que j'avais en douce retiré de mon porte-cartes, le Bowie à manche en bois de cerf de Henry Standing Bear et mon colt .45, que j'avais laissé dans la commode – combien de temps faudrait-il à McGroder pour se rendre compte que je lui avais donné un pistolet de paintball dans un holster de ceinture et un porte-insigne vide ?

— Je demanderais volontiers comment ça s'est passé, mais comme vous semblez vous préparer à partir, je dirais, pas si bien que ça ?

Je posai le sac sur le lit et me dirigeai vers la salle de bains pour y récupérer mes affaires de toilette.

— Il faut que je quitte la ville… le pays, en réalité.

— Merde.

Il posa ses bottes pointues par terre et se leva, avant de ranger son gros revolver dans son holster et ses mains brunies par le soleil dans les poches de son Wrangler délavé.

— À ce point-là ?

Je repris la carte postale qu'il avait laissée sur le lit, la glissai dans ma poche de chemise et rangeai mon nécessaire de toilette dans mon sac.

— Assez mal, oui. S'ils me trouvent, ils m'arrêtent. Je viens d'ailleurs de passer une heure et demie en cellule.

— Comment vous en êtes sorti ?

J'attrapai le livre que je tenais toujours coincé sous mon bras, et le lui jetai.

— Ils ne me laisseront pas passer la frontière non plus.

Il examina la couverture.

— Quoi, vous les avez menacés de leur apprendre à lire ?

Glissant la sangle de mon sac sur mon épaule, je désignai la porte.

— Il faut que je parte.

— Je vois ça. (Il me lança le bouquin puis passa devant moi.) Venez, on va prendre mon pick-up parce que je suis sûr qu'ils vont chercher votre véhicule de location.

Je fourrai l'Ambrose Bierce dans mon sac et lui emboîtai le pas. Nous étions dans l'escalier quand, soudain, il s'arrêta – je faillis le percuter et l'envoyer valser jusqu'au palier. Il tourna la tête et me fit signe de rebrousser chemin. J'obéis, et il remonta en marche arrière et au ralenti, comme dans un film de Peckinpah.

Une fois à l'abri à l'étage, il m'expliqua.

— Deux types en costard. À mon avis, ils ne sont pas là pour faire du porte-à-porte.

— Seulement deux ? C'est vexant.

Il me fit avancer dans le couloir en souriant.

— Vous n'êtes pas exactement Dillinger. (Il désigna la fenêtre au fond.) Prenez l'échelle à incendie, mais ne descendez pas, montez. Je vais les occuper pendant un moment.

— Et après ?

— Il y a trois bars derrière l'hôtel, le Tool Box, le Briar and Hyde, et l'Epic, tous ont un toit incliné qui vous emmènera côté East Missouri Avenue – prenez à droite, et vous trouverez le Chiquita's Bar. Entrez-y, dites à Juan Carlos que Buck vous envoie et il vous installera dans mon box, comme ça, vous serez face à la porte et dos au mur. Vous m'attendez là. Je vous rejoindrai au plus vite.

— Pourquoi ce bar-là ?

— Parce qu'ils ne pissent pas dans votre verre si vous êtes flic.

Tout en remontant la fenêtre à guillotine, je lui chuchotai :

— Guzmán, pourquoi j'ai l'impression que ce n'est pas la première fois que vous faites ça ?

— Oh, et ne vous trompez pas de direction, parce que de l'autre côté vous vous retrouverez en face des bureaux d'insertion et de probation du comté d'El Paso.

Il leva ses deux pouces, dont l'un avait une phalange de moins, probablement le résultat d'un accident de rodéo, puis flanqua un coup de botte dans la porte de la chambre de Dillinger tout en déboutonnant sa chemise en chantant d'une voix puissante et dissonante :

— *I had a friend named Ramblin' Bob, he used to steal, gamble and rob. He thought he was the smartest guy around. Well I found out last Monday, that Bob got locked up on Sunday – they've got him in the jailhouse way downtown. He's in the jailhouse now**...

Je me pliai en deux et sortis par la fenêtre avant de la refermer derrière moi. Je montai doucement les marches métalliques et atteignis le toit du Gardner à l'instant même où quelqu'un ouvrait la fenêtre en dessous de moi.

* J'avais un ami qui s'appelait Ramblin' Bob, il volait, jouait et détroussait les gens. Il pensait qu'il était malin comme un singe. Eh ben, lundi j'ai découvert qu'il est en taule depuis dimanche – il est enfermé dans le pénitencier en ville. Et voilà, il est en prison...

Je ramassai mon sac en toile, remontai la bandoulière sur mon épaule, et me faufilai de l'autre côté des blocs des climatiseurs, qui surplombaient l'annexe ajoutée à l'arrière de l'hôtel. Je me trouvais probablement deux chambres plus loin que celle qui avait été la mienne, et j'entendais beaucoup de coups sourds, des chansons et des bruits de casse tandis que le tonitruant Buck Guzmán les "occupait".

Je franchis sans encombre le muret en bordure du toit et passai sur le bâtiment voisin ; il faisait une chaleur telle qu'à certains endroits le revêtement collait aux semelles de mes bottes.

Le toit suivant était un peu plus incliné, alors je jetai d'abord mon sac en toile puis roulai sur le côté pour me remettre sur mes pieds. Je grimpai sur celui d'après, m'avançai jusqu'au bord et contemplai, les yeux plissés, la fresque colorée sur le mur devant moi, et le vide de sept mètres qui m'en séparait.

J'aperçus une échelle de secours qui donnait sur la ruelle ; je défis le loquet et elle se déploya dans un raffut indescriptible jusqu'au parking en dessous. Une fois descendu, je me faufilai entre les voitures et me dirigeai vers une ouverture dans la clôture du côté nord, m'attendant à voir un SUV noir ou une Lincoln Town Car s'arrêter devant moi dans un grand dérapage.

Je rejoignis sans encombre le trottoir, je pris à droite comme j'en avais reçu l'ordre, me glissai derrière un arbre et poussai la porte du Chiquita's Bar.

Je pénétrai dans une pénombre fraîche et une fois que mes yeux se furent accommodés du changement, après la lumière crue de l'extérieur, je constatai que la salle était presque vide, à l'exception d'un groupe de jeunes gens bruyants dans un box d'angle et d'un barman un peu âgé qui essuyait des verres.

Je m'avançai jusqu'au comptoir.

— Vous êtes Juan Carlos ?

— Oui, me répondit-il d'un air perplexe

— C'est Buck qui m'envoie.

Un silence.

— Qui vous envoie pour quoi ?

— Eh bien… Il a dit que vous alliez m'installer dans son box spécial.

Juan Carlos regarda en direction du box d'angle où les jeunes gens, après la surprise provoquée par mon arrivée, s'étaient remis à parler fort et à rire.

— N'importe quelle table me conviendra.

Il désigna la banquette de l'autre côté de l'étroite salle.

— Vous voulez quelque chose à boire ?

— Hum… de l'eau. (Il me dévisagea.) Une bière, s'il vous plaît.

Je me dirigeai vers l'autre box d'angle au fond et saluai les jeunes gens d'un mouvement de la tête. Je jetai mon sac sur la banquette et m'y glissai. J'essayai d'ignorer le groupe, qui ne cessait de m'observer, de chuchoter et rire, lorsque le barman s'approcha avec une serviette en papier et une Lone Star.

— Un dollar soixante-quinze.

— Je risque de rester un moment, et de consommer davantage.

— Un dollar soixante-quinze.

Tout en me disant que la vie devenait chère quand on était en cavale, je sortis mon portefeuille pour en extraire deux billets.

— Gardez la monnaie.

J'examinai ma situation, que j'avais peut-être aggravée. C'était Buck qui avait organisé ma rencontre avec le Voyant, mais j'ignorais s'il savait combien les choses pouvaient s'accélérer quand les agences fédérales étaient impliquées. Je consultai la pendule accrochée derrière le bar et constatai qu'il était déjà trois heures de l'après-midi. Il me restait un peu moins de six heures pour passer la frontière du Mexique et m'employer à sauver Cady.

J'essayai de respirer avec régularité, mais j'avais dans la poitrine une douleur qui ne voulait pas s'en aller, une douleur qui n'avait rien à voir avec mon état physique. Un million de versions de ma fille me hantaient, des souvenirs qui parfois apparaissaient en couleurs sépia et d'autres qui étaient si vifs que j'avais l'impression qu'il me suffisait de tendre la main pour pouvoir la toucher. Ils ne renvoyaient pas tant à des moments épiques de notre vie ensemble, mais plutôt à de brefs regards, de petits exploits ou des phrases murmurées, comme la fois où elle m'avait interpellée alors que je la conduisais à l'école.

— Je préfère quand c'est maman qui m'emmène à l'école.

Elle avait atteint l'âge de raison – six ans.

Je m'étais arrêté devant l'école élémentaire de Clear Creek.

— Et pourquoi ?

Sortant de ma voiture de patrouille, elle avait mis son cartable sur son dos et m'avait lancé :

— Avec elle, on dirait pas que je sors de prison.

Je m'extirpai de mes souvenirs – le gamin couvert de tatouages me fixait depuis le bord de sa banquette :

— Hé, Papi, comment ça va ?

Il faisait sombre, mais j'aperçus le numéro 155 sous son bandana et les mots KNIGHT TEMPLAR inscrits sur son cou.

— Ça va. Et vous ?

Il jeta un coup d'œil à ses potes et secoua la tête.

— Je pige pas trop... Vous vous croyez dans un bar de cow-boys ?

J'ajustai mon couvre-chef.

— J'attends un ami, c'est tout.

Il reprit, tandis que les autres ricanaient :

— Mais je vois pas John Travolta, ni de taureau en plastique ici.

Je fis tourner la bière sur la serviette en papier.

— La journée a plutôt mal commencé...

— La mienne, pareil. J'étais assis là, tranquille, à boire des coups avec mes amis, et voilà que tout à coup un cow-boy débarque en roulant des mécaniques.

Je crus apercevoir quelques éclats métalliques sous leur table et ma main se dirigea doucement vers mon sac posé à côté de moi.

— Vous devriez peut-être bien aller vous mettre au bar comme un bon petit cow-boy.

Je commençais à perdre patience, mais je me dis qu'un échange de coups de feu risquait de me faire atterrir entre les mains de la police d'El Paso et, ensuite, celles du FBI.

— Écoutez, les gars...

— Les gars ?

Il lorgna à nouveau du côté de ses copains.

— On ressemble à des gars, d'après vous ? (Je restai silencieux.) Oh, j'ai pigé. Vous voulez des gars. Eh ben, vous êtes pas à la bonne adresse pour ça, l'ami. Vous devriez aller au Tool Box, un peu plus loin – c'est plus votre genre de rade.

Je soupirai et fis lentement descendre la fermeture Éclair de mon sac, cherchant mon colt à tâtons.

— Je veux juste boire ma bière tranquille.

Il glissa ses fesses sur le faux cuir vert, et je vis sa main remonter jusqu'à la ceinture de son jean couvert de broderies sophistiquées.

— Moi je dis que vous devriez aller téter votre bière ailleurs. Pigé, Papi ?

À ce moment-là, un déferlement de bruit et de fureur se fit entendre devant l'établissement et Buck Guzmán ouvrit la porte d'un grand geste. Il passa devant le bar, attrapa la bière que le barman lui tendait avant de poursuivre son chemin dans notre direction, tout en continuant à chanter.

— *He's in the jailhouse now, he's in the jailhouse now. Well I told him once or twice, to stop playin' cards and a-shootin' them dice. He's in the jailhouse now*[*]*!*

Il s'arrêta entre nos deux box, il toisa les jeunes gens, en particulier le tatoué planté devant lui ; puis il s'adressa à moi en pointant sa bouteille.

— Je croyais vous avoir dit ce box-là.

— Il était déjà pris.

Pivotant, Buck glissa un pouce dans un passant de son jean, écartant les pans de sa veste en toile pour faire apparaître son ceinturon tressé et l'impressionnant S&W Model 19-5. Il inclina la tête en les toisant.

* Et voilà, il est en prison, il est en prison. Je lui ai déjà dit, et pas qu'une fois, d'arrêter de jouer aux cartes et de lancer les dés. Et voilà, il est en prison !

— Qu'est-ce que vous fichez à ma table, *pendejos* ?

Rapides comme un troupeau de géocoucous, les jeunes gens sortirent précipitamment du box, se bousculant pour atteindre la porte sans demander leur reste. Guzmán sourit de toutes ses dents étincelantes, ponctuées d'inlays en or qui étaient la spécialité des dentistes mexicains, l'insigne doré du Service des douanes et de la protection des frontières des États-Unis bien en vue.

Il descendit sa bière, sa pomme d'Adam faisant le yoyo tandis que la bouteille se vidait. Avec un grand geste en direction du barman, il s'écria :

— Juan Carlos, *dos cervezas, por favor !*

S'essuyant la bouche avec le dos de sa main, il s'assit en face de moi, pencha la tête d'un côté et lâcha un rot.

— United States Border Patrol, l'agence fédérale qui sème la panique chez les Hispaniques depuis 1924.

2

— Je me suis déshabillé. Je ne connais rien de plus efficace pour immobiliser un policier qu'un type nu comme un ver en train de lui agiter son taquito sous le nez. (Il haussa les épaules.) Après trente-trois ans de service, je ne vous dis pas combien on m'en a secoué à la figure.

Buck dérapa dans un virage, soulevant un furieux nuage de poussière rouge derrière nous tandis que nous nous dirigions vers le sud-ouest.

— Je croyais que Dillinger et vous, vous étiez plutôt équipés taille burrito.

— C'est le cas, mais je ne peux pas laisser ces fédéraux le voir de trop près, sinon, ils risquent d'avoir envie de le rapporter à DC pour le plier en deux et le fourrer dans un bocal à cornichons qu'ils exposeront au Smithsonian.

Guzmán but un peu d'une bière qu'il avait prise dans l'énorme glacière posée sur le tapis de sol du trois quarts de tonne GMC flambant neuf.

— Vous êtes sûr que vous ne voulez pas une bière ? Faut surveiller son hydratation, ici.

Lançant des coups d'œil répétés vers la droite, je cherchais un repère qui m'indiquerait où mon pays se terminait et où l'autre commençait.

— Non merci.

— La terre est sèche, là où vous allez, tellement chaude et sèche que même une olsynie ne pourrait pas prendre racine. (Il but une autre gorgée.) J'ai dit aux autres fédéraux que je me servais de votre douche mais que je ne vous avais pas vu, même si votre pick-up était garé juste devant.

— Ils ne me laisseront pas re-rentrer.

— Oh, c'est pas entrer au Mexique qui pose problème, c'est essayer d'en sortir qui est difficile. (Il gesticula avec sa bière.) Prenez-en une.

— Non merci.

Il me dévisagea.

— Vous êtes un type drôlement sérieux, on dirait.

— Ces derniers temps, oui.

— McGroder dit qu'ils ont votre fille.

Je contemplai le soleil qui descendait à l'ouest et je fus sidéré par ces couleurs si différentes de celles de ma région des hautes plaines, les violets et les jaunes qui se fondaient en ocres comme un vieil hématome.

— Ouaip.

Il y eut un long silence avant qu'il se remette à parler.

— Il va bien falloir que quelqu'un le dise.

— Ne le faites pas.

Il continua à rouler sans parler; puis il tourna à droite et décéléra.

— Quoi?

— Des feux de position qui se déplacent, à un endroit où il ne devrait pas y en avoir.

Il ralentit encore et se rangea au bord de la route au moment où un des pick-up, qui roulait en sens contraire, s'arrêtait à côté de nous.

— Mettez votre chapeau sur votre visage comme si vous faisiez une sieste.

J'obéis et attendis. Il coupa son moteur et on n'entendit plus que le bruissement de sa vitre électrique qui descendait.

— Mais qu'est-ce que vous foutez là, bande d'idiots ?

Une voix plus jeune répondit et un autre homme éclata de rire.

— On chasse la bécassine. Et vous, Capitaine, qu'est-ce que vous faites ici ?

— Oh, je bois une bière et je profite de la fraîcheur du soir.

— On dirait que votre copain en a bu un peu trop.

— Ouais, c'est un poids léger de San Angelo. Hé, sans déconner, vous vous baladez avec juste vos feux de position ? Vous allez vous emplafonner le premier type bourré qui passe.

— Comme vous par exemple ? (Il y eut un silence.) On a reçu l'ordre de patrouiller dans le coin pour retrouver un shérif qui aurait débarqué du Wyoming. Je ne sais pas ce qu'il est censé avoir fait, mais ils ont fait venir deux équipes supplémentaires pour le chercher. On dirait que c'est vraiment un sale *hombre*.

— Oh, je ne sais pas… Parfois, ces *federales* sont incapables de faire la différence entre un singe et une feuille de palmier.

Guzmán remit son moteur en route avant de leur lancer d'une voix plus ferme :

— Allumez vos phares, sinon vous allez écraser un pauvre malheureux.

Un chœur répondit.

— Oui chef.

Juste avant que la vitre se referme, il laissa s'échapper ces derniers mots :

— Personne n'a envie de se coltiner toute la paperasse.

Ils rigolèrent et partirent. Je soulevai très légèrement le bord de mon chapeau.

— C'est bon, je peux sortir ?

Il mit le levier sur DRIVE et nous nous éloignâmes en rugissant.

— Bon sang, ils tiennent vraiment à vous attraper.

— McGroder va savoir que je suis avec vous, après la scène au Gardner.

— Et alors ?

— Vous ne pensez pas que les types qu'on vient de quitter vont raconter qu'ils vous ont vu ici ?

— Ils travaillent pour moi, et s'ils ne veulent pas se retrouver à inspecter les queues dans le bordel le plus pouilleux de Juárez, ils ont intérêt à ne pas dire à qui que ce soit où je me trouve – et surtout pas au FBI.

Je consultai la pendule du tableau de bord.

— Est-ce que je serai à l'heure au rendez-vous ?

— Oh oui. Mon gars vous amènera à temps à la messe. (Il grogna.) Il prend sa religion très au sérieux, au point qu'il grave des croix sur ses cartouches.

Guzmán prit un vieux chemin de terre, vira brusquement à droite, et nous nous arrêtâmes. Une fois descendu du véhicule, il attrapa derrière son siège un vieux sac de sport à l'effigie des Dallas Cowboys. Je saisis mon sac en toile, et nous marchâmes entre les chênes nains et les buissons jonchés d'ordures jusqu'à l'endroit où s'arrêtait une haute clôture. Les derniers rayons du soleil disparaissaient sous l'horizon désertique.

— Où sommes-nous ?

— Vous voyez le creux avec le ruisseau au fond, là-bas ?

— Ouaip.

— Eh ben, c'est le Mexique, et comme vous l'avez peut-être remarqué, la clôture s'arrête là, à une dizaine de mètres de nous. (Il désigna l'endroit.) Et après, il n'y a plus rien avant au moins quatre cents mètres.

— La clôture n'est pas continue ?

Il rit tout en cognant son sac de sport contre sa jambe.

— Pas vraiment. À certains endroits, il y a des poutrelles métalliques à sept ou huit mètres de haut, à d'autres, on ne trouve qu'un fil de fer barbelé, et à d'autres encore, c'est comme ici, sans rien.

Je laissai mon regard s'enfoncer dans la pénombre, s'attarder sur une pâle lueur verdâtre sur notre droite, qui rappelait les effets spéciaux d'un mauvais film de science-fiction des années 1950.

— Juárez. Les lumières des lampadaires paraissent vertes parce qu'elles sont de faible puissance.

Soudain, il secoua la tête.

— C'est le projet le plus stupide que j'aie entendu de ma vie.

— Lequel ?

— Celui du mur. Presque cinquante pour cent des immigrants illégaux entrent dans ce pays par avion. Ils obtiennent un visa de travail ou de touriste et ils ne repartent plus. (Il s'approcha du bord du petit promontoire.)

Ils balancent la drogue de l'autre côté du mur avec des fusils à air comprimé, en se servant d'avions télécommandés, en creusant des tunnels...

Il fit encore quelques pas, sans quitter des yeux les lumières au loin.

— Les cartels et les assassins, je serais prêt à les abattre à bout portant, mais je peux comprendre les immigrants. La plupart de ces pauvres gens sont simplement à la recherche d'un peu d'espoir, de la possibilité d'avoir une vie meilleure en cueillant des salades douze heures par jour pour un salaire de misère. Comment pourrait-on le leur reprocher ?

Je ne dis rien.

— Un jour, je suis tombé sur une fille de neuf ans à environ un kilomètre d'ici. (Il tendit le bras dans la direction opposée.) Elle avait la jambe enflée comme un jambon salé après avoir été mordue par un gros diamantin et ensuite, histoire d'empirer encore les choses, cette saloperie avait passé la nuit couchée en rond tout contre elle pour avoir chaud.

— Elle a survécu ?

Il laissa échapper un petit rire triste.

— Non, et l'immonde reptile non plus, une fois que je me suis occupé de lui.

Il contempla les lumières vertes à l'horizon.

— Ma famille est venue du Mexique.

— Quand ?

— Le 3 février 1848. On a apporté le Texas avec nous* – cinq générations dans ce pays, et avant ça, on était en

* Guzmán fait ici référence au traité de Guadalupe-Hidalgo, qui marque la fin de la guerre entre les États-Unis et le Mexique, et, entre autres, officialise l'annexion du Texas, revendiquée trois ans plus tôt par les États-Unis.

Espagne. (Il rit.) Bon, ne soyez pas trop dérouté par mon bonhomme.

Je le cherchai du regard.

— Il est ici ?

— Oh oui, il nous observe en ce moment même, j'en mettrais ma main à couper. (Il baissa la voix.) Il est moitié apache et moitié tarahumara, une tribu réputée pour avoir les meilleurs coureurs de fond du monde, du moins quand ils ne sont pas imbibés de bière de maïs.

— Je ne vais pas être obligé de courir, rassurez-moi…

— Je ne peux pas l'exclure, mais je parie que, s'il y a un moyen rapide d'aller d'un point A à un point Z quelque part au Mexique, il le connaît.

Buck fit quelques pas et scruta la pénombre.

— Et il a d'autres talents aussi.

— Lesquels ?

— Espérons que vous ne les voyiez pas à l'œuvre. (Il pointa un index vers le Mexique.) Il est là.

On aurait dit qu'il venait d'apparaître. À peine quelques secondes auparavant, j'avais scruté l'autre côté du ruisseau et il n'était pas là. Un instant plus tard, il y était. Debout et silencieux au milieu des joncs et des quenouilles, un mince jeune homme tenait à deux mains un fusil antique qui paraissait aussi grand que lui, avec une corde tressée en guise de bandoulière.

Ses cheveux étaient épais et longs, et lui couvraient en grande partie le visage ; il était habillé avec sobriété – des *huaraches*, un pantalon en toile et un T-shirt orange avec un poncho en coton pour se protéger de la fraîcheur de la nuit.

— Venez, je vous accompagne.

Guzmán se mit en route et je suivis.

— Vous êtes sûr qu'il n'y a personne d'autre dans le coin ?

— Moi, non, mais lui, si.

Nous descendîmes le coteau puis traversâmes le ruisseau sur les quelques pierres qui affleuraient dans une dizaine de centimètres d'eau, et quelques minutes plus tard, nous étions devant le jeune homme.

— Walt, je vous présente Isidro.

— Est-ce qu'il a un nom de famille ?

— Pas à ma connaissance.

Je me présentai au jeune homme sec et nerveux.

— Walt Longmire.

Ses mains puissantes restèrent fermées autour du fusil M1C Garand qui avait visiblement connu des jours meilleurs. Gravé dans le bois de la crosse probablement avec un clou de maréchal-ferrant, un seul mot : EPITAFIO.

— Il ne parle pas beaucoup, mais il imite les cris des oiseaux comme personne. Quel est l'oiseau national du Wyoming ?

— Quoi ?

— L'oiseau emblématique du Wyoming, c'est quoi ?

Il me fallut un moment pour remettre mes idées en place.

— Euh… La sturnelle de l'Ouest.

D'un geste du bras Guzmán invita le jeune homme à s'exécuter, et celui-ci, levant la tête, nous offrit une des plus parfaites imitations de l'appel de la sturnelle de l'Ouest que j'aie jamais entendue. Après une dernière trille, il me regarda.

— Eh bien… ça alors. Stupéfiant.

— Vous n'êtes pas au bout de vos surprises…

Buck sourit puis fit un pas de côté et parla à mi-voix au gamin, avant de finir par pointer un doigt vers moi. Je crois bien que l'Indien hocha la tête une fois.

Guzmán me serra l'épaule.

— Je regrette de ne pas pouvoir être plus optimiste sur votre destination et ceux que vous trouverez en face de vous, mais au moins, vous avez une bonne équipe avec qui mourir.

— Merci.

Il se raidit.

— Je ne plaisante pas. Ils vont vous tuer, et le type qui le fera aura probablement encore sur le visage le sourire qui accompagnait son *buenas noches*.

Ses yeux cherchèrent à accrocher les miens.

— Je sais que vous avez dit de ne pas en parler, mais…

— Alors, n'en parlez pas.

Il haussa les épaules et reprit le sac de sport.

— C'est une mission suicide, votre expédition.

J'acquiesçai et essayai de sourire.

— Souhaitez-moi bonne chance.

— Je vais faire mieux que ça.

Il me tendit le sac avec le casque des Dallas Cowboys dessiné sur le flanc.

— On échange.

Curieux, je lui donnai mon bagage et pris le sien, avant de l'ouvrir. Il était plein d'armes de poing en plus ou moins bon état.

— Mais qu'est-ce que c'est ?

— Une garantie. Le Voyant a dit que vous alliez utiliser la ruse du marchand d'armes anciennes, alors il va vous falloir des armes à marchander.

Il glissa la bandoulière de mon sac sur son épaule ; dans un dernier acte de gentillesse, il sortit la biographie de Bierce et me la tendit.

— Vous n'allez pas avoir besoin de caleçons de rechange ni de brosse à dents, là où vous allez, mais un livre, c'est toujours bien.

Je le pris avant d'entrouvrir à nouveau le sac en vinyl et de me mettre à compter.

— Il doit y en avoir une dizaine, là-dedans.

— L'équivalent de ce qu'on confisque en une journée à El Paso. Attention, ne vous faites pas arrêter avec ça à Juárez ou vous prendrez dix ans dans une prison mexicaine. (Il tapota un compartiment fermé par une fermeture Éclair.) Il y a un peu de munitions pour certaines d'entre elles, ainsi qu'autre chose, au cas où la situation deviendrait vraiment très… délicate.

Quand je m'apprêtai à ouvrir la fermeture Éclair, il écarta ma main.

— Plus tard, si l'urgence s'en fait sentir.

Il scruta rapidement les alentours puis me glissa dans la main plusieurs coups de poing américains ternis mais costauds.

— C'est une blague ?

— Juste dans l'éventualité où quelqu'un vous prendrait toutes ces armes, ou si vous avez besoin de quelque chose d'un peu discret. À mon avis, vous êtes tellement balaise que si vous tapez quelqu'un avec ça, vous le tuerez.

— Je n'ai pas l'intention de tuer qui que ce soit.

— Hé là, ne soyez pas si affirmatif.

Il baissa la tête et me sonda sous le rebord de mon chapeau.

— Vous feriez bien d'être prêt à tuer toute personne qui s'en prendra à vous. Il n'y a pas d'organe de justice là où vous allez, pas même le droit bidon qu'ils ont à Mexico. Ce n'est pas un Wild West de pacotille, la seule loi en vigueur là-bas, c'est la survie du plus salopard des enfants de salaud. Pigé ? (J'approuvai d'un geste.) La région de Las Bandejas héberge certains des pires cartels de la drogue. Bidarte est arrivé il y a un peu plus d'un an et il s'est taillé une part du royaume. Il est bien plus monstrueux qu'eux, et j'ignorais même que c'était possible. (Il lissa sa moustache avec sa grande main.) Je n'imagine rien de plus affreux que de savoir un être cher entre les mains d'une créature comme celle-là. Je vais vous donner un conseil, en plus de ces armes. Ne faites confiance à personne, ni à la police, ni aux militaires, à personne. Ce sont des bêtes enragées, et vous devez vous tenir prêt à les abattre à tout instant si vous voulez récupérer votre fille.

Je passai la bandoulière sur mon épaule et lui tendis la main.

— Je ne sais pas comment vous remercier.

— Revenez en un seul morceau, et ensuite, vous pourrez me payer une bière.

— Je trouverai mieux que ça.

Quand je me tournai, prêt à partir, je vis que le gamin maigrichon s'était déjà mis en route d'un pas vif le long d'un sentier qui se dirigeait vers Juárez. Me dépêchant pour le rattraper, je jetai un coup d'œil par-dessus mon épaule et je vis Guzmán en train de me saluer de la main comme un bateau qu'il était certain de ne jamais revoir.

Isidro marchait, mais c'était la marche la plus rapide que j'aie jamais effectuée, et au bout d'un moment, je me surpris à devoir passer en petites foulées si je ne voulais pas le perdre de vue. Il y avait des buissons d'épines le long du sentier, un peu plus hauts que moi, puis les buissons disparurent et nous nous retrouvâmes sur un chemin de terre dont je voyais qu'il menait aux faubourgs tentaculaires de Juárez.

J'étais heureux que le soleil soit couché, mais j'étais prêt à parier qu'il faisait encore plus de 25 °C. Je commençai à avoir le souffle court, quand je vis Isidro enrouler son fusil dans le poncho en coton tissé qu'il portait. Il se tenait au bord du premier trottoir que nous croisions, une expression indéchiffrable sur le visage.

— C'est encore loin ?

Il resta silencieux et leva les yeux en direction d'un bus bariolé arrêté, le moteur coupé, avec sur la carrosserie une bonne trentaine de publicités pour des cabinets dentaires. Il le désigna d'un geste.

La portière était fermée, mais quand il frappa, elle s'ouvrit. Le chauffeur, qui donnait l'impression d'avoir été réveillé en sursaut, tendit la main pour qu'on le paye. Sans trop savoir combien il voulait, je lui tendis deux pesos. Il parut satisfait. Isidro et moi prîmes place au milieu du bus.

Toutes les deux ou trois intersections, l'antique diesel s'arrêtait dans un grincement de freins ; des gens descendaient et d'autres montaient. Deux femmes s'assirent devant ; la plus âgée, qui était à gauche, se retourna vers moi, alors j'effleurai mon chapeau. Elle fit aussitôt volte-face et m'évita soigneusement tout le reste du trajet. Quelques autres passagers montèrent, les femmes descendirent, et en peu de temps, nous arrivâmes dans les zones plus densément peuplées proches du centre de Juárez.

Après plusieurs arrêts, Isidro se leva et nous nous dirigeâmes vers les portes du milieu.

Tandis que nous attendions là, je remarquai le médaillon qu'il portait autour du cou, un genre de diable avec des cornes et une barbe pointue, assez beau, et si c'était possible, à l'air gentil. Je pointai un index vers le médaillon, utilisant un des trois mots d'espagnol de mon vocabulaire.

— *Diablo ?*

Il secoua la tête et posa sa main sur son collier. Avec une diction mutilée que je parvins difficilement à comprendre, il énonça :

— *Riablo.*

Il n'ajouta pas un mot, et je descendis après lui pour le suivre dans la ruelle qui s'ouvrait face à nous. Sans hésiter, il s'enfonça dans les ténèbres ; je n'avais pas d'autre choix que de le suivre.

À voir la manière dont Isidro choisissait les petites rues plutôt que les avenues bien éclairées, j'avais l'impression qu'il connaissait assez bien les boyaux les plus cachés de Juárez. À deux ou trois reprises, il se colla contre un mur et je l'imitai, me disant qu'il devait y avoir quelqu'un que nous ne voulions pas croiser.

À un moment, quelques membres de la policía federal ralentirent leurs énormes pick-up équipés de grosses mitraillettes sur le plateau et examinèrent la venelle dans laquelle nous nous trouvions, mais soit ils ne nous virent pas, soit ils ne se soucièrent pas de nous, et ils poursuivirent leur lente patrouille dans la ville, ressemblant en tout point à une force d'occupation.

Sous l'ombre des flèches, nous traversâmes une *plaza* jusqu'à un mur de briques monté à la main puis un portail sous un arbre, où Isidro rentra un code sur un clavier qui avait l'air moderne. Nous entendîmes un cliquetis, entrâmes dans un jardin plein de fleurs et traversâmes d'un pas rapide une autre esplanade entourée d'arches décoratives entre la cathédrale et la Misíon de Nuestra Señora de Guadalupe. Un homme en chemise claire avec une collection de stylos dans la poche poitrine se tenait là, paraissant nous attendre.

Lorsque nous nous approchâmes, je vis qu'en réalité il portait des vêtements sacerdotaux, il s'agissait d'un prêtre. Il nous tint la porte et nous nous dépêchâmes d'entrer. Quelques marches nous menèrent dans une salle dont les murs étaient couverts de livres et où les lourdes tables étaient disposées dans une symétrie impressionnante.

Le prêtre échangea quelques mots étouffés avec Isidro puis il s'adressa à moi en anglais.

— Nous sommes tellement heureux de pouvoir vous aider.

— Merci.

— Je suis le père Rubio. Tous les amis du señor Guzmán sont nos amis.

Il m'indiqua une table, m'invitant à m'asseoir.

— Je vous en prie. Isidro va communiquer avec vos amis, et ensuite, vous les retrouverez.

Je m'installai, en prenant soin de poser le sac de sport sur le sol, hors de vue.

— À nouveau, merci.

— Voulez-vous un verre d'eau, par exemple ?

— Je serais heureux de boire quelque chose, ce que vous avez.

Il disparut quelques instants et revint, pour poser un napperon et un verre devant moi. Je pris une gorgée pendant qu'il s'asseyait en face et lui chuchotai :

— J'ai remarqué qu'Isidro ne parle vraiment pas beaucoup, et quand ça arrive, il semble avoir de grosses difficultés.

Le prêtre se pencha en avant, ses yeux noirs, doux, fixés sur moi.

— Ils lui ont coupé la langue. Les dealers. Il y a des années, ils mutilaient ainsi les enfants dans sa région, qui est aussi l'endroit où vous allez. *Estante del Diablo*. Isidro a survécu.

— Que veut dire *Estante* ?

— Table. La Table du Diable. C'est un petit village de montagne près d'une région appelée Las Bandejas, au sud d'ici, près de la réserve naturelle de Médanos de Samalayuca.

— Ça a l'air beau.

— Ça l'était… un peu comme l'Éden avant l'arrivée du péché. (Il s'assura que nous étions bien seuls.) Une partie des Tarahumaras ont été déplacés pour qu'ils soient protégés des cartels, mais le mal les a suivis vers l'est. Les fermiers de la région ont été forcés d'abandonner leurs cultures pour planter de la drogue à la place. Le père d'Isidro a refusé et ils l'ont tué, ainsi que sa femme – c'était une femme extraordinaire, sa mère avait fait la guerre civile en Espagne, une loyaliste qui avait combattu Franco et les fascistes. Vous avez vu le fusil d'Isidro ?

— Epitafio ?

— Il appartenait à sa grand-mère. (Il soupira.) Vous savez comment Guzmán et lui se sont rencontrés ?

— Non.

— La policía federal était en train de constituer ses brigades d'intervention, vous savez comme l'équivalent du SWAT, les sections anti-terroristes et autres, et Guzmán ainsi que plusieurs spécialistes de différents pays se trouvaient sur un stand de tir pour former les nouvelles recrues, lorsque ce jeune homme arrive à dos de mulet depuis les dunes. Accroché au pommeau de sa selle par un bout de corde, un vieux fusil Garand.

Il se leva pour remplir mon verre d'eau à l'évier avant de le poser à nouveau sur le napperon.

— Les hommes commencent à rire, mais Guzmán prend le gamin à part et l'installe sur un stand de tir. Il lui dit de viser la cible à trente mètres. Isidro obéit. Trois tirs. Guzmán prend ses jumelles et secoue la tête. Il dit au garçon qu'il a fait mouche une fois seulement. Isidro n'est pas d'accord, alors Guzmán le fait tirer sur la cible à cinquante mètres. Le gamin tire trois fois, même résultat.

— Un trou seulement ?

— Un trou seulement. Alors, les autres s'approchent et Guzmán ordonne à Isidro de tirer sur la cible à cent mètres. Même résultat. (Il sourit.) À ce stade, Guzmán a compris et demande au jeune homme de tirer avec son vieux Garand sur la cible à cent mètres mais cette fois, en graduant ses tirs, un dans chaque cercle ; le gamin s'exécute. (Le prêtre se met à rire.) Maintenant, plus personne ne se moque, et Guzmán affirme que ce garçon a le don le plus formidable qu'il ait jamais vu.

— Méfions-nous de l'homme qui n'a qu'une seule arme, car il sait certainement comment s'en servir, comme on dit chez nous.

Il tapota du plat de la main sur la table.

— Amen.

— Comment se fait-il qu'il ne soit pas employé par la police ?

— Il a été formé et il est devenu policier, mais on lui a demandé d'exécuter un tir qu'il a refusé de faire.

— Il porte un médaillon intéressant autour du cou.

— Riablo. Dans les croyances des Tarahumaras, le Riablo est un peu l'équivalent du diable, sans être le mal absolu. Il travaille avec Dieu à restaurer l'équilibre du monde, parfois au prix de petits sacrifices.

— J'ai comme l'impression qu'Isidro a fait assez de sacrifices.

— *Sí*, maintenant, il travaille en free-lance, et chaque fois que Guzmán l'appelle.

Je bus un peu d'eau.

— L'endroit où je vais…

— Estante del Diablo. Un village près d'une ancienne mine de soufre, un endroit magnifique, très sauvage. J'ai commencé ma carrière là-bas, mais rapidement les choses ont empiré, des choses qu'on ne doit pas nommer. C'était un des principaux villages où on vendait le bétail aux enchères, mais maintenant, on vend d'autres choses…

Je perçus du mouvement à l'autre extrémité de la salle, et Isidro réapparut avec Alonzo, le chauffeur de la Cadillac que j'avais rencontré plus tôt.

— Vous êtes donc là, en train d'écouter des contes de bonne femme ?

Je me levai.

— Quelques-uns, oui.

Alonzo s'adressa au père Rubio en espagnol ; la conversation s'échauffa un peu. Finalement, se tournant vers moi, le prêtre expliqua :

— Il veut que vous l'accompagniez jusqu'à l'intérieur de la cathédrale. Comme il doit porter son oncle, c'est plus facile de passer par la porte principale. Mais j'ai vu la *policía* et d'autres types se balader autour de mon église, et je pense qu'il vaudrait mieux que vous sortiez par là où vous êtes entré. Il est très plausible qu'ils soient déjà à votre recherche.

J'interrogeai Alonzo :

— On va se faire repérer facilement, vous ne croyez pas ?

— Mon oncle a un plan. Venez, nous n'avons pas beaucoup de temps.

Je les regardai l'un après l'autre et emboîtai le pas à Alonzo. Puis je remarquai qu'Isidro était resté à côté du prêtre.

— Il ne vient pas ?

— Il est tarahumara, il nous rejoindra en courant.

Sans un mot de plus, Alonzo pivota et commença à monter l'escalier.

L'intérieur de la cathédrale était étonnamment moderne, et les lueurs chaudes des bancs en chêne et des vitraux ambrés lui conféraient une atmosphère accueillante largement digne d'un lieu de culte ; les quelques fidèles étaient disséminés dans les premiers rangs, sauf une ou deux femmes âgées assises au fond, près de la porte, la tête sous une mantille.

Alonzo et le prêtre me conduisirent vers l'entrée principale, et Rubio s'arrêta pour échanger quelques mots avec l'une des fidèles. Le Voyant était installé vers le fond, penché en avant sur son banc, les mains jointes dans un geste qui pouvait passer pour une prière pleine de ferveur.

Je me glissai à côté de lui et posai le sac de sport par terre entre nous. Je ne pus m'empêcher de fermer les yeux pour savourer le calme et la paix qui régnaient dans l'édifice.

— Enlevez votre chapeau, vous êtes dans la maison de Dieu.

J'ouvris les yeux pour constater que l'homme sans jambes avait fini de prier et me faisait face, ses yeux vides rivés sur moi.

J'enlevai mon chapeau en feuille de palmier et le gardai dans mes mains.

— Comment ça, vous l'entendez quand il est sur ma tête ?

Il jeta un coup d'œil vers le plafond voûté de la nef.

— Est-ce que vous croyez en Dieu, shérif ?

— Je suppose que oui…

Je me sentis complètement coincé, interpellé ainsi dans la cathédrale.

— On pourrait dire que j'ai commencé à douter, ces derniers temps.

Il sourit, ayant probablement perçu mon propre sourire dans ma voix.

— Avec tous les miracles célébrés dans cette cathédrale, comment pouvez-vous douter ?

— Eh bien, il suffit de mettre en face tout le chagrin, toute la douleur.

— *Sí*, mais le chagrin et la douleur sont là pour nous rappeler que nous sommes vivants.

— Hmm.

Je sentis ses yeux morts s'attarder sur le côté de mon visage.

— Vous ne croyez pas aux miracles ?

— Non.

— Hmm. Vous devriez… Si ça se trouve, il en faudra un pour que vous récupériez votre fille.

Il y eut du bruit provenant du narthex, et je vis le prêtre qui se précipitait vers le fond où un groupe d'agents de la *policía* apparut, casqués, en tenue de combat noire et équipés d'armes automatiques. L'officier à la tête du groupe était de grande taille, et il fut le seul à enlever son couvre-chef, qui dévoila une épaisse chevelure argentée.

Le père Rubio était absorbé dans une conversation animée avec lui et j'essayai de me glisser sur le banc, mais l'officier nous fusilla du regard avant d'indiquer à ses hommes de faire demi-tour.

Alonzo retrouva le prêtre et tous deux se penchèrent vers nous. Ils parlèrent en même temps, l'homme d'église en espagnol et Alonzo en anglais.

— C'est la police, ils sont à votre recherche.

— Est-ce qu'ils m'ont vu ?

— Oui, et ils attendent dehors parce que le père Rubio leur a interdit d'entrer dans la cathédrale avec leurs armes.

— Et si on repartait par là où on est arrivés ? suggérai-je.

— Ils auront posté des hommes à toutes les portes.

— Est-ce que vous avez admis que le *gringo* était le shérif ?

Nous nous tournâmes tous vers le Voyant, qui semblait absorbé dans ses réflexions. Alonzo fut le premier à parler.

— Non, mais c'est le seul *gringo*.

Le Voyant sourit.

— Père Rubio, avez-vous votre fabuleuse collection de stylos, et comporte-t-elle un marqueur bleu ?

Rubio écarquilla les yeux devant l'absurdité de la question.

— *Sí, pero…*

— Donnez-le à Alonzo, s'il vous plaît.

Le prêtre choisit un gros marqueur dans sa poche et le tendit à Alonzo.

— Maintenant, prends le sac dont tu m'as parlé.

Exaspéré, Alonzo se pencha, ramassa le sac en toile bleu et gris et le souleva pour le poser sur le dossier du banc, entre nous.

— Et maintenant ?

— Écris soigneusement les lettres B et L en majuscules sur le sac, des deux côtés, s'il te plaît.

— Mon oncle, nous n'avons pas le temps de jouer.

— Fais ce que je te dis.

Alonzo obéit et dessina les lettres sur les flancs clairs du sac.

— Tu veux un point après chaque lettre ?

— C'est à la discrétion de l'artiste ; si tu penses que ça contribue positivement au résultat, je t'en prie, vas-y.

Tout en grommelant, le jeune homme décida d'ajouter les points.

— Ça m'aiderait de savoir pourquoi on fait tout ce putain de cirque.

— Ne blasphème pas dans la maison de Dieu.

Le Voyant s'adressa à moi.

— Vous êtes prêt à partir ?

— Hum… ouaip.

— Auriez-vous la gentillesse de me mettre dans mon fauteuil ?

Jetant un coup d'œil aux autres, qui semblaient aussi perplexes que moi, je soulevai l'homme et le déposai doucement dans son fauteuil roulant, qui se trouvait au bout de la rangée.

— Et maintenant ?

Il eut soudain la mine réjouie, comme si c'était évident.

— Nous partons, mais d'abord, vous mettez le sac de sport sur mes genoux.

Je pris le sac à Alonzo, le posai entre les deux demi-jambes du Voyant, tout en me disant qu'il contenait l'équivalent d'une peine de prison de deux cents ans. Je fis pivoter le fauteuil et le poussai lentement en direction de la porte tandis que les autres nous emboîtaient le pas.

— Je n'ai aucune idée de ce qu'est ce plan, mais j'espère qu'il va marcher.

Le Voyant désigna son neveu du menton.

— Alonzo, il vaudrait mieux que ce soit toi qui pousses et que le shérif soit à côté de moi.

— Je vais prier pour que vous restiez sains et saufs, lança le père Rubio.

— Voilà qui nous sera utile, pas de doute, marmonna le jeune homme.

Je pris place à côté du fauteuil roulant tandis que nous approchions des grandes doubles portes de la cathédrale. Je me demandais ce que le Voyant avait bien pu inventer.

Je poussai le lourd battant. Au moins vingt flics nous attendaient là, accompagnés d'une bonne douzaine d'autres sur la *plaza* en contrebas, appuyés sur leurs véhicules ou sur les grosses pièces d'artillerie installées à l'arrière de leurs énormes pick-up noirs. Je songeai que nous allions passer la nuit dans une prison mexicaine et qu'ensuite, je serais transféré au FBI – et ça, c'était le scénario le plus optimiste.

Le grand aux cheveux gris était planté devant le groupe, toujours son casque à la main, et il m'examina longuement tandis que je tenais la porte pour le Voyant et sa garde rapprochée. Il avança d'un pas et tendit la main, en prenant soin d'effleurer les doigts du vieil homme pour qu'il les trouve facilement.

— Je suis heureux de vous voir à l'église, mon ami. Seriez-vous en train d'adopter de nouvelles habitudes ?

— Ah, colonel Hernández. (Le Voyant rit.) Non, je fais juste de plus grosses transactions.

Le chef des fédéraux fit signe à un de ses hommes, qui monta les marches avec un petit sourire narquois et m'attrapa par le bras.

— Présentez-nous donc votre ami…

Le Voyant eut l'air gêné, puis il orienta un peu le sac de sport vers Hernández. L'aveugle pianota sur le sac qu'il avait positionné de manière à montrer les initiales B.L., comme s'il essayait de lui faire comprendre quelque chose. Puis à voix basse, il murmura :

— Ce n'est pas le moment de plaisanter, *Jefe*.

Puis, avec un certain talent d'acteur, le Voyant tendit un bras vers moi et, d'une voix qui imitait celle d'un commentateur sportif, annonça :

— Ne me dites pas que vous ne reconnaissez pas le grand numéro 74, le champion national des *defensive tackles*, onze fois sélectionné au Pro Bowl et au Super Bowl, Mister Cowboys, Bob Lilly ?

Parfois, quand la situation est critique et que vous n'avez pas la moindre chance de vous en sortir, il arrive un moment où vous avez l'occasion de faire quelque chose de tellement imprévisible, tellement excentrique, tellement idiot que seul un innocent l'envisagerait – et pour moi, ce moment-là était arrivé.

Libérant mon bras encore tenu par le policier costaud, je me baissai un peu, collai mon épaule contre sa poitrine et le soulevai, exactement comme je le faisais quand je jouais *offensive lineman* à l'USC, autrefois. Je l'avais pris par surprise, et il perdit l'équilibre, partit en arrière, et s'écroula à plat dos sur le béton, heureusement préservé de la commotion par le rembourrage de son gilet pare-balles et son casque.

Que ce soit à cause du choc provoqué par mon geste, de l'audace dont je venais de faire preuve, ou parce que ce policier n'était pas le plus apprécié de l'unité, à mon grand soulagement, le colonel se mit à applaudir lentement et tout le groupe se joignit à lui pour m'acclamer.

3

— J'AI mal à la main.

Alonzo écrasa l'accélérateur de la Caddy et nous nous enfonçâmes en trombe dans la nuit soyeuse comme une panthère couleur pastel.

— À cause du coup que vous avez mis au policier ?

Je tripotai le marqueur bleu dans ma poche de chemise, pour m'assurer que le bouchon n'était pas parti.

— Non, à cause de tous les autographes que j'ai signés.

Le Voyant me sourit.

— Je dois reconnaître que j'ai eu un éclair de génie, monsieur Lilly.

— C'était un acte de désespoir.

Alonzo dépassa les véhicules plus lents tout en évitant les nids-de-poules et les bus du sud de Juárez. Nous traversions un quartier de vieux bâtiments industriels, un super endroit pour se faire tuer.

— Comment vous saviez qu'il tomberait dans le piège ?

— Le colonel est un grand fan de football américain et je savais qu'il ne laisserait pas passer une occasion de rencontrer une célébrité, même s'il avait de légers doutes…

— Est-ce que cela signifie que nous renonçons au plan acheteur d'armes ?

— Peut-être. Incarner une star du football fonctionnera sans doute mieux, vu votre taille.

— Ça me va. Je préférerais ne pas passer les deux prochains siècles dans une prison mexicaine.

J'observais les grands entrepôts le long de la route et aperçus des jeunes femmes qui marchaient dans les rues peu éclairées.

— Quel est ce quartier ?

— Celui des *maquiladoras*, des usines d'assemblage situées tout le long de la zone industrielle, qui permettent de fabriquer des produits de l'autre côté de la frontière sans payer de taxes ni de droits de douane. Mes compatriotes travaillent pour un salaire six fois plus bas que leurs équivalents aux Estados Unidos parce qu'ils n'ont pas le choix. Quand le programme a commencé au milieu des années 1980, il s'agissait d'une main-d'œuvre essentiellement masculine, mais ensuite, ils ont découvert que les jeunes femmes avaient une plus grande dextérité et pouvaient travailler plus longtemps, alors maintenant, il y a beaucoup plus de femmes que d'hommes. (Il posa son menton sur le dos de sa main.) C'est par ici que de nombreuses femmes ont disparu et été tuées. (Il ajusta son chapeau.) Elles arrivent de la campagne, elles n'ont pratiquement aucune expérience du monde, mais elles sont attirées ici par la promesse de bons salaires.

Il tendit le bras vers les alentours, qu'il ne voyait pas.

— Dites-moi, est-ce que c'est un lieu où on a envie de venir travailler ?

— Non.

— Elles n'ont pas d'argent, alors elles circulent à pied ou prennent les transports en commun, dans lesquels il y a très peu de protection policière.

— On parle de combien de disparitions ?

— Des centaines, peut-être des milliers.

Je laissai échapper un soupir.

— Pourquoi est-ce que personne ne fait rien ?

— La plupart des agents de la police sont corrompus, et le machisme des hommes d'ici n'aide pas. Ces jeunes femmes, selon eux, abandonnent leurs responsabilités de mère et d'épouse et prennent des emplois aux hommes.

— Du coup, ce n'est pas grave si on les tue ?

— Elles sont considérées comme facilement remplaçables.

— Pourquoi me racontez-vous cela ?

Il déglutit avec peine.

— Je pense que vous ne devriez pas avoir trop d'espoir de retrouver votre fille vivante.

Je serrai fort le cuir du siège.

— Il ne la tuerait pas, du moins pas avant de m'avoir, moi. Elle est la seule garantie qu'il ait.

— Lui avez-vous parlé depuis qu'elle a été enlevée ?

— Non. (Je posai les yeux sur le gros sac plein d'armes à mes pieds.) Alors, nous nous dirigeons vers le sud, vers la réserve naturelle ?

— Oui, mais d'abord, nous devons passer voir un homme, un ami qui connaît bien mieux la région où nous allons que n'importe lequel d'entre nous. Aujourd'hui, il est médecin, c'est un très bon médecin, mais dans sa jeunesse, il était connu pour ses talents de chasseur et il était membre du CISEN. Il s'appelle Adan Martínez. (Le

Voyant sourit.) C'est un *cabrón* – un salopard – mais c'est mon ami.

— Qu'est-ce que le CISEN ?

— Notre équivalent de votre CIA.

— Qu'est-ce qu'il chassait ?

— Le jaguar.

Je grognai.

— Un animal perfide.

— En réalité, c'est de sa sœur que vous devriez vous méfier le plus, la *Bruja de la piel*.

Alonzo expliqua, en lançant par-dessus son épaule :

— La Sorcière tatouée. Elle est très dangereuse.

Nous restâmes silencieux tandis qu'Alonzo se déportait sur la gauche. Nous soulevions dans notre sillage un nuage de poussière, sur cette route de terre qui paraissait interminable. Je posai ma tête sur le dossier de l'énorme banquette et contemplai les étoiles, qui ne semblaient pas très différentes de celles que j'avais à la maison.

J'avais des renforts de taille, mais je n'étais pas tellement sûr qu'ils seraient capables de me trouver, là où j'allais. Comment allaient-ils réussir à suivre ma piste, ou même à avoir une idée de l'endroit où je serais ? Je savais que j'aurais pu mieux organiser certaines choses, mais je savais aussi que je devais récupérer Cady le plus vite possible, et la seule manière de le faire était de commencer par repérer où elle était détenue.

Au bout d'un moment, je rabattis mon chapeau sur mon visage, me disant que le désert était un peu le même partout. Je n'avais pas beaucoup dormi ces dernières nuits et je risquais d'en avoir peu l'occasion prochainement, alors je fermai les yeux. Dans le noir, je ne voyais que les deux formations rocheuses géantes qui étaient reproduites sur la vieille carte postale que j'avais reçue à Durant, Wyoming, avec le cachet de la poste de Juárez, Mexique.

Gemelos de Roca, tel était le nom du site géologique représenté sur la carte, avec un sentier qui passait entre les rochers, quelques cactus noueux, et un bourricot solitaire, à l'air triste, à l'évidence placé là pour donner une idée de l'échelle.

J'avais mémorisé tous les détails de l'image rangée dans ma poche, les hachures délavées et la texture du papier sous le bleu clair du ciel, les verts vifs des cactus et les menaçantes tours de roche volcanique. *Gemelos de Roca, la formación en Chihuahua*, d'un côté, et de l'autre, un message composé d'un mot : VENEZ, avec *Hecho en Mexico* imprimé en bas et le cachet de la poste représentant un contour du pays avec un aigle royal en train de manger un serpent dans une encre presque violette.

Le mot était tracé au centre, juste à gauche d'une mince ligne verticale qui le séparait de mon adresse.

VENEZ

Ce mot me hantait depuis des jours et des nuits.

Le début du conflit entre Tomás Bidarte et moi remontait à plus d'un an, et durant ce temps, il avait sous-traité à l'Asociación Punto Muerto un contrat sur ma tête, assassiné le mari de Cady et infligé à mon adjointe, Victoria Moretti, des blessures aux séquelles irréparables. Puis il avait enlevé ma fille, et d'une agression mortelle avec délit de fuite nous étions passés à la guerre ouverte.

C'est sur cette pensée réconfortante que je dus m'endormir.

Je me réveillai en sursaut. Tandis que je laissai ma tête rouler sur un côté, je sentis mon chapeau tomber sur mes genoux. J'essuyai la bave qui avait coulé sur ma joue et regardai autour de moi. Je vis un bâtiment à un étage doté d'arcades sur ma droite et ce qui ressemblait à une mission désaffectée sur ma gauche. Il y avait quelques petites structures en adobe, le torchis typique des bâtiments mexicains traditionnels, et un vieux château d'eau avec les mots *puerto seguro* écrits à la bombe. Même si le site était pittoresque et que dans l'air flottait le parfum du feu de bois, les édifices étaient tous plus ou moins délabrés, et le village tout entier paraissait abandonné.

Derrière, de hautes montagnes s'élevaient, et dans la lumière crue de la lune elles ressemblaient à des silhouettes découpées dans du carton, prêtes à servir de décors pour le tournage d'un vieux western en épisodes. Vers la gauche, il y avait un gros massif montagneux accidenté, dont la forme rappelait un peu Cloud Peak, chez moi dans les Bighorn Mountains, et une route cabossée traversait le minuscule village avant de monter sur les contreforts et de disparaître dans les collines ; celles-ci étaient séparées par un défilé, un passage peu accueillant qui s'enfonçait plus haut dans les rochers de lave noire calcinée – on aurait dit de la terre brûlée, rien de comparable à ce que nous avions dans le comté d'Absaroka.

Au centre du village, un poteau d'environ deux mètres de hauteur était planté au milieu de la route. Empalée dessus, la tête d'un sanglier.

Je poussai le siège passager de la Caddy vers l'avant et ouvris la portière. Un peu instable sur mes jambes, j'inspirai à fond et me frottai le visage pour rétablir la circulation sanguine ; je n'avais peut-être pas dormi longtemps, mais mon sommeil avait été profond.

Je refermai sans bruit la portière et, adossé à la voiture ridicule, j'examinai le bâtiment le plus proche. Fait de briques de terre crue, l'édifice couleur brun clair semblait être une grande demeure ou un vieil hôtel. Dans tous les cas, il avait connu des jours meilleurs. Des ampoules multicolores éclairaient l'étage et j'entendis des rires et le doux murmure de voix espagnoles.

Un chat noir avec les quatre pattes et le poitrail blancs s'approcha et se frotta contre ma jambe. Je me baissai pour le caresser quand je remarquai une plaie béante à côté de sa mâchoire. Je tapotai le haut de sa tête, me redressai et le repoussai doucement du bout de ma botte.

Un escalier latéral au niveau du patio sur ma gauche menait à une ouverture donnant sur la *plaza*. En montant, je passai devant une fenêtre et vis, entre les rideaux, deux femmes affairées dans une cuisine. L'une d'elles s'activait devant une vieille cuisinière à bois.

J'étais sur le point de poursuivre quand je me rendis compte que quelqu'un se tenait sur le palier. Dans le contre-jour, la silhouette semblait féminine – très féminine. Les bras chargés de nombreuses assiettes vides, elle continua à descendre vers moi.

— Je leur ai dit de tous vous attendre, mais ce sont des *cerdos*.

Elle s'arrêta deux marches au-dessus de moi, ses yeux désormais au même niveau que les miens, passa les assiettes dans sa main gauche et tendit la droite.

— Vous êtes le shérif?

Je pris la main tendue et constatai à quel point ses doigts étaient puissants.

— Walt Longmire. Je suis *un* shérif, oui.

— Celui dont la fille a été enlevée ?

Je confirmai d'un hochement de tête.

Elle m'observa, et dans le trapèze de lumière provenant de la cuisine, je vis qu'elle avait une cinquantaine d'années, qu'elle était remarquablement belle, avec une épaisse chevelure noire ondulée qui descendait jusqu'à ses épaules ornées de tatouages élaborés. Elle avait un regard troublant, dû à des yeux d'une couleur violette incroyable – comme un ciel des hautes plaines juste avant un orage.

Elle resta silencieuse encore quelques secondes puis se glissa à côté de moi.

— Montez, *un* shérif. Je vous apporte à manger.

— Comment vous appelez-vous ?

— Bianca, me lança-t-elle par-dessus son épaule.

Je m'arrêtai un instant, essayant de me souvenir comment le Voyant et Alonzo l'avait appelée.

— Heureux de vous rencontrer, Bianca.

Arrivée au pied de l'escalier, elle leva les yeux vers moi.

— Farine ou maïs ?

— Pardon ?

— Vos tortillas, vous les préférez à la farine ou au maïs ?

— Je ne sais pas vraiment.

— Vous n'avez jamais mangé à Taco Bell ?

Je la vis disparaître au coin de l'escalier, repris mon ascension et atteignis le palier. Sur ma droite, j'aperçus mes compagnons assis avec un autre homme et une autre femme sur des chaises en bois autour d'une table ronde en métal surmontée d'un grand parasol en chaume, festonné de guirlandes lumineuses de Noël. Il y avait quelques reliefs de repas, ainsi qu'un certain nombre de petits verres et une bouteille portant une étiquette manuscrite.

— *Hola.*

Le Voyant, sans bouger, me fit signe d'approcher.

— Votre espagnol progresse merveilleusement, on dirait.

À côté d'une vieille lampe torche de modèle ancien se trouvaient étalées toutes les armes de poing qui se trouvaient dans le sac de sport de Guzmán.

— Elles sont à moi.

L'autre homme présent, dont je supposai qu'il était Adan Martínez, prit un semi-automatique et, l'air de rien, le braqua sur moi.

— Et si je disais que je veux celle-ci ?

Ayant déjà dégainé, je pivotai mon .45 et le pointai sur sa tête, plus exactement sur son œil droit.

— Eh bien, dans ce cas, il faudra voir si votre action sur le levier combiné à l'arrêtoir de culasse et le court recul du canon solidaire de la glissière au moment où le guide hélocoïdal déclenche la rotation du canon et le déverrouillage de cet Obregón seront plus rapides que le percuteur de mon colt.

Un silence gêné s'installa.

L'homme éclata de rire, serrant la femme assise à côté de lui tandis que les autres se joignaient à l'hilarité générale.

— Un peu comme celui du Steyr M1912 austro-hongrois ?

Je gardai le 1911 braqué sur lui, remarquant ses traits taillés à la serpe, ainsi que son bouc et une petite barbichette à la Dizzy Gillespie sous sa lèvre inférieure.

— Nan.

Il monta le canon de l'Obregón vers le ciel étoilé.

— C'est la conclusion à laquelle mon pays est arrivé au milieu des années 1930, quand les autorités ont refusé de l'adopter pour le service militaire, contrairement à ce qu'ils ont fait pour mon grand-père.

Je baissai mon arme.

— Ça aide aussi d'y mettre le chargeur, qui manquait – tout comme les munitions .45 ACP – d'après ce que j'ai vu la dernière fois que j'ai inspecté le contenu du sac.

Il désigna mon colt.

— Apparemment, vous en avez. Vous pourriez m'en donner ?

Je rangeai le .45 dans mon holster.

— Peut-être plus tard.

J'approchai une chaise et m'assis, tandis que Martínez poussait vers moi la bouteille pleine d'un liquide trouble.

— Mescal.

— Non merci.

— Une production locale.

J'embrassai la vue depuis le premier étage.

— Je n'ai pas l'impression qu'on produise grand-chose par ici.

Il haussa les épaules, prenant la femme à témoin.

— Ahhh… (Il contempla les montagnes.) C'était un joli village autrefois, avant que le fléau ne nous envahisse.

— Comment se fait-il que vous ayez le droit de rester ?

— Nous avons un accord, les cartels et moi.

— Lequel ?

— S'ils viennent ici, je les tue.

— Et vous en tuez souvent ?

— De temps en temps.

Il ramassa la lampe torche, l'éteignit et la ralluma deux fois en la dirigeant vers le château d'eau. Quelqu'un lui répondit par le même code lumineux.

— Est-ce que vous seriez surpris si je vous disais que depuis votre arrivée, vous avez une balle demi-blindée calibre .416 Rigby pointée entre vos omoplates ?

— J'aurais été déçu si cela n'avait pas été le cas.

Il sourit au Voyant qui ne risquait guère d'apprécier, mais peut-être que le vieil aveugle pouvait entendre les sourires, aussi.

— Je l'aime bien.

Le Voyant but quelques gorgées de mescal avec Alonzo.

— Il ne se laisse pas perturber facilement, on dirait.

— Il aura d'autres occasions. (Adan m'examina.) Est-ce que vous chassez ?

— Autrefois ça m'arrivait, quand j'étais jeune.

— Vous allez devoir réveiller votre instinct de chasseur – dans cette région du monde, on est soit le chasseur, soit le gibier. (Martínez tendit la main.) Montrez-moi la carte postale.

Je la sortis de ma poche et la lui tendis.

Il la manipula comme une relique, lut le mot au dos, puis me la rendit.

— Je connais cet endroit.

— C'est loin.

— Mortellement loin.

Je jetai un coup d'œil par-dessus mon épaule, en direction des montagnes.

— Il faut que j'aille là-bas.

— Vous ne pouvez pas y aller, depuis ici.

— J'ai déjà entendu ça, dans le Wyoming.

Il secoua la tête.

— Autrefois, il y avait sur cette route un pont qui permettait de franchir le canyon, mais il s'est à moitié écroulé il y a plusieurs années, et il ne reste plus qu'une piste qui conduit au vieux pont et à la rivière, et on ne peut traverser ni l'un ni l'autre.

— Alors, comment fait-on ?

— Vous devrez vous diriger vers le sud jusqu'à Torero puis emprunter la route de la crête qui s'enfonce dans les montagnes, mais Torero est une ville très dangereuse – le dernier endroit un peu civilisé avant de pénétrer dans Estante del Diablo. (Il vida son verre.) Il se fait tard, vous devez d'abord manger puis dormir un peu.

— J'ai dormi.

— Alors, vous devez manger.

Il sourit et serra la femme anonyme assise à côté de lui.

— Ma sœur vous a préparé un repas, mais comme nous autres allons nous coucher, vous serez peut-être mieux à la cuisine, elle vous attend. (Il se leva, signifiant que la fête était finie.) Je suggère qu'après vous vous reposiez. Demain, la journée sera longue.

— *Rebocado*, c'est un plat assez simple.

Je continuai à manger parce que c'était délicieux et parce que j'avais découvert que j'étais affamé. Levant les yeux de mon assiette, je ne pus m'empêcher d'examiner ses épaules, où au milieu de motifs floraux tourbillonnants, je distinguai des crânes, des symboles religieux, des anges, des diables et des jeux de hasard.

— J'ai appris il y a longtemps que les plats aussi savoureux n'ont absolument rien de simple.

— Ragoût de porc cuit lentement, avec des piments et du pourpier vert.

— Je ne sais même pas ce qu'est le pourpier.

— Une plante.

Bianca détourna les yeux vers la vitre embuée de la fenêtre et je remarquai de fines rides aux commissures de ses lèvres.

— Nous avons beaucoup de plantes sauvages dans le coin. On l'appelle aussi la berce. Elle est beaucoup plus amère quand on la cueille le matin.

— Du porc, vous avez dit ?

— Oui.

— Je crois que j'ai vu ce qui restait de sa Majesté des mouches planté sur une pique au milieu du village. (Elle n'eut pas l'air de comprendre.) La tête du cochon…

Son visage s'assombrit soudain.

— L'humour d'Adan.

Je repoussai l'assiette creuse sur la surface brute de la table de ferme et grignotai une tortilla chaude.

— Comment ça, son humour ?

— Sa manière de célébrer *Día de los Muertos*.

Elle écarta une mèche de cheveux de son visage et posa sur moi ses yeux qui avaient viré au violet profond.

— Une fête populaire chez les narcos de la région. Ils ont tué tellement de gens, pourquoi ne pas fêter ça ?

D'un mouvement de tête, elle désigna mon assiette vide.

— Nous aurions préféré vous servir quelque chose de plus respectable, mais tout le monde est occupé à préparer des gâteaux pour les fêtes et les autels des morts que nous honorons.

— Quand a lieu cette fête ?

— Dans trois jours. Après-demain, c'est *Día de los Angelitos*, le Jour des Petits Anges ou des Innocents, où on rend hommage aux petits enfants décédés. Il est suivi du Jour des Morts.

— Où on honore les adultes ?

— Oui.

Elle posa un coude sur la table et cala son menton sur sa main.

— Vous êtes croyant ?

— Pas particulièrement.

— Vous avez une femme ?

— Elle est décédée.

Je lui souris, juste pour qu'elle sache qu'elle n'avait pas commis d'impair.

— Vous posez beaucoup de questions.

— Oui. Je ne peux pas m'en empêcher. Je suppose que c'est parce que je suis du genre curieuse. (Elle agita une main pour signifier qu'elle renonçait aux sujets personnels.) À l'origine, au temps des Aztèques, la fête avait lieu en été, mais quand le pays a été colonisé par les Espagnols, la date a changé. Elle n'était pas très populaire ici, dans le Nord. Par la suite, le gouvernement en a fait une fête nationale dans le but de créer une identité commune pour le pays.

Je me calai dans la chaise en bois branlante et sentis les pieds glisser sur le sol en pierre.

— Qu'est-ce qui se passe pendant cette fête ?

— Les choses habituelles : des cérémonies religieuses, un défilé costumé, des sacrifices de nourriture et de boisson en l'honneur des morts. Les gens dansent, boivent… ils boivent beaucoup dans cette région.

— Un défilé costumé ?

— Les *Calaveras*, où les hommes et les femmes revêtent des costumes traditionnels et se peignent le visage pour ressembler à des crânes.

Elle me versa un autre verre d'eau d'une bouteille qu'elle venait de déboucher.

— Vous êtes curieux, vous aussi…

— J'essaie juste d'apprendre quelques petites choses sur la culture locale, au passage.

Elle se servit à boire dans un des verres à bord épais tandis que le silence s'insinuait entre nous.

Je gardai les yeux rivés sur la peinture usée de la table, qui avait visiblement reçu au moins huit autres couches de couleurs dans son histoire.

— Est-ce qu'ils seront en train de célébrer *Día de los Muertos* à Estante del Diablo ?

Elle observa mon profil puis ramassa les assiettes avant de s'approcher du profond évier en pierre. Elle resta là, le dos tourné.

— Vous devriez aller dormir.

Je pris une grande inspiration puis me mis debout.

— Je suis désolé si je vous ai contrariée.

Elle lâcha la vaisselle qui tomba avec fracas puis me fit face.

— Vous allez mourir, et toutes les personnes que vous allez emmener avec vous vont mourir là-bas aussi.

Devant cet emportement, je restai figé quelques secondes.

— Je n'emmène personne avec moi.

— Le Voyant, Alonzo, mon débile de frère et qui d'autre ?

J'attendis quelques instants puis rangeai ma chaise contre la table.

— J'ai juste besoin qu'ils m'amènent à l'endroit où ma fille est retenue prisonnière.

Elle eut un geste de découragement.

— Les gens sont traités comme des esclaves là-bas, ils sont achetés, vendus, et personne ne revient jamais de chez eux. C'est le plus grand cimetière de l'État souverain de Chihuahua. (Elle prit une inspiration.) Il y a un monastère, Monasterio del Corazón Ardiente, dans lequel aucun prêtre n'a mis les pieds depuis plus de quarante ans.

Attrapant mon chapeau sur le dossier de ma chaise, je le posai sur ma tête.

— Merci pour le dîner.

Elle m'observa pendant quelques secondes supplémentaires puis revint à son évier pour ramasser les morceaux cassés de mon assiette.

— Mon frère est venu ici après avoir déjà eu tellement de vies, à la recherche d'un endroit calme où se retirer. Il aurait pu être un grand dirigeant pour notre peuple, mais il se laisse facilement influencer.

— Il ne m'a pas présenté la femme qui se trouvait à l'étage.

Elle m'offrit un profil magnifique.

— Quelle importance ? Demain, elle aura disparu.

Elle croisa les bras et se planta face à moi.

— Je devrais tenir ma langue, fit-elle avec un soupir. Il était médecin, un très bon médecin. C'était un homme beau et talentueux – les filles se jetaient à son cou, et je crois qu'il a fini par s'y habituer. Il n'avait aucun effort à faire, alors aucune d'elles n'avait tellement de valeur à ses yeux. Puis, il a rencontré une femme, une vraie femme, qui a porté son enfant, et il a commencé à travailler pour le gouvernement. Elle est tombée malade. Il a fait tout ce qu'il a pu, mais elle est morte. Depuis ce jour-là, je crois qu'il cherche un moyen de mourir. (Elle eut un geste de découragement.) Les femmes, les narcos, et maintenant, vous.

J'ignorai cette dernière remarque.

— Donc, les cartels le connaissent ?

— Lui les connaissait sur un plan professionnel quand il travaillait avec le Centre national du renseignement, mais il est aussi le meilleur médecin de tout l'État, et ils ont parfois eu besoin de ses compétences. Ces derniers temps, ils préfèrent soigner leur personnel au rabais.

Elle pointa son doigt tendu vers moi et fit mine d'appuyer sur la détente avant de poser l'arme imaginaire.

— Maintenant, ils ont peur de lui. S'il n'a plus le pouvoir de vie, ses Rural Defensas et lui ont le pouvoir de mort. Certes, nous avons perdu beaucoup d'hommes mais eux aussi ont payé un prix exorbitant. Voilà ce que j'ai appris avec les années – il n'y a pas de sécurité, il n'y a que le châtiment. (Elle reprit sa place devant l'évier.) Et le châtiment n'a pas de fin.

Je restai immobile quelques instants pour accueillir ces déclarations avec le respect adéquat, puis je me dirigeai vers la porte, l'ouvris et m'engageai dans le couloir le long duquel se distribuaient les chambres du vieil hôtel.

Tout en marchant vers ma chambre, je regardai dehors et vis quelqu'un fumer dans la rue. C'était Adan, alors je décidai d'avoir une petite conversation avec lui.

— Dites au sniper de ne pas tirer, ce n'est que moi.

— Il le sait.

Je le rejoignis et il sortit un autre cigare de sa poche pour me l'offrir.

— Je ne fume pas.

Je fis quelques pas de plus, tout en contemplant la tête de cochon au bout de la pique.

— Je crains d'avoir contrarié votre sœur.

— Il est facile de contrarier Bianca.

— Elle semble croire que je suis ici pour vous convaincre de m'aider. (Il haussa les épaules.) Je veux juste récupérer ma fille.

Il désigna les montagnes hostiles.

— Et à votre avis, qu'est-ce qu'il veut, lui ?

— Moi.

— Et vous êtes prêt à faire ce sacrifice ?

— Oui.

— Vous avez l'air sûr de vous.

— Je le suis.

Le visage dubitatif, il s'approcha de la décoration macabre au milieu de la rue.

— Au départ, ils ne sont pas comme ça.

Je jetai un coup d'œil vers le cochon.

— Morts, vous voulez dire ?

— Amateurs de chair humaine.

Il fourra sa main dans sa poche et souffla un épais nuage de fumée dans le ciel.

— J'ai commencé ma carrière de médecin en me lançant à la poursuite d'un jaguar qui tuait les gens de mon village, au sud d'ici.

— Votre carrière dans la médecine a commencé par une chasse au jaguar ?

— Un animal qui se met à attaquer l'homme pour le manger est un animal qui, contraint par des circonstances qui le dépassent, se voit obligé d'adopter un régime alimentaire étranger à sa nature.

— Nous parlons de jaguars ?

— Entre autres. (Il tira une nouvelle bouffée.) Le jaguar en question était une femelle assez jeune, mais elle avait eu le malheur de tomber sur un porc-épic, une rencontre qui lui avait coûté un œil et une cinquantaine de blessures sous-cutanées sur la gueule et une patte avant. Mon hypothèse est qu'elle était couchée dans les hautes herbes en train d'essayer d'extraire les piquants avec ses dents quand une femme du village a choisi cet endroit précis pour ramasser du fourrage pour ses vaches. La femme s'est trouvée juste à côté du jaguar et d'un coup de patte, le grand félin lui a brisé le cou.

— Comment l'avez-vous su ?

— En dehors du coup à la tête, la femme n'avait aucune marque, et elle tenait encore une faucille dans une main et une poignée d'herbe dans l'autre.

Il s'avança jusqu'au centre du village abandonné et m'invita d'un geste à le suivre tandis qu'il faisait quelques pas tout en fumant.

— Ce jaguar est parti et a parcouru trois bons kilomètres avec sa patte blessée avant de trouver refuge dans un creux sous un arbre tombé. Deux jours plus tard, un homme est venu découper du bois pour son fourneau. La femelle l'a attaqué et l'a tué. Elle l'a frappé dans le dos, et cette fois, comme elle était affamée, elle a décidé de goûter la chair. Les êtres humains ne font pas partie de l'alimentation normale des jaguars, mais elle a assouvi sa faim. Le lendemain, elle a tué à nouveau, délibérément cette fois, et sans avoir été provoquée. Elle a tué vingt personnes de plus, avant que je lui règle son compte.

— Vous avez dit que votre carrière de médecin avait commencé par la mise à mort de ce jaguar.

— Je lui ai ouvert le ventre pour voir si je pouvais trouver la source du mal, il n'y avait rien. (Il tira sur son cigare pour l'empêcher de s'éteindre.) Comme j'ai dit, j'étais jeune, mais je suis devenu expert dans le fait de tuer des tueurs, une tâche difficile car ceux qu'on chasse sont le plus souvent eux-mêmes des chasseurs aux compétences redoutables.

— Et les hommes ?

Dans ses yeux brilla un éclat soudain.

— Ce sont les pires, car il leur arrive de tuer pour la simple raison qu'ils le peuvent. Je n'ai jamais vu un homme comparable à celui que vous traquez. Quand la culture de marijuana s'est effondrée, il les a obligés à fabriquer les cristaux blancs à partir de produits chimiques.

— Le crack.

— Ça les rend encore plus fous, si c'est possible. Votre ennemi était déjà un être mauvais quand il est arrivé ici, mais la compétition pour être le plus féroce l'a complètement dévoré et il est devenu un monstre parmi les monstres. (Adan observa les alentours.) Tôt ou tard, il s'en prendra à mon domaine, simplement parce qu'il veut se l'approprier, et ça, je ne le permettrai pas.

— Qu'est-ce que vous ferez ?

— Je le tuerai, comme j'ai tué beaucoup d'autres tueurs avant.

Il tint son cigare devant son visage, souffla dessus pour faire tomber la cendre, puis raviva l'extrémité qui rougeoya.

— J'ai monté ma propre force de police dans la région, un groupe appelé les Rural Defensas, ce qui me permet de contenir ces hommes.

— Votre sœur m'a parlé d'eux.

— Une milice à temps partiel. Je les arme et je les entraîne moi-même.

Il attira mon attention sur la route déserte.

— Notre première action a été de dynamiter le vieux pont entre les montagnes et nous. Nous ne voulons rien de ce qu'ils ont là-bas et nous n'avons rien que nous serions prêts à leur céder.

— Impasse mexicaine ?

Il sourit.

— Si vous voulez.

— Eh bien, c'est votre combat et pas le mien. Je ne vous permettrai pas de…

— *Me* permettre… ?

Je repensai aux paroles de sa sœur.

— Je ne cherche pas à vous offenser, mais je ne veux pas que vous confondiez les enjeux et que vous tentiez de faire mon travail à ma place.

Il hocha la tête, continuant de fumer. Nous nous tenions là, dans la rue, avec la tête de sanglier entre nous comme si l'animal faisait partie de la conversation.

— Si la mort de Bidarte résout nos problèmes, les miens et les vôtres, pourquoi ne pas travailler ensemble ?

— Je ne veux pas être responsable de quelqu'un d'autre.

Il sourit, tendit le bras et toucha le sinistre trophée.

— Nous ne sommes pas dans un film, mon ami. Bidarte a une armée – un bataillon bien entraîné, bien armé de tueurs qui feront tout leur possible pour vous arrêter. Si vous vous confrontez à eux seul, vous mourrez très certainement, ou pire, et bien que vous soyez prêt, je doute que cela aide beaucoup votre fille.

— Malgré tout…

Sa main resta posée sur la tête.

— Ce sanglier, je l'ai capturé tout petit et l'ai élevé. Il avait quinze ans et il pesait presque trois cent vingt kilos. Il me suivait partout. Il était comme un membre de la famille, mais la semaine dernière, j'ai compris qu'il était temps pour lui de partir et j'ai été obligé de le tuer. C'était comme ça avec la femelle jaguar aussi, et ce sera pareil avec Bidarte. Votre arrivée signifie que son heure est venue, il devra partir.

Il prit une dernière bouffée de son cigare et le jeta étonnamment loin. Le mégot atterrit sur la route et un petit point rouge sautilla autour de lui avant de disparaître.

Martínez me sourit.

— Un de mes hommes – nous jouons à ce jeu tous les soirs.

4

— Je veux devenir avocate.

Je m'immobilisai, la fourchette en l'air.

— Pourquoi ?

Ma fille adolescente lança un coup d'œil du côté de ma femme, assise à la table de la minuscule maison de location dans laquelle nous vivions sur mon maigre salaire d'adjoint.

— Je veux que mes actes comptent.

Martha m'observa tandis que je mettais la nourriture dans ma bouche et que je commençais à mâcher. Elles se liguaient contre moi, comme toujours.

— Je croyais que tu voulais devenir enseignante ?

— J'ai changé d'avis.

— Pourquoi ?

— À cause de toi. (Elle sourit devant mon air perplexe.) Tous les jours, tu aides des gens, et c'est ça que je veux faire. Je pourrais être prof, mais je n'ai pas trop la vocation de la transmission.

Je posai ma fourchette sur l'assiette aux motifs chinois bleus que nous avions héritée de la mère de Martha.

— Alors, qu'est-ce que tu envisages ?

Sans se départir de son sourire, elle répondit :

— Je suis une guerrière, et c'est ta faute.

J'examinai l'intérieur rustique de mon logement et repensai à ce que le Voyant avait dit : j'entendrais probablement des choses tomber de la fissure du plafond. Il avait expliqué qu'il y avait deux cent vingt et une espèces de scorpions au Mexique dont huit seulement étaient assez venimeuses pour tuer un homme. Cependant, il ignorait lesquelles et si elles étaient répandues dans la région.

Alonzo m'avait conseillé de dormir la bouche fermée.

Allongé, je vis au moins trois bestioles tomber du plafond, mais elles disparurent dans les ombres aux quatre coins de la chambre. J'envisageai de me lever, mais après ? Faire un sort à la bouteille de mescal et peut-être partir avec la Cadillac ? Je ressentis un élan d'autosatisfaction à la pensée que je n'avais pas plongé au point de conduire en état d'ébriété ou de voler des voitures.

Je roulai sur le flanc et contemplai l'idée de traverser le désert en courant, vêtu de mon seul caleçon, pour rejoindre le pont détruit, traverser la rivière à la nage, grimper sur les falaises et trouver Tomás Bidarte que j'étranglais à mains nues.

Je chassai d'un coup de pied un scorpion qui était tombé sur mon lit et m'assis. Des voix à l'extérieur attirèrent mon attention. M'approchant en catimini des baies vitrées, je pris bien soin de ne pas faire le moindre bruit, attentif à l'endroit où je mettais mes pieds. J'aperçus un groupe d'hommes en train de discuter avec Alonzo, tous debout dans la rue près de la fameuse tête de sanglier.

Il fit un geste dans ma direction, et quand les autres hommes se tournèrent, je vis qu'ils étaient armés, l'un d'eux tenant même dans ses bras une kalachnikov qui avait l'air flambant neuve. Debout là à écarter de quelques centimètres le léger rideau rouge, je regrettai d'avoir abandonné l'apprentissage de l'espagnol à l'université – je ne comprenais qu'un mot sur quinze de leur conversation.

Alonzo pointa un doigt vers moi et le groupe se mit en marche.

Je lâchai le rideau, secouai rapidement le drap et me recouchai, non sans glisser ma main sous mon oreiller pour attraper mon 1911.

Ma grand-mère maternelle, qui souffrait de la cataracte, avait dormi avec un colt Walker .44 de 1847 sous son oreiller toute sa vie. À l'époque affreuse des années 1930, un vagabond était venu chez elle, cherchant du travail. Elle lui avait fait désherber un peu de terrain, l'avait nourri et lui avait permis de dormir dans la grange, mais quand il était apparu cette nuit-là au pied de son lit armé d'un couteau de boucher, elle l'avait transpercé d'une balle de .44 à une vitesse de plus de trois cents mètres par seconde. Mon père, un des hommes les plus courageux que j'aie connus, disait qu'il refusait catégoriquement de s'approcher de chez eux après la tombée de la nuit, même pour de l'argent.

Je défis le cran de sécurité, fermai les yeux juste assez pour paraître endormi tout en observant l'ombre des portes-fenêtres qui donnaient sur le portique.

Au bout d'un moment, l'une d'elles s'ouvrit d'une trentaine de centimètres, et Alonzo passa une tête dans la chambre.

Je ne bougeai pas, et il disparut. Je serrais le .45, prêt à le sortir si nécessaire, quand un autre individu apparut, puis un autre encore, et enfin l'homme avec la kalachnikov. Je me dis que si quelqu'un devait me descendre, ce serait lui, mais le canon de l'arme automatique resta pointé vers le sol tandis que lui aussi me regardait dormir.

Un autre scorpion tomba du plafond – il tomba sur le dos, à une dizaine de centimètres de mon bras. Immobile, je le fixai tandis qu'il se remettait sur ses pattes. Je ne bougeai toujours pas et continuai à observer l'homme qui m'observait depuis le seuil. Puis il fit un signe à ses amis.

Au bout de quelques minutes, cette activité avait dû finir par les lasser, et la porte se referma doucement. Je gardai les doigts toujours serrés autour du colt, m'attendant à ce qu'ils défoncent la porte et ouvrent le feu à tout instant, mais cela n'arriva pas, et je restai allongé là, en vain.

Le scorpion finit par s'approcher de moi. Il mesurait environ cinq centimètres, il était brun clair et brandissait sa vilaine petite queue, prête à frapper.

D'un mouvement rapide du bras, je me servis du canon de mon colt pour déloger mon colocataire, qui tomba sur le sol en pierre avant de se carapater. Je remis le cran de sécurité sur le 1911 et, tout en espérant que ma bouche resterait fermée, je dus somnoler un peu.

Finalement, je renonçai et repoussai le drap. Après avoir soigneusement secoué mes vêtements, j'enfilai mon jean, ma chemise et mes chaussettes, prenant soin de vérifier que mes bottes n'étaient pas habitées, ainsi que Martínez me l'avait conseillé.

Je rangeai le .45 dans le holster sur mes reins et repris mon livre. Les lueurs du petit matin commençaient à éclairer les sommets des collines à l'est, et je savourai la fraîcheur de la nuit, dont je savais qu'elle ne durerait pas.

En arrivant dans la rue, j'eus l'impression qu'il manquait seulement une bande-son composée par Ennio Morricone. Ce pays m'était étranger, même si j'avais l'habitude des déserts d'altitude, mais c'était un modèle du genre et bizarrement, j'appréciais.

Du moins, avant que le soleil ne se mette à taper.

Je marchai dans la direction de l'ouest, vers le bâtiment à moitié en ruine de la mission et les autres constructions en adobe qui ponctuaient les environs immédiats, et j'essayai d'imaginer à quoi cette petite ville ressemblait autrefois. Une ville minière, probablement, à l'époque où un pont permettait d'accéder aux montagnes. Dieu sait qu'il ne devait pas pousser grand-chose dans la région, en dehors des cactus.

J'entendis de la musique provenant des ruines de la mission – les sonorités métalliques me laissèrent supposer qu'elle était émise par une radio. Prenant cette direction-là, je m'aperçus que tout l'arrière du bâtiment s'était écroulé. Il ne restait qu'une partie carrelée, qui avait dû appartenir à l'intérieur de l'église.

Sur une grande bobine de câble était posée une radio vintage, à piles, qui produisait une musique émouvante, composée d'une guitare et d'une voix masculine priant *Madre Mía*. Autour de la table, quelques chaises pliantes de couleurs vives dont l'une était occupée par Bianca Martínez, qui fumait une cigarette et, armée d'une cafetière, remplissait sa tasse.

— *Hola*.

— Salut.

Sans trop savoir comment elle allait se comporter après ce qui s'était passé la veille au soir, je restai de mon côté du mur écroulé.

— C'est ici que vous prenez votre café du matin ?

Elle hocha la tête.

— Accompagnée de Radio Cañón, XEROK-AM, une des stations transfrontalières de Juárez. Autrefois, ils faisaient la pub des Crazy Water Crystals de Carr Collins*, et de la vente de poussins par correspondance. Ils essayaient aussi de convaincre leurs auditeurs d'envoyer cinq dollars pour recevoir une image gratuite et signée de Jésus avec des yeux qui brillaient dans le noir.

— Ça a l'air passionnant.

— J'écoute religieusement.

Elle écrasa sa cigarette sur le coin de la table puis déposa le mégot dans un cendrier en forme de sombrero.

— J'aime bien observer le soleil qui émerge au-dessus du sommet des montagnes. En plus, si je reste à l'hôtel, chacun s'attend à ce que je lui prépare un petit déjeuner.

— Je me cacherais aussi, à votre place.

Elle désigna l'établissement d'un mouvement de la main.

— Les filles seront là d'ici une heure environ, et elles se feront un plaisir de vous servir quelque chose.

Je contemplai les cimes des reliefs, effleurées par les rayons du soleil.

— Pas faim.

* Les Crazy Water Crystals – les résidus de l'évaporation de l'eau du puits de Crazy Waters, dans le Texas – étaient un remède prétendument miraculeux très en vogue dans les années 1930 et commercialisé par Carr Collins, notamment grâce à des publicités largement diffusées à la radio.

Elle m'étudia longuement, puis poussa une chaise du bout de sa sandale.

— Vous voulez du café ?

Je franchis le mur où il était le plus bas, tirai la chaise et m'assis à côté d'elle de manière à garder la vue. Je posai le livre sur la table. Elle poussa sa tasse devant moi, souleva le pot en céramique et me servit. Je bus une gorgée du breuvage brûlé mais délicieux.

— Je veux vous présenter mes excuses pour hier soir.

— Non, c'est à moi de le faire. Votre cause est très noble et je me suis montrée égoïste.

— Écoutez, juste pour que vous sachiez, je n'ai aucune intention de mettre en danger qui que ce soit.

Elle reprit la tasse et but à son tour.

— À l'exception de vous-même ?

— Oh, il y a quelques autres personnes à qui je veux du mal, mais cela n'a rien à voir avec vous et les vôtres.

Elle me rendit la tasse.

— Vous avez bien dormi ?

— Pas vraiment.

— Des scorpions ?

J'acquiesçai et continuai à boire du café.

— Je ne sais pas pourquoi ils vous ont mis dans une des chambres du bas. J'ai dû tuer une centaine de ces bestioles dans ces chambres.

— D'autres créatures dangereuses m'ont rendu visite. Des hommes armés. Alonzo parlait avec eux.

Elle réfléchit.

— Beaucoup de gens passent par ici et la plupart d'entre eux sont armés. Étaient-ils dans un véhicule ?

Je bus encore, heureux d'avoir un peu de café.

— Je n'en ai pas vu, ni entendu, et il n'y avait pas de traces sur la route ce matin.

— Je demanderai à Alonzo quand il se lèvera. (Ses yeux se posèrent sur mon livre.) Vous lisez ça ?

— Par moments, oui.

Elle sourit et cala un coude sur la table improvisée.

— Les livres me manquent. Parlez-moi de celui-ci.

Je caressai la couverture avec mon pouce.

— C'est une biographie d'un journaliste et écrivain du nom d'Ambrose Bierce. Il est l'auteur du *Dictionnaire du diable* et d'une célèbre nouvelle intitulée *Ce qui se passa sur le pont de Owl Creek*. Il a voyagé ici au Mexique pendant la Révolution mexicaine et il a disparu. Personne n'a plus jamais entendu parler de lui. (Je finis le café.) Il s'était engagé dans le 9e régiment de volontaires d'Indiana pendant la guerre de Sécession, dont il a raconté l'une des batailles, à Brown's Ferry. Les forces confédérées avaient tenté une contre-attaque dans un dépôt de chemin de fer d'une petite ville. Mis en difficulté, les Nordistes ont dû battre en retraite, de même que les hommes chargés de leur ravitaillement, qui ont dû abandonner là leurs chariots et leurs mules. Avec le fracas des canons et des explosions, les mules ont été prises de panique et ont foncé droit sur les lignes confédérées. Il faisait nuit et les Sudistes, croyant qu'ils se faisaient charger par un énorme régiment de la cavalerie ennemie, se sont dispersés, complètement affolés. (Sans pouvoir me retenir, je me mis à rire.) Bierce aurait écrit un rapport à Washington en recommandant que les mules héroïques soient promues au rang de chevaux – ce qui a probablement sonné la fin de sa carrière militaire.

Elle rit à son tour, puis son regard revint se poser sur les montagnes, et le mien suivit. Les sommets étaient baignés d'une lumière dorée qui descendait sur les pentes au-dessus des canyons comme de la cire le long d'une bougie allumée, et il était difficile de croire que l'endroit présageait tant de malheurs.

Elle prit sa tasse de café et, croisant à moitié les bras, elle dit :

— Vous pleurez.

— Désolé.

Je ris à nouveau, essuyant l'unique larme qui coulait sur ma joue. Je restai un moment silencieux, redoutant de parler.

— C'est tellement normal d'être assis ici avec vous en train de parler et de boire du café – au milieu de toute cette violence, ce chaos, cette folie pure.

Je pris une profonde inspiration et soufflai lentement.

— Le normal me manque.

C'était un grand sac plein de petits faux ballons de foot bleus et blancs.

— Qu'est-ce que je suis censé faire de ça ?

Alonzo continua de manger son petit déjeuner de l'autre côté de la table installée sous les arcades de l'hôtel et sourit entre deux bouchées de riz, de haricots et de tortillas.

— Signez-les "Bob Lilly".

— Donc, les gars d'hier soir n'étaient pas des hommes de Bidarte ?

— Des membres de La Línea, de Los Aztecas, des indics de Sinaloa, ou peut-être simplement des indépendants, mais ils ont entendu dire que vous étiez au Mexique et ils ont apporté ces ballons de foot pour que vous les signiez.

Il continua à manger et lorgna du côté de son oncle.

— Cette combine est peut-être la meilleure qu'on ait jamais montée – je ne sais pas trop pourquoi on n'y a jamais pensé avant.

Le Voyant, qui avait un peu la gueule de bois, était assis sur le banc où son neveu l'avait posé. On aurait dit que le meuble avait été subtilisé dans la mission en ruine.

— C'est peut-être, entre autres, parce que nous n'avons jamais eu personne susceptible d'être pris pour un joueur de football américain.

Sortant mon fidèle marqueur bleu, je trouvai un endroit lisse sur la surface irrégulière de chaque ballon et commençai à ajouter des autographes.

— Quand partons-nous ?

— Dès que vous aurez fini de les signer.

— Vers le sud, vers Torero ?

— *Sí*, mais on ne s'arrêtera pas à Torero, on ira jusqu'à un petit ranch vers l'ouest, l'Orfanato, où on laissera la voiture pour prendre des *burros*.

Je me demandai à quoi ressemblait la vraie signature de Bob Lilly.

— C'est la seule manière de monter là-haut ?

Le Voyant rabattit son chapeau sur ses yeux et s'avachit un peu sur l'accoudoir.

— Il y a la route des crêtes sur laquelle ne passent que les 4x4, mais elle est très surveillée par des patrouilles de Bidarte. Elles nous tueraient avant même qu'on n'arrive au village où ils détiennent très probablement votre fille.

— Très probablement ?

Alonzo finit son petit déjeuner et poussa l'assiette vers une des femmes venues de la cuisine. Elle la prit et disparut sans un mot.

— La formation rocheuse de la carte postale se trouve sur la piste que nous allons emprunter, l'ancienne route. Si votre fille est là-bas, nous la trouverons. (Il haussa les épaules.) Vous devez vous rappeler, personne ne l'a vue.

— Vous avez posé la question ?

Avant qu'il ait le temps de répondre, une voix au-dessus de nos têtes se fit entendre.

— L'air de rien, de manière à ne pas éveiller la curiosité chez des gens potentiellement mal intentionnés.

Adan Martínez descendit les marches. Il avait un sac à dos en cuir jeté sur une épaule et ses bottes de cow-boy ultra-pointues résonnaient sur les planches gondolées par le soleil.

— Elle est là-bas. (Le médecin posa les mains sur les épaules d'Alonzo.) C'est mon pays ; c'est mon devoir de savoir ces choses-là.

Mon marqueur resta suspendu en l'air.

— Quelqu'un a vu Cady ?

— Oui. (Et avec un sourire charmant.) Comment était votre petit déjeuner ?

Je lançai les derniers petits ballons de foot dans le sac.

— Elle est vivante ?

— Oui.

Je rebouchai le feutre.

— Dans quel état est-elle ?

— Ça, je l'ignore. (Ses mains quittèrent les épaules d'Alonzo.) Je vous ai dit tout ce que je pouvais.

Je rangeai le feutre dans ma poche.

— Mais pas tout ce que vous savez.

— Heureusement, pendant les années où j'ai travaillé pour le gouvernement, j'ai appris à ne pas extrapoler à partir des faits.

Il marqua une courte pause puis se dirigea vers la porte de la cuisine.

— Nous devrions charger la voiture pour pouvoir partir avant que le soleil se mette à taper et qu'il fasse trop chaud.

Je me levai et me plantai en travers de son chemin.

— Vous devez me dire ce que vous savez.

Il passa tranquillement devant moi et essaya de poursuivre vers la cuisine.

— Non.

Je tendis le bras et le pris par l'épaule, mais il se débarrassa de ma main et brandit un doigt sous mon nez.

— Ne me touchez plus jamais. J'ai tué des hommes pour moins que ça.

Nous restâmes là encore quelques instants, puis il s'en alla.

J'envisageai de lui emboîter le pas, mais je me ravisai. Nous aurions suffisamment de temps pendant notre voyage vers le sud pour résoudre ce différend, alors je ramassai le sac de ballons et le tendis à Alonzo.

— Autre chose ?

Il lorgna du côté de la cuisine.

— J'ai l'impression que vous deux, vous avez un compte à régler.

— Peut-être bien.

Il passa les anses du sac sur son épaule.

— Je veux vérifier le niveau d'huile de ce vieux mastodonte cornu, boulimique et rose comme un gringo et voir si Adan a de l'essence quelque part.

— Je vais chercher mon sac.

Nous partîmes dans des directions opposées, et je m'arrêtai pour parler avec le Voyant.

— Est-ce que ça va ?

Il repoussa son chapeau, son regard opaque cherchant à croiser le mien.

— Oui, je dois être un peu fatigué, c'est tout. (Il haussa les épaules.) Je vieillis.

— Ce genre d'équipée donnerait à n'importe qui l'impression d'être vieux. Est-ce que je peux vous apporter quelque chose ?

— Quand vous reviendrez, mon fauteuil. Il se trouve dans le couloir, à l'intérieur. Alonzo a déjà mis mes affaires dans la voiture.

— Est-ce qu'il y a eu des scorpions dans votre chambre hier soir ?

— Non, pourquoi ?

— Simple curiosité.

Je lui tapotai l'épaule et allai dans ma chambre. Je ramassai le sac de sport des Dallas Cowboys, y rangeai mon livre et le couteau de Henry, et observai un petit arthropode courir se cacher sous le lit.

J'entendis du bruit provenant d'un peu plus loin sur ma droite, où se trouvait une salle à manger attenante à la cuisine, et des voix parler fort en espagnol. À nouveau, je ne comprenais qu'un mot sur quinze et, me disant que ce n'était pas mes affaires de toute manière, je pris la direction du patio avec le fauteuil roulant du Voyant. Je faillis percuter Bianca qui marchait d'un pas vif dans le couloir, la main plaquée sur la joue, les yeux pleins de larmes. J'essayai de l'arrêter, mais elle me repoussa tandis qu'Adan déboulait de la salle à manger.

Elle l'aperçut et changea de direction, et il dut être un peu surpris que je lui donne un coup de coude qui l'envoie s'écraser sur le mur opposé.

Il contempla l'endroit où avait disparu Bianca, puis s'adressa à moi.

— Alors, vous voulez me tuer maintenant ou plus tard ?

Il fit mine de repartir, mais je l'arrêtai avec mon bras tendu, et en me penchant vers lui, je bloquai complètement l'étroit passage.

— Ma fille ?

Il leva les yeux vers moi et, l'espace d'un instant, je crus vraiment que nous allions en venir aux mains.

— Je n'ai pas le temps de m'occuper de ça maintenant. (Il soupira.) Les hommes avec qui Alonzo a parlé hier soir, je connais l'un d'entre eux et il me laisse des messages sur ce qui se passe au Monasterio del Corazón Ardiente. Il m'a rapporté que votre fille est là-bas, mais rien de plus.

— Pourquoi ne pas me le dire alors ?

— Parce que c'est un de mes hommes, et je ne veux pas le compromettre, c'est clair ?

— Vis-à-vis de qui, du Voyant, Alonzo ?

— Tout le monde. (Après avoir vérifié que nous étions seuls, il se pencha vers moi.) Vous venez d'arriver dans ce pays, et vous ne comprenez pas – la confiance, c'est comme un miroir brisé, vous vous voyez peut-être encore dedans, mais vous ne pourrez jamais le réparer.

Il se baissa, passa sous mon bras, et s'en alla à la recherche de sa sœur. Je restai planté là, tenant un fauteuil roulant, complètement dépassé.

Après avoir posé le sac de sport sur le siège arrière, j'ouvris le coffre de la Cadillac et y rangeai les bagages de tout le monde à côté du fauteuil du Voyant, tandis qu'Alonzo farfouillait sous le capot. J'allai le rejoindre.

— Des ennuis ?

La tête penchée sur le gros moteur V-8, il haussa les épaules.

— Encore ce bâtard de fils de pute sans mère… (Il fit un geste en direction de la calandre.) Le radiateur fuit et je n'ai plus de liquide de refroidissement.

— Pourquoi ne pas simplement désactiver le système en débranchant la durite ? (Je levai les yeux vers le soleil de plus en plus haut.) Je ne crois pas qu'on aura besoin de chauffage aujourd'hui.

Nous entreprîmes de pincer les durites, de défaire les colliers de serrage avant de les repositionner pour créer un circuit fermé. C'est alors que Bianca sortit de la cuisine. Je me redressai et aperçus sur sa joue la marque rouge qui s'était un peu atténuée. Elle s'approcha de nous et me tendit un grand sac de voyage.

— Vous auriez de la place pour ça ?

Adan apparut, l'air un peu contrarié par la situation, debout sur le perron avec son sac.

— J'ai décidé que ma sœur allait venir avec nous. Elle se fera passer pour votre femme afin de rendre votre couverture encore plus crédible, annonça-t-il.

— Quoi ?

Elle leva le menton, l'incarnation même du défi.

— C'est décidé.

Je les dévisageai tous, l'un après l'autre, et terminai par Bianca.

— Je ne suis pas d'accord. Hier soir encore, vous disiez que je mettais votre famille en danger…

— Vous serez plus en sécurité si je viens avec vous.

— Plus en sécurité ?

— *Sí*, je vous accompagnerai seulement jusqu'à Torero.

— Comme si les gens là-bas ne savaient pas qui vous êtes…

Elle passa devant Adan, ouvrit la portière passager et, poussant gentiment le Voyant, elle l'obligea à s'installer à l'avant pour pouvoir se mettre à l'arrière.

— Je ne suis jamais allée là-bas.

Je m'adressai à Adan.

— Il suffit qu'une seule personne l'identifie.

— On n'entrera dans Torero que pour faire quelques courses, ensuite on ira au ranch où se trouvent les *burros* – peu de chance qu'on se fasse repérer.

Il eut un geste d'impuissance et s'avança jusqu'au coffre pour y ranger son sac.

— Autre chose à y mettre ?

Adan referma le coffre et s'installa sur la banquette à côté du Voyant. Alonzo monta et essaya de démarrer, puis recommença. La décapotable trembla puis, pesamment, se mit en marche.

— Ma femme ? Vous avez perdu l'esprit, tous ?

— Elle peut nous être utile.

Alonzo la fixa dans le rétroviseur.

— C'est une sorcière, peut-être qu'elle pourra jeter des sorts, par exemple.

À moitié convaincu, je me hissai par-dessus l'aile rose du monstre pour m'asseoir sur la spacieuse banquette arrière.

Bianca avait chaussé une paire de lunettes noires énormes et semblait perdue dans ses pensées.

Au bout d'un moment, Adan mit ses lunettes aussi et, avec un geste d'impatience, lança :

— Avance !

Alonzo fit demi-tour et nous partîmes sur une route dont l'asphalte se délitait, ponctuée de nids-de-poule qui auraient pu avaler sans problème un pneu de quinze pouces. Quelques minutes plus tard, il alluma la radio, qui diffusait des mariachis.

Je ne comprenais pas les échanges entre les passagers à l'avant et, au bout d'un moment, je me surpris à contempler les montagnes, les crêtes nues et hostiles même si les vallées paraissaient luxuriantes.

Je calai le sac de sport et j'étais sur le point de m'installer confortablement lorsque je remarquai le regard insistant de Bianca. Elle avait coincé l'ongle d'un index entre ses dents, et elle l'enleva pour parler.

— Dites-m'en un peu plus sur votre famille.

Je pris mes aises dans l'énorme siège avant de répondre.

— Elle n'est pas très grande, ma famille.

Elle se pencha vers moi.

— Vous avez dit que votre femme était décédée ?

— Oui. Nous avons eu un seul enfant, Cady, celle qui a été enlevée. (Je soupirai.) Elle était avocate à Philadelphie, avant d'accepter un poste au Bureau du procureur du Wyoming.

— Vous me parlez de son travail… Parlez-moi d'elle.

— Elle a mes yeux.

Elle se pencha encore plus, m'observant avec une franchise un peu perturbante.

— *Gris.*

— Gris acier, d'après Cady.

— Non, pas aussi froid, plus comme un ciel d'automne ou comme l'océan, opaque, profond.

J'y réfléchis.

— Elle est intelligente, très intelligente, et elle lit en moi comme dans un livre.

Elle digéra ce que je venais de dire.

— Votre femme, elle est décédée il y a longtemps ?

— Cela fait un moment, oui.

Le silence s'installa et je changeai de sujet.

— Sa fille à elle n'a pas les mêmes yeux…

— Votre petite-fille ? (Elle descendit ses lunettes noires et sourit.) Et son mari, le père de votre petite-fille, comment est-il ?

— Il est mort. Il était agent de police à Philadelphie, en Pennsylvanie, et j'ai de bonnes raisons de croire que Bidarte est responsable de sa mort.

Nous continuâmes à rouler, les seuls bruits étant ceux du moteur, du vent et de la musique à la radio.

— Et vous ?

Un coup d'œil à sa main me confirma qu'elle ne portait pas d'alliance.

— Vous êtes célibataire ?

Elle haussa les épaules.

— J'ai été mariée, pendant un temps.

— Qu'est-ce qui s'est passé ?

— Mon mari a été tué. Il était aussi médecin, mais il avait des opinions politiques et ils l'ont tué.

Elle reporta son attention sur la route, ou peut-être sur la nuque de son frère. Haussant la voix, elle ajouta :

— Il était extrémiste… il avait des idées dingues sur le fait que les gens devaient pouvoir vivre leur vie sans être constamment dans la peur.

— J'ai des convictions assez extrémistes sur ce sujet, moi aussi.

J'attendis quelques instants, puis je lui demandai :

— Des enfants ?

— Non, nous avons été mariés quelques mois seulement.

Je hochai la tête, comprenant qu'elle avait autant envie de parler de son défunt mari que moi, de ma défunte femme.

— Est-ce que je peux vous poser une question ?

— Bien sûr.

— Quand nous nous sommes rencontrés, la première fois, sur l'escalier…

— Oui.

— Vous vous êtes adressée à moi comme si j'étais accompagné d'autres personnes, et maintenant que je vous connais un peu mieux, je vois bien que c'était délibéré. Alors, que vouliez-vous dire ?

Elle détourna rapidement les yeux, avant de revenir à moi.

— Vous savez comment ils m'appellent…

Je repensai à ce qu'Alonzo et le Voyant avaient dit avant notre arrivée.

— La Sorcière tatouée ?

— *La Bruja de la piel*, oui. (Elle leva la main et toucha son épaule.) C'est le genre de choses que je faisais, autrefois.

— Des tatouages ?

Elle acquiesça.

— J'ai commencé comme apprentie dans un atelier à Juárez, ensuite j'ai eu la chance de travailler avec un homme à Los Angeles, une légende : Sebastian Ramírez. Vous avez entendu parler de lui ?

— Non, mais je ne connais rien aux tatouages.

— Vous n'en avez pas ?

— Non, et pourtant j'étais un marine.

Elle me saisit la main, passa ses doigts le long de l'intérieur de mon avant-bras et je dois reconnaître que la sensation était agréable.

— D'abord, il faut raser la peau, même si les poils sont fins, et ensuite, nettoyer avec un antiseptique. Puis on applique une fine couche de déodorant pour que l'image du pochoir adhère bien. Le dessin est transformé en calque grâce à une machine qu'on appelle thermocopieur : il produit un papier mince avec une face collante qu'on pose sur la peau.

Elle laissa ses doigts s'attarder sur quelques-unes de mes cicatrices, et sa voix devint haletante.

— Ensuite, on retire doucement la feuille de papier et on ouvre un paquet d'instruments stérilisés à l'autoclave, comme en laboratoire ou à l'hôpital.

— Ça, en revanche, je m'y connais.

Elle s'arrêta sur la petite bosse en forme de larme sur ma peau, mais ne posa pas de questions, absorbée par son exploration tactile.

— Ensuite, on trempe l'aiguille dans un minuscule récipient contenant de l'encre noire. On tire légèrement la peau qui résiste un peu avant de laisser pénétrer l'aiguille. On trempe, on appuie et on perce, mille fois par minute. (Sa main caressa mon bras.) La peau commence à gonfler et de minuscules bulles apparaissent avec des papules cramoisies comme sous l'effet d'une flagellation. (Ses doigts et ses yeux restèrent posés encore quelques instants sur mon bras.) Il n'y a pas d'art sans sacrifice de la part de l'artiste, n'est-ce pas ?

— Et sans sacrifice de la part du sujet, à l'évidence.

Elle recula et lâcha mon bras.

— Peu importe. Bref, j'ai appris le métier avec lui. Quand je me suis mise à exécuter mes propres créations, des choses étranges ont commencé à se produire.

— Je ne comprends pas.

— J'ai été obligée d'arrêter.

— Pourquoi ?

Elle attrapa une poignée de cheveux rebelles qu'elle rejeta en arrière pour dégager son visage puis se concentra sur la route, remontant les grandes lunettes noires sur son nez. On aurait dit une star du cinéma italien des années 1960.

— J'ai commencé à voir des choses comme je vois des choses en vous.

— Que voulez-vous dire ?

— Les morts, ils rôdent tout près.

5

NOUS entrâmes dans la ville sous une banderole blanche qui annonçait, en lettres bleues peintes à la main :

BIENVENIDO BOB LILLY
CAMPEÓN DE LOS COWBOYS!

— On ne s'attarde pas, hein ? Personne ne saura que nous sommes là, vous disiez…

C'était un petit village, mais on ne l'aurait jamais pensé en voyant le nombre de gens qui avait envahi les ruelles étroites.

— *Mira qué cabrón…*

Des voitures et des pick-up étaient garés des deux côtés, sous le soleil de cette fin d'après-midi, et des individus vêtus de maillots et T-shirts des Cowboys agitaient des drapeaux bleus et blancs, sans cesser de klaxonner et de crier.

Alonzo me sourit, mais il avait malgré tout l'air inquiet.

— Vous semblez avoir beaucoup de fans ici.

— Bon sang…

Les gens se précipitaient sur nous avec des stylos et des objets à faire signer.

— Qu'est-ce qu'on fait ?

Maintenant, seul le Voyant souriait.

— On suit le mouvement, mon ami.

Alonzo ralentit en approchant du centre du village, où une fontaine cassée trônait au milieu d'une toute petite place. Quatre bâtiments d'un étage, qui composaient l'essentiel de l'agglomération, délimitaient le carrefour, et des guirlandes lumineuses avaient été tendues au-dessus de la rue où on avait installé des tentes blanches. À côté de la fontaine, une estrade parée de guirlandes en papier crépon bleu et blanc avait été montée avec, vision d'épouvante, une tribune.

Lorsque nous nous arrêtâmes, un certain nombre d'hommes portant des costumes élimés, l'un avec une casquette des Dallas Cowboys vissée sur la tête, s'approchèrent de l'avant de la Cadillac et, tout sourire, se mirent à parler avec Adan et le Voyant.

Bianca se pencha vers moi et me dit à mi-voix :

— Ne soyez pas trop impressionné, je crois qu'ils se préparaient pour le *Día de los Angelitos* et ils ont dû décider de vous intégrer aux festivités.

— Tout ceci est vraiment très gênant.

— Attendez, ça va probablement empirer.

Alonzo écoutait les notables, le sourire aux lèvres.

— Ils ont organisé un dîner. Ils ne cessent de s'excuser, en disant qu'ils n'ont pas eu beaucoup de temps pour se préparer.

Des gens se frayaient un passage pour s'approcher des deux côtés de la voiture et me tendre des bouts de papier et des ballons de foot miniatures.

— Cette comédie est allée assez loin, il faut que vous expliquiez à ces gens que je ne suis pas…

Il se pencha vers moi pour me chuchoter dans un sifflement menaçant.

— Vous voulez sauver votre fille ?

— Oui.

Continuant à sourire aux gens qui nous entouraient, il me parla du coin de la bouche.

— Alors taisez-vous et profitez du moment.

Je regardai partout, toujours hésitant.

— Écoutez, quelqu'un va finir par découvrir la vérité.

— Vous êtes un grand type blanc. (Il fit la grimace.) Pour nous autres, vous êtes tous pareils.

Bianca, qui semblait s'amuser de mon malaise, jeta un coup d'œil à Alonzo et il haussa les épaules comme pour s'excuser.

— Ils ont une équipe, ici, dans le village.

Je sortis le fameux marqueur bleu de ma poche et me mis à signer à tour de bras.

— Ah oui.

— L'équipe de football, de notre *fútbol*, les Torero Matadors, aimerait bien jouer un match amical ce soir en votre honneur.

— OK, mais je ne sais pas jouer au foot.

— Non, ils veulent que vous fassiez un discours.

Je regardai à nouveau du côté du podium.

— Oh la la.

Le sourire de Bianca s'élargit.

— Je vous aiderai.

J'aperçus alors les notables qui me souriaient comme moi je sourirais devant un chateaubriand juteux.

— Et je suis censé parler de quoi ?

Elle écarta ma question d'un revers de main.

— Du sport qui forge le caractère, je ne sais pas… des conneries de ce genre.

Adan ouvrit la portière passager, se tint devant le groupe, et avec des airs de chef de service d'ordre, les pressa de reculer, tout en débitant des ordres à trois cents à l'heure. Quelques personnes empoignèrent nos bagages, prêts à nous assister, mais je gardai le sac de sport bien serré contre moi, pour la bonne raison qu'il était plein d'armes à feu.

À l'instant où j'émergeai de la Caddy une grande clameur s'éleva, et je l'ignorai pour aider Bianca à descendre ; après seulement, je fis face aux centaines de personnes rassemblées, tout en essayant de cacher le fait que je me sentais totalement idiot.

— Ils ont une chambre pour vous et votre femme dans la banque, juste là.

Adan avait installé le Voyant dans son fauteuil, et tout notre groupe se dirigea vers le bâtiment sur notre gauche.

— La banque ?

— Aujourd'hui désaffectée, mais le maire dit qu'elle a été braquée par certains des plus remarquables *bandidos* de l'histoire, y compris votre John Dillinger.

— Il est venu jusqu'ici ? ricanai-je. Et vous, vous dormirez où ?

— Nous serons logés à l'hôtel de la ville. Croyez-moi, vous avez beaucoup plus de chance que nous.

Il apparut que le maire était l'homme à la casquette, et il nous accompagna, suivi des autres membres de ce que je supposai être le conseil municipal, tandis que nous entrions dans les ruines de l'ancienne banque, avec des plafonds hauts et des sols en marbre. Dans un accès d'hospitalité, ils avaient décoré les lieux avec les moyens du bord et avaient déposé des bougies sur toutes les marches menant à l'étage.

Les huiles s'arrêtèrent au pied de l'escalier mais nous prièrent de continuer. Adan prit le sac de Bianca et quelques-uns des masques qu'on lui avait donnés, et nous emmena sur une mezzanine qui, en des temps plus favorables, avait dû héberger des bureaux. Il ouvrit la porte de la pièce la plus éloignée, et il fut manifeste que les pauvres villageois avaient fait de leur mieux pour arranger un endroit qui ressemblât à une suite nuptiale.

Un grand lit à baldaquin drapé d'un tissu diaphane trônait, entouré de bougies. Tout en admirant la beauté du décor, je ne pouvais m'empêcher de penser que cet endroit serait un piège mortel en cas d'incendie.

Adan posa le sac sur le lit à côté des masques.

— Vous deux, vous passerez la nuit ici.

J'examinai les lieux pendant que Bianca s'avançait vers la fenêtre qui donnait sur la place d'où montaient la musique et les cris de la foule.

— Il n'y a qu'un lit.

— Personnellement, je me fiche pas mal que vous dormiez par terre, mais pour sauvegarder les apparences, vous dormirez ici tous les deux. (Il s'adressa à sa sœur.) Le discours aura lieu dans une heure, après le banquet et avant le match de foot. Nous participerons à tout, par courtoisie envers les habitants, mais nous partirons très tôt demain matin.

Je posai le sac de sport sur le lit avec les autres objets.

— Et les courses ?

— Alonzo s'en charge ce soir.

— Des chances que des hommes de Bidarte soient ici ?

— Pratiquement aucune. Ils doivent être occupés à préparer leurs propres festivités sur la montagne.

Je ramassai l'un des masques. Le crâne dessiné dessus comportait de nombreux ornements, des silhouettes, des éléments collés et même l'extrait d'une partition. J'essayai de lire les notes et je finis par retrouver le morceau. J'avais joué le *Requiem* de Mozart, celui qu'il avait laissé inachevé à sa mort.

Fort approprié.

Je plaquai le masque contre mon visage, mais il était un peu petit pour moi.

— Pratiquement aucune ?

— On ne sait jamais. (Il arqua un sourcil.) Certains jeunes de ce village monteront là-haut pour la fête.

Je retirai le masque, le posai sur le lit, croisai les bras et m'avançai vers lui.

— Bon sang, après ce que vous m'avez dit, pourquoi quelqu'un irait volontairement là-bas ?

— La nourriture, les boissons, l'alcool, la drogue, le sexe... Qu'est-ce qu'on peut désirer de plus ?

Il jeta un coup d'œil par la fenêtre et écouta le bruit de la foule avant de tendre un doigt vers moi.

— Faites attention à ce que vous dites et devant qui vous parlez, ici, les murs ont des oreilles et sont bavards.

— C'est le pire discours que j'aie jamais entendu, et que j'aie traduit, en l'occurrence.

C'était un peu troublant d'écouter une femme avec un crâne à la place du visage commenter ma performance. Je tendis un bras vers la foule.

— Ils ont bien aimé.

Elle ajusta son masque et la grande fleur rouge dans ses cheveux, qui mettait en valeur la jolie robe de flamenco qu'elle avait sortie de sa valise.

— Ils ont bien aimé parce que vous leur avez dit que les Torero Matadors étaient connus à travers l'Amérique comme la meilleure équipe de football de tous les temps.

— Une toute petite exagération.

Je haussai les épaules et signai le dernier morceau de papier qu'une fillette me tendit, me sentant seulement un peu coupable lorsque je le posai au creux de sa main, avant qu'elle parte en courant.

— Un shérif est un homme politique, non ?

De l'autre côté de la fontaine, l'orchestre avait recommencé à jouer. Je jetai le marqueur bleu sur la table et remuai les doigts pour y restaurer la circulation sanguine.

— Ouaip, mais en toute honnêteté, je suis vraiment nul dans ce domaine.

— Et dans quel domaine vous êtes bon ?

— Je cherche encore.

Adan sortit de la foule, serrant chaleureusement toutes les mains tendues avec son masque remonté sur la tête.

— C'est le pire discours que j'aie jamais entendu.

— On dirait qu'il y a consensus là-dessus, alors la prochaine prise de parole, vous vous en chargerez.

Je me penchai, attrapai une canette de soda sur la table et me levai. Appuyé sur la partie cassée de la fontaine, je bus une gorgée en contemplant la fête de rue qui battait son plein.

— Est-ce que ça va continuer toute la nuit ?

— Probablement.

— À quel moment certains de ces pèlerins égarés vont-ils partir vers la montagne ?

— Demain, dans la journée.

— Pourquoi est-ce qu'on n'irait pas avec eux en se mêlant discrètement à la foule ?

Bianca se posta devant nous, tandis qu'un jeune garçon approchait avec un mini ballon de foot. D'un signe de tête, elle renvoya l'importun.

— Parce qu'on vous remarque comme si vous étiez un ours polaire.

On entendit du bruit provenant de l'autre côté de la fontaine, derrière l'orchestre et les danseurs – probablement une bagarre.

— Alors, on part tôt ?

— *Sí*, au lever du soleil. (Adan désigna le bâtiment municipal où nous dormions.) On se garera dans la ruelle derrière et on partira à cinq heures trente.

Le bruit s'intensifia et j'étais sur le point d'en faire la remarque lorsque j'entendis le son caractéristique d'un tir d'arme automatique. Des gens hurlèrent, et la foule fut parcourue d'un grand frisson, mais il n'y eut pas d'autres tirs.

— Qu'est-ce qui se passe ?

Adan grimpa prestement sur la fontaine.

— Des hommes qui approchent, et ils sont lourdement armés.

À peine avions-nous cessé de parler qu'Alonzo apparut dans la foule, agitant la main et poussant les gens pour nous rejoindre plus vite.

— Des hommes de Bidarte.

Adan descendit.

— Nous allons poursuivre avec l'illusion que nous avons créée.

— Combien sont-ils ?

— Une demi-douzaine, au moins.

J'aperçus un groupe d'hommes, dont certains tenaient des bouteilles qui contenaient probablement de l'alcool. En me penchant, je remarquai celui qui semblait être le chef, un individu séduisant qui se distinguait nettement des autres avec ses cheveux blonds qu'on voyait poindre sous sa casquette de base-ball.

David Culpepper.

C'était l'homme qui avait tué Ricardo, le neveu d'Alexia, j'en étais sûr, et peut-être celui qui avait kidnappé la nounou de ma fille et Cady. Je ne l'avais vu qu'une fois, mais il me reconnaîtrait sans l'ombre d'un doute*.

Je tendis le bras pour prendre le masque d'Adan et le posai sur mon visage, tout en enlevant mon chapeau.

— Le type blanc devant, il s'appelle Culpepper et nous nous sommes déjà rencontrés. Il saura qui je suis.

Je passai mon bras autour de la taille de Bianca et l'attirai contre moi tandis que le groupe d'hommes approchait, avec Culpepper qui pointait sur nous ce que j'identifiai comme un M16. Il tituba légèrement et avala une lampée de la bouteille qu'il tenait dans son autre main, du mescal. Super – des sociopathes psychotiques et ivres équipés d'armes automatiques.

Il s'arrêta à environ quatre mètres, leva les bras, rejeta la tête en arrière et s'écria :

— Comment ils vont, les Dallas Cowboys ?

* Voir *Western Star*.

Certains de ses acolytes, qui avaient aussi des AK-47, tirèrent quelques coups en l'air pour ponctuer la déclaration.

Il affichait un sourire de dément, avec beaucoup de dents, et je dus faire un effort surhumain pour ne pas sauter par-dessus la table et le saisir à la gorge.

— Bob Lilly !! (En direction du groupe qui le suivait.) Le numéro 74 ! (Il revint à moi.) Mister Cowboys, putain !

Je lâchai Bianca et me redressai.

Il s'avança un peu plus et finit par se cramponner au bord de la table pour garder son équilibre.

— Mon oncle me racontait des histoires sur vous.

J'opinai, sans dire un mot.

— Son plaquage de Bob Griese pendant le Super Bowl, un putain de record de la NFL !

J'adoptai une voix rocailleuse et posai doucement la main sur l'épaule de Bianca.

— Pardon, mais ma femme…

Il me dévisagea pendant une seconde, son regard chancelant finissant par se stabiliser.

— Oh merde, pardon…

Il posa la bouteille sur la table, recula et, incroyable, enleva sa casquette avant de caler son fusil en travers de son torse et de s'incliner légèrement.

— Je suis vraiment désolé, madame. Je vous prie de bien vouloir m'excuser, mais je vis au fin fond de ce trou paumé, dans ce repaire de tueurs et de voleurs, depuis si longtemps que j'en ai oublié mes bonnes manières.

Bianca inclina son visage masqué.

— J'ai été mieux élevé que ça, je vous jure. (Puis s'adressant à moi :) David Culpepper, monsieur. Texan et fier de l'être, de Throckmorton pour être exact, et je parie que ça vous rappelle des choses, hein ?

En fait, non.

— Absolument.

— C'est là que vous avez joué en dernière année. (Il me tendit sa paume.) Vive les Greyhounds !

Nous échangeâmes une tape de la main, et j'acquiesçai.

— Les Greyhounds.

Il m'observa, l'air interrogateur.

— Quelque chose qui ne va pas avec votre voix ?

Je désignai ma gorge, mais Adan s'empressa de s'avancer à côté de moi.

— M. Lilly a fait un discours magnifique et il parle avec ses fans depuis le début de la soirée. Je pense que sa voix a atteint ses limites.

Culpepper poussa la bouteille de mescal vers nous.

— Vous n'avez qu'à lui donner un peu de cette saloperie, ça le guérira. Pardonnez mon langage, madame, ajouta-t-il à l'intention de Bianca.

— M. Lilly ne boit pas.

— Vraiment ? (Une seconde plus tard, il se tourna vers Adan.) Vous êtes assez loin de chez vous, si je ne me trompe, Doc ?

Se redressant, Adan fit face à l'homme armé, et j'eus le plus grand respect pour le cran dont il faisait preuve.

— Nous escortons M. Lilly et nous avons trouvé préférable qu'il ait des locuteurs natifs avec lui – au cas où vous n'auriez pas remarqué, on peut croiser des personnages peu recommandables dans la région.

Culpepper récupéra sa bouteille et but une autre goulée.

— Ah ouais ? Eh bien, évitez de vous faire soigner par ce fils de pute, monsieur Lilly. Ce sorcier s'est occupé de quelques-uns de nos gars, et ils ne s'en sont pas sortis. Je continue à me demander si c'était pas intentionnel.

— Je croyais que vous vous prépariez pour la fête à Las Bandejas.

Il reporta son attention sur Martínez.

— Ouais, enfin… le patron n'est pas au courant, mais on a décidé de descendre jusqu'ici pour voir Mister Cowboys de nos propres yeux.

— Eh bien, maintenant que vous l'avez vu…

— Hé, y a pas de raison de parler sur ce ton, Doc.

Brusquement, il braqua son M16 sur Adan.

— Si vous continuez à vous comporter comme ça, on va finir par croire que vous ne voulez pas de nous dans le pays. (Il enfonça le canon de l'arme automatique dans la poitrine d'Adan.) Mais c'est pas le cas, hein, Doc ?

Malheureusement, je me suis trouvé dans beaucoup de situations comparables, en temps de guerre ou non. Sans en tirer une fierté particulière, je sais quand un homme va appuyer sur la détente, et j'étais certain que David Culpepper se préparait à faire exactement cela.

D'un mouvement rapide, je lui arrachai son fusil et le groupe derrière lui me mit aussitôt en joue. Le cliquetis des armes prêtes à tirer emplit l'air.

Sans me laisser intimider, j'abaissai le canon et, me fiant à ma mémoire musculaire, j'appuyai sur l'arrêtoir de magasin et posai le chargeur sur la table. Je libérai le cran de sécurité, je reculai la culasse pour vérifier qu'il n'y avait pas de balle engagée dans la chambre, avant de remettre la sécurité. J'appuyai ensuite sur le bouton, sortis la goupille de manière à libérer le boîtier inférieur. Je tirai le levier d'armement, sortis le bloc-culasse, dégageai le percuteur, la tige de retenue, retirai la came de culasse, puis la culasse. J'alignai les pièces sur la nappe blanche à la fin de ma démonstration.

La séquence me prit environ dix-neuf secondes.

Semper Fi.

— Mince.

Culpepper contempla son fusil en morceaux et fit signe aux autres de baisser leur arme.

— Vous n'auriez pas été dans l'armée, par hasard ?

Je haussai les épaules.

— Mince. (Il avala une dernière gorgée de mescal.) Vous avez un sac ? Je suis trop torché pour le remonter. (Il tendit la main.) Je voudrais juste vous serrer la main, monsieur Lilly.

J'hésitai une seconde puis je la lui tendis.

Il me la serra quelques instants puis scruta les trous de mon masque.

— Vous êtes en vachement bonne forme pour un type de votre âge.

— Je m'entraîne encore un peu.

Je m'approchai de Bianca et passai mon bras autour de sa taille pour indiquer que la soirée était terminée.

Sans cesser de sourire, il lança :

— Peut-être qu'on pourrait se retrouver demain matin au petit déjeuner, par exemple.

Me disant que nous serions partis depuis longtemps quand il ouvrirait un œil, j'acceptai la proposition.

— Je ne vois pas ce qui nous en empêcherait. On sera dans le coin.

— Super. (Il brandit un poing fermé.) *Go Greyhounds !*

Je répétai en chœur :

— *Go Greyhounds.*

Il hocha la tête puis lança la bouteille vide dans la fontaine où elle éclata en mille morceaux, avant de faire signe à un de ses sous-fifres.

— Ramasse-moi ça et allons chercher à boire.

Ils disparurent dans la foule. Adan se pencha vers moi et sourit, respirant fort entre ses dents.

— Allons voir un match de foot, monsieur Lilly.

Je fermai la porte derrière nous et enlevai mon masque, heureux de pouvoir m'en débarrasser.

— Alors, je me suis bien débrouillé ?

Bianca enleva son masque à son tour.

— Bien mieux que pour le discours.

Ne connaissant pas grand-chose au *fútbol*, je m'étais bruyamment enthousiasmé en même temps que tout le monde et apparemment, j'avais réussi à tenir jusqu'à la fin du match sans commettre trop d'impairs. Je n'avais pas vu Culpepper ni aucun de ses hommes au match et je me disais qu'ils avaient bu jusqu'à sombrer dans le coma, ou trouvé un moyen de nourrir leurs instincts les plus rustres.

L'épuisement s'infiltrait dans toutes les cellules de mon corps et j'avais l'impression de patauger dans l'eau. Je m'assis au pied du lit, les yeux dans le vague. Je me demandai vraiment ce que je fichais là.

— Vous devez être rincé.

Levant la tête, je découvris qu'elle était tout près.

— Je le suis.

— C'était très courageux, ce que vous avez fait pour sauver mon frère. C'était aussi très idiot. (Elle se rapprocha encore et posa une main sur mon épaule.) Malgré tout, merci.

— Je suis assez coutumier des comportements idiots.

Elle se rapprocha encore et attira ma tête contre sa poitrine. La seule chose qui m'occupa alors l'esprit était le son de sa voix et son odeur suave.

— Vous devriez venir vous coucher.

Il me fallut quelques secondes pour trouver la force et la volonté de le faire, mais je me dégageai et me mis debout.

— J'y pense depuis un moment, et je me dis que je devrais peut-être aller dormir dans une des autres pièces.

Elle posa une main sur ma poitrine et planta son regard dans le mien.

— Je vous promets que je ne profiterai pas de la situation.

— Ouaip, enfin… je ne suis pas sûr de pouvoir vous faire la même promesse.

Elle inclina la tête, fit un pas vers moi et passant un bras autour de mon cou, elle tira mon visage jusqu'à ses lèvres. Elle y déposa un baiser plein de douceur puis colla sa joue contre ma poitrine.

— Ce serait encore mieux.

Je la pris par les épaules et l'écartai doucement de moi.

— Ce n'est pas que je ne vous trouve pas un charme quasi irrésistible…

— Je suis loin d'avoir les pouvoirs d'envoûtement qu'on me prête, c'est ça ?

— Oh, ne croyez pas ça.

Elle baissa la tête.

— Il y a quelqu'un d'autre ?

Je pensai à Vic.

— Il y a quelqu'un d'autre, oui, enfin, je crois.

— Si vous le croyez, c'est que c'est vrai.

Me sentant encore plus idiot, je lui tapotai les épaules et reculai. Je ne sais pas trop pourquoi je ramassai le sac de sport posé sur le lit avant d'attraper un oreiller et une couverture.

Lisant dans mes pensées, elle se mit à tirer sur la couverture légère en coton blanc posée au pied du lit.

— Prenez ça, la nuit est chaude, je n'aurai besoin que du drap.

— Merci de me proposer cette image qui m'accompagnera jusqu'au matin. (Je marquai une courte pause.) À demain.

Prenant le masque que j'avais laissé sur le lit, elle tendit la main, m'enleva mon chapeau et remit le masque sur mon visage.

— Votre déguisement.

Dans les ouvertures prévues pour les yeux, je contemplai les courbes de ses hanches.

— Exact.

— Et si vous changez d'avis…

Elle pivota et se mit à descendre la fermeture Éclair de sa robe de flamenco. J'en profitai pour filer vers la porte.

Il faisait sombre dans le hall, il ne restait que quelques bougies allumées sur les marches. Je m'attardai dans la lumière ambrée vacillante. Le dépaysement total que je ressentais n'était pas uniquement dû à l'environnement géographique. Mon boulot était défini par des paramètres relativement stricts et même si parfois je poussais un peu le bouchon, en ce moment précis, j'étais complètement hors des clous.

Un bourdonnement dont je n'arrivais pas à me débarrasser m'avait envahi l'esprit, l'impression que je commettais une erreur quelque part. Peut-être que je ne devais même pas être ici. Peut-être que je mettais la vie de ma fille en danger en jouant les têtes brûlées. Peut-être que j'aurais dû rester à El Paso, à attendre les renforts qui cherchaient désespérément à me retrouver. Mais je savais que le temps était compté et que, quoi qu'il en coûte, j'irais au bout de cette entreprise.

Je pivotai à la recherche de l'accès à l'autre pièce et me trouvai nez à nez avec le canon d'un FN Five-SeveN brandi par la main peu assurée de David Culpepper.

— Bob Lilly n'a pas fait sa dernière année de lycée avec les Greyhounds. Il y a eu une grosse sécheresse, et sa famille a déménagé du Texas à Portland dans l'Oregon.

Je pris une inspiration.

— Je me disais bien que j'aurais dû mieux suivre les résultats des équipes des lycées du Texas.

— Vous auriez dû suivre *Friday Night Lights*, pauvre con.

Il désigna la porte de la pièce voisine.

Je levai un peu les mains, sans lâcher mon sac de sport, et fis un pas de côté, écrasant sous mes semelles des morceaux de verre provenant des grandes baies vitrées cassées par lesquelles entrait une légère brise venue du désert qui faisait voleter les rideaux déchirés et décolorés par le soleil.

— Retirez ce masque à la con, m'ordonna-t-il en agitant son pistolet en direction de mon visage.

J'enlevai mon chapeau, que je tins de la même main que le sac, et remontai mon masque sur ma tête.

— Je croyais que vous étiez bourré.

Il haussa les épaules et inspecta les alentours avant d'entrer sur mes talons.

— Eh ben, il y a bourré et bourré. (Du bout du pistolet, il me fit signe de reculer encore.) Bon. Si ça ne dépendait que de moi, je vous mettrais une balle dans le fion tout de suite, mais le patron vous veut vivant, alors on va devoir s'organiser. Vous avez des menottes sur vous ?

Vu les regards qu'il lançait dans toutes les directions, j'étais presque sûr qu'il était seul, peut-être parce qu'il voulait avoir l'exclusivité de ma capture, ou peut-être parce que les autres étaient vraiment bourrés.

— Non.

— Un policier sans menottes ?

— Je vous ai dit que non.

— Et ça ne vous viendrait pas à l'idée de me mentir, hein ?

Je restai coi.

— Qu'est-ce qu'il y a dans le sac ?

— Mes slips. Vous voulez les sniffer ?

— Très drôle.

Il leva le semi-automatique et visa ma tête, puis du bout du pistolet, désigna le sac.

— Déposez-le par terre, devant vous.

J'obéis, et avec le bruit qu'il fit en entrant en contact avec le sol carrelé, il était facile de savoir qu'il ne contenait pas de vêtements.

Il sourit et s'accroupit pour l'examiner lui-même.

— Le patron n'avait pas franchement de doute sur le fait que vous alliez venir.

— Où est ma fille ?

— Au monastère.

— Y a intérêt à ce qu'elle soit intacte.

Il jeta un coup d'œil à l'arme qu'il tenait dans sa main.

— Sinon… ?

— Est-ce que vous avez tué Ricardo ?

— Qui ?

— Le neveu d'Alexia.

Il réfléchit quelques instants.

— Alexia, c'est la nounou ?

Je baissai un peu les bras, mais il ne sembla pas le remarquer.

— Quoi, vous tuez tellement de personnes que vous n'arrivez pas à tenir le compte ?

— Eh bien figurez-vous que oui.

Du bout du canon, il repoussa sa casquette sur sa tête et me lança un sourire narquois.

— Lui, c'était assez facile, mais faut que je vous dise, se trimbaler sa monstrueuse tante, c'était vraiment chiant.

— Elle n'est pas impliquée dans toute cette histoire ?

Il laissa échapper un gros rire et tapota son menton du bout du FN.

— Nan, le patron l'a embarquée pour qu'elle s'occupe de votre fille. Il s'est dit que ce serait beaucoup plus facile si elle avait une personne de confiance auprès d'elle, mais à la fin, je m'en occuperai aussi.

— Et vous allez vous occuper de moi également ?

— Nan, je vous l'ai dit, le patron a des projets particuliers pour vous. (Il tendit sa main libre pour ouvrir la fermeture Éclair du sac de sport.) Au fait, est-ce que votre chaudasse d'adjointe est en route pour vous rejoindre ? Le patron veut qu'elle soit dépecée et accrochée sur un mur, mais j'aimerais bien la divertir un peu, avant. (Il continua à sourire.) On ne trouve pas trop de viande blanche, dans le coin.

Il était armé, mais je savais qu'il aurait de gros ennuis s'il me descendait sans le consentement de Bidarte. Il devait se dire que j'étais vieux et fatigué, et il avait raison, mais j'étais également très motivé à l'idée de lui mettre un coup de pied dans les dents – ce que je fis.

Il plaqua une main sur sa mâchoire, histoire de garder sa dentition dans sa bouche, tandis que je continuais à avancer ; je le piétinai et tombai à moitié sur lui tandis qu'il basculait vers l'arrière. J'essayai de coincer son bras sous mon genou, mais il était jeune et probablement bien mieux entraîné au combat rapproché que moi, alors je me contentai du devant de son T-shirt. Il se balança comme un singe-araignée et passa dans mon dos, son bras autour de mon cou.

Je me jetai en arrière, tout en parvenant à bloquer sa main qui tenait l'arme. La cloison trembla et vola en éclats, le plâtre et les lattes pulvérisées, mais il avait enroulé ses jambes autour de moi et tapait sa tête contre l'arrière de la mienne.

En voulant me jeter vers l'autre mur, je trébuchai sur le sac en toile et tombai, heureusement en plein sur son épaule. J'eus la satisfaction d'entendre le *pop* de l'articulation qui se déboîte et il hurla, sans pour autant lâcher son pistolet.

J'accentuai la pression sur son bras et me retournai pour écraser mon adversaire sous mon dos. Je projetai ma tête vers l'arrière et je sentis que je lui pulvérisais le nez. Je me demandai jusqu'où je serais obligé d'aller pour me débarrasser de lui.

Je venais de soulever ma tête pour lui asséner un nouveau coup quand il réussit à libérer sa main au pistolet ; je dus rouler sur le flanc pour le maintenir par terre. Il s'avéra que c'était une erreur : ses jambes étaient désormais libres. Il plia les genoux, plaqua ses pieds contre ma poitrine et, avec une force surprenante, parvint à me repousser.

J'étais encore assez près pour attraper à nouveau sa jambe, alors je le tirai vers moi, content de ne plus avoir le canon du FN sous le nez. Quand je relevai les yeux, je vis que le pistolet-mitrailleur gisait au milieu des éclats de verre près de la porte ouverte.

Je continuai à me cramponner à lui, pour l'éloigner du FN ; il réussit à libérer une chaussure et m'envoya un coup violent dans le menton. Je l'attrapai par la ceinture de son pantalon, mais il se dégagea et continua à ramper vers la porte, et le pistolet. Il marqua une pause juste assez longue pour m'adresser un sourire sanguinolent.

Je m'élançai à sa poursuite à quatre pattes, néanmoins il était évident qu'il allait atteindre le semi-automatique avant moi. Je l'avais tellement amoché qu'il y avait peu de chance qu'il me pardonne et m'oublie, même si Bidarte avait précisé qu'il voulait me tuer personnellement. Soudain, il se passa quelque chose d'étrange ; lorsque je tendis le bras et que je touchai ses jambes, elles ne bougèrent pas.

Lentement, je levai la tête et vis le cul nu de Culpepper dans le clair de lune, et au-dessus, une apparition encore plus impressionnante, Bianca en tenue d'Ève, accroupie sur le seuil avec le pistolet-mitrailleur dans la main, qui souriait en lui enfonçant le canon dans le front.

— Alors, *hijo de puta*, comment ils vont, les Cowboys ?

6

Malgré tous mes efforts, je n'arrivais pas à retrouver mes appuis. Je n'avais plus d'ancrage, plus de lien, j'avais l'impression que je ne contrôlais plus rien.

— Vous avez une sale gueule, *amigo*.

J'avais donné à Adan la lampe à huile et relevé le bord de mon chapeau pour qu'il puisse examiner mon visage.

— Je sais, mais vous devriez voir la tête de l'autre.

— Je l'ai vue.

Il me suivit dans la chambre où Culpepper était ligoté sur une des chaises avec des cintres métalliques trouvés dans le placard.

— Je crois que vous lui coupez la circulation dans les mains, avec ces liens.

— Il a de la chance que je ne lui en aie pas mis un autour du cou.

Vêtue d'un jean et d'un chemisier blanc, Bianca se tenait en retrait à côté d'Alonzo. Je pris une grande inspiration.

— Ça va ?

— Oui. Où étiez-vous passé ?

— J'ai dû aller vérifier quelque chose. Nous partons d'ici une heure ?

Alonzo acquiesça, l'air inquiet.

— Ou moins, si c'est possible.

Je désignai Culpepper.

— Ça dépend de lui.

Je m'approchai de lui et je l'examinai.

— Comment ça va, Tex ?

Il leva son visage ensanglanté, où étaient encore fichés quelques éclats de verre depuis sa chute sur le sol.

— J'vous emmerde.

— Toujours à fond et prêt à courir après les filles, on dirait.

Culpepper cracha et sourit, tout en effectuant de brusques mouvements de tête pour écarter de son visage des mèches de cheveux collées par le sang séché.

— Vous feriez mieux de me laisser partir.

Je pris une grande inspiration, encore tendu après la bagarre et mes promenades dans l'escalier.

— De toutes les choses susceptibles d'arriver, celle-là n'est pas une option.

— Je vous le redis, vous avez tout intérêt à…

— Écoute, on a le choix entre la manière douce ou la manière forte.

Je me redressai tout en retirant quelques échardes de verre de mes mains.

— Je vais te poser quelques questions.

— Économisez votre souffle.

Après une pause, je repris.

— Je te promets qu'elles seront courtes et que tu pourras y répondre en une ou deux syllabes.

Il tira sur les fils de fer en énonçant clairement chaque mot.

— Je. Vous. Emmerde.

Je le contemplai encore quelque temps, puis me plaçai derrière lui, et après avoir fait pivoter la chaise de bureau, je le sortis de la chambre en marche arrière.

— Apparemment, tu as choisi la manière forte. (J'apostrophai Bianca et Alonzo :) Vous deux, vous restez ici.

Les pieds de la chaise métallique raclaient le sol carrelé tandis que je le tirais, penché en arrière, vers l'escalier.

— Adan, venez avec moi, j'ai besoin de quelqu'un pour tenir la lampe.

Culpepper se débattit un peu, mais je l'avais ficelé bien serré.

— Où vous m'emmenez, bordel ?

— Qu'est-ce que ça peut faire ?

Il devait s'inquiéter un peu à l'idée que je le balance depuis le premier étage, mais il ne parut guère soulagé quand je commençai à le traîner dans l'escalier, la dégringolade fracassante de la chaise métallique sur les marches rappelant *L'Ouverture solennelle 1812 en* mi *bémol majeur*. Adan nous suivit avec précaution tandis que je prenais à droite et m'enfonçais plus encore dans le bâtiment, passant devant des comptoirs démantibulés et quelques autres bureaux envahis de débris.

Il y avait un autre escalier sur ma droite, et je procédai de la même manière avec mon prisonnier pour descendre dans les profondeurs de l'édifice, éclairé seulement par la lampe d'Adan. J'avais dû desceller quelques plombages supplémentaires dans la bouche de Culpepper en route. Nous arrivâmes tout en bas.

— Putain, mais où on va ?

Toujours en le traînant, je passai dans un petit sas garni d'étagères vides juste avant notre destination finale. Je remis la chaise sur ses quatre pieds et la plaçai de façon qu'il puisse voir la grande porte en acier du coffre.

Le médecin entra et se posta sur le côté, doutant encore de mes intentions mais tenant la lampe en l'air pour que nous puissions tous bien voir ce qui nous entourait.

Je poussai quelques débris du bout du pied et sortis de ma poche arrière le coup de poing américain que m'avait donné Guzmán.

— Quand on voulait obliger des méchants à parler, on commençait par leur montrer les instruments avec lesquels ils allaient être torturés.

— Ça veut dire quoi, ça ?

J'enfilai l'arme sur ma main, et la fis scintiller d'une manière menaçante dans la lumière.

— La difficulté à laquelle nous sommes confrontés, c'est qu'en ce moment, tu as plus peur de Bidarte que de moi, et je vais devoir te convaincre qu'il vaudrait mieux que tu aies plus peur de moi sans t'amocher au point que tu ne pourras plus me dire ce que je veux savoir.

— Je. Vous. Emmerde.

Je flanquai un coup de poing dans le coin du mur, et des morceaux de béton s'envolèrent en soulevant un nuage de poussière. De l'autre côté de la porte, Adan se mit à tousser et s'empressa de remonter le col de son T-shirt sur son visage.

— Une arme primitive, certes, mais drôlement efficace. Je crois que ce sont les Sikhs, au XVIIIe siècle, qui ont inventé la forme originale du Sher Panja, mais ce n'est qu'à l'époque de la guerre de Sécession qu'ils ont été adoptés sous leur forme actuelle dans notre pays. Tous les soldats dignes de ce nom avaient plusieurs de ces objets, en laiton ou en fonte, ou même sculptés dans un morceau de bois ou encore fabriqués à partir de balles en plomb coulées dans des moules en terre.

— Je. Vous. Emmerde.

J'avançai d'un pas vers lui.

— Maintenant, vous allez me dire toutes les choses que j'ai besoin de savoir, comme par exemple, où se trouve ma fille, les projets de Bidarte, la disposition des lieux au Monasterio del Corazón Ardiente, combien il a d'hommes, quel armement, et répondre à toutes mes autres questions.

Il sourit.

— Je ne crois pas que vous allez vous en servir.

Je restai là, sans bouger.

Sa tête retomba, et il rit.

— Une des choses pour lesquelles je suis doué, c'est pour savoir jusqu'où les gens sont prêts à aller, et vous, shérif, vous n'êtes pas capable de mettre une telle menace à exécution, même avec un salopard comme moi.

Je sentis les muscles de mon bras droit se contracter, tandis que je calculais la distance entre nous deux, la trajectoire et la force qu'il me faudrait pour lui démonter la mâchoire sans la pulvériser.

Une partie de moi, le monstre vengeur, furieux, qui m'éperonnait, voulait le réduire en bouillie, le faire mourir – cependant, je savais qu'au fond, il avait raison. J'enlevai mon poing américain et le rangeai dans ma poche.

— Voilà ce que ça vous rapporte, une conscience irréprochable. (Son sourire s'agrandit.) Allez, shérif, soyez raisonnable. Libérez-moi et allons-y. Je ne peux pas promettre que ce sera un voyage agréable pour vous, mais peut-être qu'on pourrait laisser vos amis rentrer chez eux.

— Non.

Le sourire perdit de son aplomb.

— Non… quoi ?

— Vous n'allez nulle part.

Culpepper parut soudain un peu moins confiant.

— Et qu'est-ce que ça veut dire, ça, bordel ?

Je m'appuyai contre le mur et croisai les bras, juste pour me donner une contenance.

— Dans les années 1970, à mon retour du Vietnam, il y a eu une série de braquages de banques dans le Wyoming. Rien de très élaboré, des cambriolages classiques par des types qui cassaient tout sur leur passage. Bref, dans beaucoup de banques les systèmes de protection étaient dépassés, alors on a organisé un grand événement à Casper pour présenter toutes les nouveautés en matière d'équipements et de blindage de coffres. (Je m'approchai d'un mur et le tapotai.) J'ai comme l'impression que cet endroit a été construit à la même époque. (Je revins vers lui.) Torero était probablement une petite ville prospère avant que votre bande n'arrive dans le coin.

— J'emmerde cette ville et je vous emmerde. Écoutez, si vous voulez ressortir votre coup de poing américain et me tabasser, le costaud, allez-y, faites-le, mais j'ai déjà été tabassé et je n'ai pas parlé, alors je suis certain que je ne vais pas plus ouvrir la bouche maintenant.

Je le dévisageai encore un peu puis me remis à tapoter le mur.

— Béton renforcé d'environ un mètre et demi d'épaisseur, sur une couche d'acier d'une bonne quinzaine de centimètres.

(Je tendis la main vers la porte.) Porte blindée avec une façade en fer et quatre bons centimètres d'acier moulé, puis vingt-cinq centimètres d'acier ignifugé, et encore trois centimètres de fonte. Cette porte comporte vingt verrous, chacun d'un diamètre de deux centimètres et demi, qui s'enfoncent dans un cadre blindé de quarante centimètres enchâssé dans quarante centimètres d'épaisseur de béton. (Je tapotai la couche d'acier.) La porte a été forgée sur mesure pour qu'il soit impossible de glisser quoi que ce soit dans l'interstice. Même ce bon vieux Dillinger aurait eu un mal de chien avec cette porte.

Il se lécha les lèvres et je voyais bien que la panique commençait à se répandre en lui comme un virus.

— Écoutez, si votre projet, c'est me faire mourir d'ennui…

Je pris la lampe des mains d'Adan.

— Apparemment, cela fait un moment qu'il n'y a pas eu d'argent dans ce coffre. (Je posai la lampe aux pieds de Culpepper.) Quand la banque était en activité, je suppose qu'il était assez difficile d'y pénétrer. (Je rapprochai mon visage du sien.) Cependant, ce qui devrait vous préoccuper, c'est plutôt comment en sortir.

Il était maintenant parfaitement immobile, et bien moins bavard.

Je lançai un coup d'œil en direction d'Adan.

— Combien de temps elle va tenir, cette lampe, à votre avis ?

Il haussa les épaules.

— Moins de deux litres de pétrole, elle brûlera pendant cent cinquante heures, à peu de choses près.

— Six jours. (À Culpepper.) Vous serez mort depuis longtemps.

Ses yeux ne me lâchaient pas.

— Les gens sont toujours inquiets à l'idée de mourir de faim, alors qu'en réalité, ils devraient se préoccuper de la déshydratation. Cela prend généralement une semaine, mais si on tient compte de votre absence de graisse corporelle et de votre récente consommation d'alcool, je dirais que vous êtes déjà passablement déshydraté. Qu'est-ce que vous en dites, Doc ?

— Cinq jours maximum.

— Est-ce qu'on a faim et soif jusqu'à la fin ?

Il s'avança et répondit d'une voix étonnamment désinvolte.

— Non, le corps a des facultés d'adaptation étonnantes. Il réclame à manger et à boire le premier et peut-être le deuxième jour, mais ensuite, il se rend compte qu'il n'aura rien, et il s'adapte.

— Comment ?

— Il se met à consommer la graisse qu'il a stockée à l'intérieur, parce qu'elle contient de l'eau. C'est comme ça que les chameaux survivent dans le désert, ils se nourrissent avec les cellules de gras qui se trouvent dans leur bosse. (Il fit un pas de plus en direction de Culpepper.) Mais vous, mon ami, vous n'avez pas de bosse.

— Des effets secondaires ?

— Ses boyaux et ses reins vont continuer à évacuer jusqu'à ce qu'ils soient vides, et il y aura une très grande sécheresse des lèvres et de la bouche, mais en dehors de cela, pas grand-chose.

Je me redressai.

— Est-ce douloureux ?

— Après la période de faim et de soif, non, je ne crois pas. Les publications qui traitent du suicide par déshydratation que j'ai lues disent que c'est en réalité assez paisible.

Je fis une moue.

— C'est bien dommage.

Son regard passait fiévreusement d'Adan à moi.

— Alors, qu'est-ce que vous allez faire, m'enfermer ici ?

Je sortis un bout de papier de ma poche.

— J'ai trouvé la combinaison écrite à la craie à l'entrée, c'était malin. Je l'ai recopiée et ensuite, je l'ai effacée. Il y a peut-être quelques vieux du coin qui s'en souviennent, mais je crois que ce ne sera pas très important, parce que lorsque je refermerai cette porte, absolument personne ne saura que vous êtes ici, en dehors d'Adan et moi. (Je me tournai vers le Doc.) Moi, je n'en parlerai à personne. Et vous ?

— Non.

J'allai jusqu'à Culpepper et lui tapotai l'épaule.

— Et vous, vous restez ici à vous chier et pisser dessus jusqu'à ce que votre langue devienne comme de la semelle.

Il ricana, attendant que je poursuive, mais je m'abstins.

— Vous n'aurez pas le cran de faire ça.

— Vous avez ma fille. Ne me mettez pas au défi.

— Vous avez fait le serment de servir et protéger.

— Pas de *vous* servir. Aux dernières nouvelles, vous n'êtes pas un résident du comté d'Absaroka. (J'allai rejoindre Adan.) D'une certaine façon, vous avez raison. Je crois que je ne pourrais pas tabasser un homme pour qu'il parle sans me détester ensuite, mais là, je vais juste m'en aller, fermer la porte et laisser la nature faire son travail.

Il écarquilla un peu les yeux.

— Je vais crier et hurler et…

— Vous n'avez pas écouté ? Ces murs font deux mètres d'épaisseur. Personne ne vous entendra.

Je fis signe à Adan, et nous nous dirigeâmes vers la porte.

— Je ne sais pas si je préférerais garder cette lampe ou pas, à votre place, mais en même temps, je n'ai pas peur du noir et j'ai… Comment vous avez dit ? La conscience tranquille ?

Entraînant le Doc vers la sortie, je me retournai une dernière fois.

— À un de ces quatre, Culpepper.

— Vous allez le regretter, lança-t-il plus fort.

— Ouaip, sûrement, mais je m'en remettrai.

— Ce n'est pas ça que je veux dire, connard. Il a une armée, là-haut.

Je suspendis mon geste, la porte aux deux tiers fermée.

— Donnez-moi des détails.

Il cracha les mots, et la salive sanguinolente continua à couler de sa bouche.

— Je vous emmerde.

— Je suppose que vous n'allez pas avoir besoin de ça, finalement.

Je ramassai la lampe et commençai à pousser la porte en acier, la lumière se réduisant à un fil.

— *Adiós*.

J'étais sur le point de fermer l'énorme vantail lorsqu'il cria :

— Attendez !

Je rouvris un peu et en passant la tête, aperçus un des deux yeux bleu clair dans la fine bande de lumière qui dessinait une ligne sur le sol. Son expression n'avait pas changé – en réalité, il avait l'air encore plus furieux, des fils de bave coulant de sa bouche pendant qu'il crachait :

— Je vous dirai tout ce que vous voulez parce que ça ne changera absolument rien, bordel, parce que vous serez mort dans quelques jours – et ça, je peux vous le garantir.

— Comment avez-vous réussi à le faire parler ?

Je rangeai le sac de Bianca dans le coffre de la Caddy avec ceux des autres et désignai son frère.

— Nous nous sommes adressés à la part d'ange en lui.

Elle m'observa d'un air soupçonneux.

— Vous l'avez tué ?

Je soupirai.

— Non, je ne suis pas un tueur, du moins, tant que je n'y suis pas obligé. J'ai appris avec les années que tuer des gens, c'est faire preuve de paresse. Il vaut mieux se servir de son imagination. (Je refermai le coffre.) C'est plus amusant aussi.

— Je commence à penser que vous êtes un peu dérangé.

Je tapotai le flanc de la décapotable poussiéreuse et lui tendis la main pour l'aider à monter côté passager. Le Voyant était déjà installé devant.

— Vous avez peut-être raison.

Je montai à mon tour et remis le siège en place pour qu'Adan puisse nous rejoindre.

— Le verrouillage du coffre ne fonctionne pas ?

— Non, mais il ne le sait pas.

Alonzo prit le volant.

— Connaissez-vous quelqu'un que vous pourriez envoyer là-bas d'ici quelques jours pour le libérer ?

— Oui, le maire.

Alonzo démarra et une fois que nous fûmes partis, le Voyant parla enfin.

— Vous auriez dû le tuer.

M'adressant à Bianca, je désignai le vénérable aveugle.

— Le voilà, votre tueur.

Il soupira.

— *Bondad a un asesino construye ataúdes*, dit-on au Mexique. (Ses yeux morts, complètement cachés par des lunettes très noires, ne me lâchaient pas.) La clémence envers un tueur ne donne que des cercueils.

Nous empruntâmes la route du Nord, par laquelle nous étions arrivés, puis Alonzo bifurqua sur la gauche et nous nous retrouvâmes sur une autre route de terre qui se dirigeait vers les montagnes. Le soleil commençait tout juste à nous chauffer le dos quand il contourna un vieux bus bleu, un corral aux barrières délabrées avec une vache plantée devant une antique éolienne, et un imposant bâtiment en pierre dans lequel on stockait apparemment une grande quantité de foin en balles grossières. Les lampes étaient allumées dans la maison, qui était à peu près deux fois plus petite que la grange, et plusieurs personnes se trouvaient sur le porche, leur silhouette se découpant dans les premières lueurs de l'aube. Alonzo coupa le moteur, sortit de la voiture et bascula le siège pour les passagers à l'arrière.

— L'Orfanato, une appellation non officielle.

J'aidai Bianca à sortir de la Cadillac.

— Combien d'enfants y a-t-il ?

Elle cala ses mains au creux de ses reins et s'étira.

— Qui sait ? Cela varie. La vieille dame qui habite ici accueille tous les enfants non-désirés.

Je sortis le fauteuil roulant du Voyant.

La vache mugit à notre intention, et Bianca traversa la route poussiéreuse pour frotter le nez de l'animal.

— Qu'est-ce qu'elle a, à votre avis ?

Adan et Alonzo s'approchèrent de la maison tandis que je dépliais le fauteuil du Voyant. D'un mouvement agile, il passa de la voiture à son fauteuil, et je commençai à le pousser en direction de la petite construction en pierre.

— Je dirais qu'elle a besoin d'être traite.

Après avoir franchi un petit portail, nous arrivâmes au porche sur lequel une femme aux allures de gnome gesticulait avec emphase. J'écoutai la conversation sans en comprendre grand-chose, tandis qu'une bonne demi-douzaine d'enfants de différents âges restaient accrochés aux rambardes ou appuyés contre le mur.

Une gamine avec de grands yeux qui était cramponnée à un poteau en bois comme à une bouée me dévisageait.

Je soutins son regard et lui souris.

— *Hola*.

Elle se cacha derrière le poteau.

J'attendis quelques minutes en écoutant la vache meugler et les adultes se disputer, puis je décidai que je serais peut-être plus utile dans le corral.

Je confiai le Voyant à Bianca, attrapai un seau métallique et repartis en direction de la vache.

Dans l'enclos, je m'assis sur la première barre de la clôture pour commencer à la traire et elle se calma immédiatement. Elle n'était pas très grande et un peu maigre, mais elle avait pas mal de lait, et assez rapidement, le seau fut à demi plein.

— On dirait que ce n'est pas la première fois.

J'observai la femme qui se découpait en contre-jour dans les premiers rayons du soleil.

— J'ai grandi dans un ranch où on produisait surtout de la viande, mais j'ai quand même côtoyé quelques vaches laitières.

Tout en tapotant le flanc de l'animal, je désignai le porche d'un mouvement du menton.

— Qu'est-ce qui se passe ?

— Les *burros* et les mules n'ont pas été rassemblés. Ils sont dispersés partout, et il va falloir du temps pour les ramener.

— Elle ne savait pas que nous venions ?

Bianca posa les bras sur la barrière.

— C'est comme ça, le Mexique.

— Qui va aller les chercher ?

— Adan et Alonzo, je suppose.

— Je suis prêt à payer cher pour voir ça.

— Moi aussi.

— Alors, comment fait-elle pour s'occuper de tous ces enfants ?

— Elle dit qu'elle est un arbre solide avec des branches pour accueillir plein d'oiseaux.

Je me mis debout et tendis avec précaution le seau à Bianca.

— Tenez, donnez ça à l'arbre solide et voyons si ça améliore son humeur.

Bianca repartit vers la maison, et je ne pus m'empêcher d'admirer le spectacle. Elle dut s'en rendre compte car elle me lança un regard par-dessus son épaule, tandis qu'elle croisait son frère, qui se dirigeait vers moi.

Adan arriva au corral et prit la même pose au même endroit.

— Il se peut que nous soyons obligés d'y aller à pied, les bêtes sont éparpillées dans le désert.

— C'est ce que j'ai entendu dire. (Je réfléchis.) Est-ce qu'elle les nourrit ?

— Je ne sais pas.

— Essayez de savoir si c'est le cas, et comment elle fait.

Il fit un signe de tête puis s'apprêta à partir, avant de se raviser.

— Comment souhaitez-vous procéder ?

— Qu'est-ce que vous voulez dire ?

Il soupira, l'air résigné.

— Ma sœur et le Voyant, ils veulent venir avec nous.

— Sur les *burros* ?

Il rit.

— A priori, il y a quatre mules, mais elles pourraient bien se trouver à Guadajaluyara, pour autant qu'on le sache. (Il sourit.) Pour ce qui est d'Alonzo, je ne suis pas complètement sûr.

— Adan, je crois qu'il est temps qu'on se parle franchement.

Je me rapprochai de lui et repoussai mon chapeau en arrière.

— Quoique bancale, notre équipée a toutes les caractéristiques d'une opération militaire et il va y avoir des morts – et plus on a de gens dont on doit s'inquiéter, plus la probabilité qu'on meure est élevée.

— Je suis d'accord.

— Non pour le Voyant, et non pour votre sœur. (Je haussai les épaules.) Quant à Alonzo, il peut décider tout seul et, en vérité, vous aussi. Je ne m'attends pas à ce que vous me suiviez, vous non plus, mais d'après ce que j'ai compris, vous avez été entraîné et vous êtes assez doué pour ce type d'opérations.

— À l'origine, je travaillais à la Dirección Federal de Seguridad, mais quand ils ont commencé à protéger les Contras nicaraguayens et que les assassinats et l'emploi de la torture sont devenus trop perturbants, je m'y suis opposé. Pour ce motif, on m'a accordé ce qu'ils appellent une disparition forcée.

Il contempla ses pieds, puis moi.

— Je suppose que vous avez des amis et des collègues aux États-Unis qui vous auraient prêté main-forte ?

— Oui.

— Pourquoi ils ne sont pas là ?

Je fouillai dans ma poche de chemise et brandis la carte postale que je lui avais déjà montrée.

— Parce que cette carte dit "Venez". Et j'ai considéré que c'était un ordre à effet immédiat. (Je la rangeai dans ma poche.) Je sais que Bidarte a l'habitude d'apparaître et de disparaître sans crier gare, et je ne peux pas risquer qu'il le fasse avec ma fille. (Je lorgnais en direction du nord.) De toute manière, j'ai semé mes amis.

— Et vous essayez de faire pareil avec nous, maintenant. (Il sortit un cigare et un briquet.) Avez-vous gardé le fusil de Culpepper ?

— Oui.

— Je regrette que nous n'ayons pas plus d'armes.

Je réfléchis. En gros, nous avions le colt que j'avais glissé dans ma ceinture, le FN et la collection d'armes anciennes contenue dans le sac de sport.

— Moi aussi.

Il alluma son cigare et rangea le briquet.

— Vous êtes conscient qu'il va vous tuer.

— Je sais que c'est une possibilité.

Il aspira une longue bouffée, savourant le tabac, avant de souffler lentement.

— Je dirais que c'est une probabilité.

La fillette aux grands yeux s'appelait Alicia, et elle me regardait secouer avec un bruit de maraca le seau qui contenait du blé concassé. La mule m'observait, sans bouger.

— Écoute, on a le choix entre la manière douce ou la manière forte.

Mon grand-père avait des mules, un bon paquet en fait, et je ne me rappelais pas qu'elles aient été difficiles ou récalcitrantes, mais je me souvenais bien l'avoir entendu dire qu'une bonne mule était dix fois meilleure qu'un cheval, mais qu'une mauvaise était cent fois pire.

Je jetai un coup d'œil à la petite fille et secouai à nouveau le seau. L'animal ajusta ses pattes avant, décidément tentée.

Avec l'aide des enfants, nous avions attrapé trois ânes et trois autres mules assez rapidement grâce aux seaux, mais celle-ci, un peu plus grande, se montrait plus réservée. M'approchant d'un pas, je cachai la longe dans mon dos pour ne pas l'effrayer, mais ma patience commençait à atteindre ses limites. Si elle ne prenait pas bientôt la nourriture que je lui tendais, j'irais au village de Bidarte à pied puisque aucun des autres animaux ne paraissait assez grand pour transporter quelqu'un de ma corpulence.

J'étais terriblement impatient de me mettre en route, mais je savais que c'était peine perdue sans assistance. Je secouai le seau et le penchai vers elle.

— Allez, prends, tu ne trouveras pas de maïs ailleurs.

Elle était gris pommelé et avait probablement une mère appaloosa. Elle avait des yeux expressifs et beaucoup de cicatrices. La vieille dame avait dit qu'elle s'appelait *La Rucia*, ce qui signifiait grise en espagnol, parce que c'était sa couleur.

— La Rucia… Tu sais, c'est pas la première qui s'appelle comme ça. (Alicia me dévisagea.) La monture de Sancho Panza s'appelait *El Rucio*.

Je secouai une dernière fois le seau. J'étais sur le point de renoncer quand elle fit un pas vers moi et pencha la tête en avant, sa grande oreille sensible agitée de tressaillements.

— Tu as lu Cervantes, Rucia ?

Tout en me toisant, elle tendit son nez.

— On va aller se frotter à des moulins à vent, tu viens avec nous ? (Elle donna un petit coup de nez dans le seau puis recula.) Bon, je te l'accorde, ce sont des moulins à vent très armés, et très psychotiques.

Alicia plongea la main dans le seau et prit une minuscule poignée de grains, puis elle s'avança vers l'animal. Elle tendit la main et Rucia baissa la tête pour grignoter sur le plat de sa paume.

— Bien sûr, normalement, l'histoire se termine avec Don Quichotte sur son lit de mort, qui menace de déshériter sa nièce si elle épouse un homme qui lit des livres sur la chevalerie.

Faisant lentement descendre la longe de mon épaule, je tendis le lasso à Alicia, qui le passa doucement autour des naseaux de Rucia. Sur la pointe des pieds, elle essaya de l'enfiler par-dessus ses oreilles. Je m'approchai pour l'aider et glissai la boucle sur la tête de la mule, derrière ses longues oreilles.

— Pas tout à fait aussi fantaisiste, d'un point de vue littéraire, que la première partie, que Cervantes avait écrite dix ans auparavant, mais le vieux bonhomme était en train de mourir et il lui fallait sortir un bouquin.

La mule se mit à bouger. Je lâchai le seau mais tins la corde. Nous échangeâmes un long regard, tous les trois.

— Je ne suis pas tellement sûr que le retour à la raison du vieux Don était une bonne idée.

Alicia tendit les mains et je la hissai sur mes épaules, ramassai le seau et tirai une Rucia réticente au milieu des cactus et des roches volcaniques pour la ramener vers le petit ranch.

— Parfois, quand il n'y a pas d'autre solution, il vaut mieux rester dans sa folie.

Sur tout le trajet, nous devisâmes. Nous ne nous comprenions pas, mais nous prenions tous plaisir à la conversation. Soudain, le soleil était chaud et, en arrivant à la sortie du corral, j'aperçus tous les autres membres de notre petite bande sur le porche, absorbés dans une vive dispute sous l'œil perplexe des trois *burros* et des trois mules attachés à la barrière.

Je donnai la petite fille à Bianca.

— Vous voulez vous débarrasser de nous ?

J'attachai la mule à côté des trois autres et des trois *burros*, que je trouvais trop petits pour être utilisables.

— En toute franchise, des gens vont se faire tuer, très certainement beaucoup de gens, et je ne veux pas avoir à m'inquiéter pour qui que ce soit, quand je serai là-haut.

Elle cala Alicia sur une hanche.

— Avoir à vous inquiéter de nous ? De la femme et de l'aveugle, c'est ça ?

— De tout le monde.

Elle descendit du porche et leva les yeux vers moi.

— C'est drôle, parce que si je n'avais pas été là, dans la banque, vous seriez probablement mort.

— Je n'ai pas dit que vous ne m'avez pas aidé.

Elle posa Alicia puis me fit face, le menton levé en signe de défi.

— Je vous aiderai à nouveau.

— Je ne peux pas prendre le risque.

— *Vous* ne pouvez pas.

— C'est ma fête, c'est moi qui distribue les invitations.

C'était dur, je le savais, mais je ne me voyais pas en train de conduire toute cette bande hétéroclite en haut de la montagne, à une mort certaine.

— Je ne sais pas comment Adan voit les choses, mais si vous voulez nous aider, il vaut mieux que vous nous attendiez ici. (Je me plongeai dans la contemplation de l'horizon.) Si on réussit… Si on réussit, j'ai comme l'intuition qu'on reviendra ici à la vitesse de la lumière et qu'on aura besoin de quelqu'un qui fasse chauffer le moteur.

— Vous manquez tellement d'imagination.

Je hochai la tête.

— Vous n'êtes pas la première femme à me le dire.

Je récupérai ma mule et pris les longes des trois autres, pour les emmener au corral avant que mon interlocutrice puisse ajouter quoi que ce soit. Alonzo avait rassemblé l'équipement et l'avait aligné sur la balustrade à côté d'un bât et de grands sacs de selle en toile.

La mule qui était la moins haute et la plus puissante se laissa mettre la couverture et le bât facilement. Je soupçonnais que ce n'était pas la première fois qu'elle l'avait sur le dos.

— Est-ce qu'il y a des selles quelque part ?

— Je ne sais pas.

Je m'apprêtai à aller voir dans la grange, mais je m'interrompis en me disant que nous devions d'abord tirer certaines choses au clair.

— Est-ce que vous venez ? Je veux juste savoir, car si vous venez, je vais devoir opérer différemment avec les mules.

Il jeta un coup d'œil du côté de la maison.

— Vous pensez vraiment que nous allons mourir ?

— C'est probable.

— Comment pouvez-vous prendre la chose avec autant de calme ?

Je repensai au long monologue dans lequel je m'étais engagé avec la petite fille dans le désert. Elle n'avait pas dû en comprendre un traître mot, mais j'étais content d'avoir eu une occupation pour m'éviter de rester planté là, à hurler.

— Ma fille.

Il me fixa, l'air interrogateur.

— Parce que vous l'aimez ?

— Parce que je ferais n'importe quoi pour la sortir de là.

Après avoir serré la sous-ventrière, je hissai les sacs sur les montures et équilibrai la charge.

— Je fais ce métier depuis toujours, et je peux vous dire qu'être le plus grand, le plus méchant, le plus dur, le plus malin, ça ne signifie rien du tout. C'est celui qui est prêt à aller plus loin que tout le monde qui gagnera. Et pour sauver ma fille, je serais prêt à faire l'aller-retour jusqu'en enfer, sans reprendre mon souffle. (Je le scrutai sans lâcher la mule.) Je ne peux attendre le même engagement de personne d'autre. Alors si vous voulez passer votre tour, Alonzo, personne ne vous en voudra. Honnêtement.

Je tournai les talons et partis vers la grange. Après les box, à côté d'un mur de pierre écroulé, je découvris la sellerie où quelques vieilles selles McClellan étaient posées avec des licols en cuir tout desséchés. Je ne vis pas la moindre bride, alors je me dis qu'ici on devait se contenter de licols. En les déplaçant, je découvris une inscription sur le crépi : ZAPATA ESTUVO AQUÍ* !

— J'ai de gros doutes là-dessus.

J'entendis un bruit sur ma gauche, et je vis Alicia à côté du mur de pierre.

— Salut, toi.

Elle ne bougea pas, alors je pris les lanières de cuir et avec un chiffon j'enlevai la poussière et les toiles d'araignées. S'il restait une goutte d'huile dans le cuir, je pourrais la faire sortir en frottant. J'étalai les objets sur le plan de travail rustique qu'on avait posé sur une auge et me mis à les astiquer. Rapidement, un léger aspect brillant apparut.

— Tu ne parles pas beaucoup, hein ?

Sans répondre, elle longea le mur pour se rapprocher de moi.

— J'étais comme ça, moi aussi. On apprend beaucoup en restant silencieux, les gens oublient qu'on est là.

Je continuai à frotter les cuirs et elle posa une main sur le bord du comptoir.

— Ce serait bien plus facile si j'avais un peu d'huile. Est-ce que par hasard tu saurais où je pourrais en trouver ?

Elle me dévisagea.

* Zapata est venu ici !

Fouillant dans le peu d'espagnol que j'avais mémorisé depuis mes années de lycée, je cherchai le mot, et je finis par en trouver un qui désignait un autre genre d'huile, tout en espérant qu'elle comprendrait.

— *Petróleo ?*

Levant les yeux vers moi, elle poussa un peu le couvercle posé sur l'auge et je vis qu'il était équipé de charnières.

— *Gracias.*

Je déplaçai quelques objets et soulevai la lourde planche. Je découvris un tas de chiffons, un kit de nettoyage avec des petits emblèmes de marteau et faucille estampés dans le couvercle en fer-blanc, ainsi que deux fusils d'assaut AK-47 de type III.

— Eh bien, finalement, peut-être que Zapata est bien venu ici.

7

Je laissai Adan prendre la tête en me fondant sur l'hypothèse qu'il savait où il allait, ce qui était peut-être d'un optimisme délirant.

— On est perdus ?

Il s'arrêta sur la piste qui montait depuis le pont rustique enjambant la rivière, juste assez longtemps pour repousser son chapeau parfaitement blanc.

— Il n'y a qu'un chemin possible. Pourquoi vous posez la question ?

— Vous n'aviez pas l'air d'être sûr.

— Je suis à califourchon sur un mulet, c'est ça qui donne l'impression que je manque d'assurance.

La rivière coulait en contrebas, la piste faisait une soixantaine de centimètres de large. Les mules posaient leurs pieds avec une grande prudence, allant parfois jusqu'à croiser leurs sabots pour rester sur l'étroit sentier.

— Et c'est le bon chemin ?

Il haussa les épaules.

— Le meilleur, si on ne veut pas se faire descendre.

Alonzo avait choisi la retenue plutôt que la vaillance et avait décidé de rester à l'Orfanato avec les autres.

— Mais la façon la plus rapide, c'est bien de passer par l'endroit où il manque le pont, près de chez vous, au nord d'ici ?

— Oui, mais comme vous le dites, il n'y a pas de pont. Du moins, pas un pont que vous jugeriez praticable.

— Est-ce qu'on peut traverser à gué ?

— La saison est dangereuse.

— Mais c'est faisable ?

Il me fit face.

— Pourquoi vous posez la question ?

— Eh bien, si la situation tourne aussi mal que je le prévois, on va devoir trouver l'itinéraire le plus rapide pour sortir de là, et je veux juste savoir si c'est celui-là.

— C'est le plus rapide, mais il est dangereux.

Nous grimpâmes une sente escarpée jusqu'à un replat.

— Est-ce que je peux vous poser une question, shérif ?

— Allez-y.

— Pourquoi avez-vous mis autant de temps pour charger les mules ?

Je réfléchis : avais-je envie de lui en parler ? D'en parler, tout court ? D'un autre côté, comme il était le seul à risquer sa vie en m'accompagnant dans cette équipée insensée, il avait le droit de savoir.

— Je vous montrerai quand nous arriverons au bord du canyon.

Il nous fallut quarante minutes supplémentaires, mais nous réussîmes à atteindre le sommet. Je menai les deux mules près de lui, puis, après avoir passé la longe sur la branche d'un pin blanc mourant, je descendis de ma monture.

Je m'avançai vers la mule de bât, soulevai la toile, sortis un des AK et le lui montrai.

— MD-65, modèle roumain, avec crosse repliable et chargeur de trente cartouches. Il y en a deux.

Il prit l'arme et l'examina de près.

— *Cuerno de chivo*, Corne de chèvre, voilà comment les narcos appellent ces trucs-là. À cause de la forme du chargeur. (Il fit une moue interrogative.) Mais d'où elle sort des armes pareilles, la vieille ?

— Je me suis dit que vous sauriez peut-être.

— Je me demande bien pourquoi.

— La proximité.

Il eut un geste de dénégation.

— C'était la première fois que je la voyais.

— Votre sœur a appelé cet endroit l'Orfanato, l'orphelinat.

— C'est un lieu d'accueil pour les enfants abandonnés, tout le monde le connaît. Et il existe depuis bien avant ma naissance.

— Peut-être que la vieille dame n'était pas au courant que ces armes se trouvaient là. Qui d'autre, à votre connaissance, a accès à cet endroit ?

— Difficile à dire. Cette zone fourmille de trafiquants, comme vous avez pu le voir. (Il me rendit le pistolet-mitrailleur.) Elles pourraient appartenir à n'importe qui.

— Vous ne pensez pas que c'est comme ça qu'elle gagne sa vie ?

— Non, je ne crois pas, mais aujourd'hui, on ne peut être sûr de rien. (Je rangeai l'arme dans la sacoche, en prenant soin de bien la couvrir.) Il y avait aussi des caisses de munitions, 122-grain, balles blindées. Vingt balles par boîte, 32 boîtes, 640 balles par caisse – 1920 balles au total.

— Vous les avez toutes emportées ?

— Pas moi, elle.

Je tapotai la mule de bât et lui caressai la croupe.

— Est-ce que vous savez utiliser un AK ?

— Oui. Et vous ?

Il sourit tandis que j'attachai soigneusement la cargaison avec quelques nœuds supplémentaires.

— Alors, cette découverte est une aubaine.

— Je suppose que oui. Quand je suis arrivé au Mexique, un ami m'a donné un conseil. Il m'a dit de ne faire confiance à personne – ni à la police, ni aux militaires, à personne.

Adan passa une jambe par-dessus le pommeau et me fit face.

— C'est un bon conseil.

Je le gratifiai d'un regard appuyé pour ajouter de l'intensité aux paroles que je m'apprêtai à prononcer.

— Alors, je vais vous poser la question une fois, pas deux… Est-ce que je peux vous faire confiance ?

Un sourire s'esquissa sur ses lèvres et il prit son temps avant de répondre.

— Laissez-moi vous poser une question à mon tour. Vous avez vu la manière dont ce Culpepper m'a regardé à Torero, quand vous l'avez distrait en démontant son arme ? (Il se pencha en avant, toujours souriant.) Si vous ne vous étiez pas interposé, vous pensez qu'il m'aurait tué ?

J'y réfléchis.

— Ouaip, je le crois.

— Quand il vous a attaqué ensuite, est-ce que vous pensez qu'il vous aurait tué si ma sœur n'était pas intervenue ?

— Ouaip, je le pense.

Il reprit sa position sur la selle et se mit en route.

— Alors, vous avez votre réponse.

Apparemment, oui.

Je remontai sur ma mule, l'éperonnai, et nous partîmes. La topographie ne s'arrangeait pas, et j'étais assez content que nous ayons les mules. Nous étions à une altitude où les arbres ne poussaient plus, où seuls quelques cactus et pins rachitiques réussissaient à émerger du sol rocailleux qui grimpait en une pente constante vers les montagnes sombres à l'horizon, des créosotiers de moins d'un mètre cinquante qui s'étendaient loin devant nous comme une forêt rabougrie agonisante.

Le ciel était bleu et la température de plus en plus élevée à mesure que le soleil montait. J'enfilai mes Ray-Ban et décidai de prendre mon mal en patience, pensant à ce que Culpepper nous avait dit et à la façon dont je voulais utiliser ces informations.

Adan avait écouté pendant que j'interrogeais notre prisonnier, mais il n'avait pas pipé mot. J'avais une assez bonne idée de l'endroit où nous allions et j'avais même esquissé des schémas sur quelques feuilles de papier épais dans un cahier dont la couverture était ornée d'une tête d'Indien. Je pensai à mon ami Henry Standing Bear, regrettant amèrement qu'il ne soit pas avec moi. Cette expédition était le genre de truc tactique qui l'excitait, auquel il avait été entraîné avec les équipes de reconnaissance quand il travaillait dans les Opérations spéciales au Vietnam. Mais en ce moment précis, il était dans la réserve des Cheyennes du Nord pour veiller sur ma petite-fille Lola.

J'envisageai de sortir le cahier, mais tant que je ne pouvais pas étudier la disposition des lieux de mes propres yeux, je ne voyais aucune raison de concevoir les détails d'un plan d'action. C'était frustrant, mais si ce que Culpepper avait lâché entre ses dents à moitié déchaussées était inventé de toutes pièces, nous nous retrouvions au point de départ.

Ainsi qu'Adan l'avait dit, les kalachnikovs étaient une aubaine, mais je ne faisais aucune confiance au hasard, bon ou mauvais – comme le dit le vieux principe des marines, la chance ne remplacera jamais la préparation et une bonne stratégie.

Tout ce que je voulais, c'était récupérer Cady.

Après avoir traversé un défilé, la piste déboucha sur un plateau qui semblait entouré de falaises sur trois côtés, l'endroit parfait pour un monastère ou une forteresse. Lorsque nous arrivâmes au bord du canyon au fond duquel coulait la rivière, j'aperçus un embranchement, le premier que je voyais.

— Ça mène où ?

Nous n'avions pas parlé depuis plus de trois heures, ce qui expliquait le temps que mit Adan à se retourner, le coude posé sur son troussequin.

— Pardon ?

Je tendis le bras vers la droite.

— Cette piste, là, où va-t-elle ?

Il contempla la direction que j'indiquais.

— Au bout, c'est mon ranch.

Scrutant les alentours, je constatai sans enthousiasme :

— Si nous battons en retraite à toute vitesse, nous n'aurons pas franchement le temps d'effacer nos traces.

Il rit sans joie.

— Je ne m'en inquiéterais pas si j'étais vous. Si nous revenons par ici, ils supposeront que nous avons repris le chemin de l'Orfanato.

J'examinai la route la moins fréquentée.

— Pourquoi ?

— Parce que seul un fou furieux irait par là. Je vous l'ai dit, nous avons fait sauter le pont, celui qui reste est à peine praticable, et ensuite, il faut traverser le désert.

— Si nous repartons par là d'où nous venons, et qu'ils nous suivent, qu'arrivera-t-il à la vieille dame et aux enfants de l'Orfanato ?

Il arrêta sa mule et étudia le sol tandis que je m'immobilisais à côté de lui.

— Ils les tueront tous, voilà pourquoi il est important de couper la tête au serpent, pour qu'il ne puisse plus mordre.

— Vous parlez de Bidarte…

— Oui. (Ses yeux vinrent rencontrer les miens.) Vous êtes peut-être venu pour votre fille, mais moi, je suis ici pour tuer un homme avant qu'il tue ma terre. Autrefois, une loi tacite garantissait votre sécurité si vous n'étiez pas impliqué dans le commerce de la drogue, mais elle n'a plus cours. Tôt ou tard, ces gens s'en prendront à moi et aux miens, et je ne peux pas le tolérer. Avec un homme comme lui, on a deux options : soit on le laisse faire ce qu'il veut, soit on le tue.

— Pourquoi me répétez-vous cela ?

— Parce que le Voyant a raison, vous auriez dû descendre Culpepper. Pourquoi ne l'avez-vous pas fait ?

— C'est difficile à expliquer. Pendant la bagarre, je l'aurais fait si j'y avais été obligé. Mais cela ne me semblait pas juste de m'en prendre à un adversaire immobilisé. Toute ma vie, j'ai essayé de rester impartial et je me suis efforcé de suivre un code moral. Je ne tue personne si je n'y suis pas obligé.

— Comme moi, vous étiez un soldat.

— C'est différent.

Il décida d'insister.

— Il faudra peut-être que vous appreniez.

— Votre sœur n'a pas appris. Elle a eu l'occasion de lui tirer une balle en plein visage, mais elle ne l'a pas fait.

— À ce moment-là, il était précieux, et elle le savait. (Il fit pivoter sa mule et se mit en route.) Si vous pensez que ma sœur est incapable de tuer quelqu'un, vous vous trompez lourdement.

Je restai immobile quelques instants puis je lui emboîtai le pas. Le sentier partait à droite avant de contourner une colline et j'aperçus un village de montagne à environ quatre cents mètres.

De notre côté se trouvait un bâtiment isolé, rond, puis au pied d'un coteau, un groupe de constructions couvertes de tuiles rouges et une *plaza* où s'arrêtait la route principale. Au fond, un édifice plus grand dont l'arrière s'appuyait tout contre les falaises. Ce devait être le Monasterio del Corazón Ardiente. Comme je m'en doutais, Estante del Diablo était un cul-de-sac, entouré de précipices d'une profondeur de plus de sept cents mètres. Il n'y avait qu'un seul moyen d'y accéder et d'en partir.

Au milieu du village, on avait érigé des tours métalliques équipées de projecteurs et même de haut-parleurs.

— Il y a de l'électricité ?

— Oui, des générateurs.

Je fouillai dans ma poche à la recherche des schémas que j'avais dessinés à partir des informations que nous avions glanées auprès de Culpepper, les examinai et les comparai à ce qui s'étendait devant moi.

Adan descendit de sa mule.

— On devrait faire demi-tour et trouver un endroit pour planquer les animaux.

J'éloignai ma monture du bord de la falaise et je la fis avancer en direction d'une formation rocheuse qui me paraissait familière. Je sortis la carte postale et la brandis devant mes yeux.

— Gemelos de Roca, ce doit être ça.

Il confirma d'un signe de tête.

— Vous pensez qu'ils font circuler des patrouilles ?

Il me suivit et, alors que je mettais pied à terre, fouilla dans une des sacoches de selle pour en sortir une impressionnante paire de jumelles, des Bell & Howell M19.

— Non, s'il y a une chose sur laquelle nous pouvons compter avec certitude, c'est leur arrogance.

Tandis que je déchargeais les mules, il s'avança à pas de loup jusqu'à la crête qui surplombait Estante del Diablo. J'examinai les alentours, mais comme nous étions dans le seul endroit comportant un peu d'herbe, je me persuadai que les mules ne s'éloigneraient pas. Je posai les selles à côté des rochers et entrepris de répartir les contenus des grands sacs de toile en plus petits tas.

Une fois que j'eus terminé, je pris une gourde et rejoignis Adan au bord de la falaise.

— Qu'est-ce qui se passe ?

— Rien. Presque pas de mouvement. L'effervescence va aller croissant jusqu'à ce soir, quand la fête commencera pour de bon. (Il baissa ses vieilles jumelles datant de la guerre du Vietnam et me les donna.) C'est à ce moment-là que nous pourrons approcher, à la faveur de la nuit.

Je voyais quelques personnes en train de bouger, mais elles étaient peu nombreuses.

— Le bâtiment sur la droite est une salle de ventes aux enchères de bétail ?

— Oui, le monastère était célèbre pour ses chèvres et sa production de lait et de fromages. Les acheteurs venaient de toutes les provinces.

— Je me demande quel usage ils en font maintenant.

— Je ne sais pas. (Il étudia la disposition des lieux.) Mais je suis sûr que votre fille se trouve dans le monastère, derrière.

— Ouaip. On dirait que le seul moyen d'y arriver, c'est de longer les falaises derrière la halle aux bestiaux.

— Il y a des murs.

— Oui, mais c'est mieux que la route principale et la *plaza*, où on se fera repérer avant de pénétrer dans l'enceinte. (Je baissai les jumelles.) Quand est-ce que les gens vont arriver pour les festivités ?

— Tout au long de l'après-midi, je dirais.

Je lui rendis les jumelles et après avoir vérifié que les mules qui musardaient et mâchouillaient l'herbe sèche comme de la paille ne risquaient pas de s'enfuir, je m'allongeai sur le dos et posai mon chapeau sur mon visage.

— Prévenez-moi quand ça commencera à bouger.

— D'après vous, est-ce que ça ressemble à une patrouille ?

J'étais déjà passablement réveillé, mais en entendant Adan, je me réveillai complètement.

— Où ça ?

J'enlevai mon chapeau, et regardai dans la direction qu'il m'indiquait. Trois hommes armés s'étaient arrêtés dans une ouverture à côté de la halle aux bestiaux près du mur d'enceinte pour fumer. Le jour commençait à baisser, et il y avait bien plus d'activité dans le village, où des véhicules de toutes sortes se rangeaient sur le bas-côté de la route.

Le groupe, composé d'un homme un peu âgé portant un chapeau de cow-boy et de deux plus jeunes, quasiment adolescents, repartit sur le sentier qui, très probablement, remontait sur la droite dans notre direction.

Les environs ne fournissaient aucune cachette et je réalisai que le précipice que nous avions escaladé était au moins à huit cents mètres.

— Eh ben, ça s'annonce mal.

— Où est-ce qu'on pourrait aller ?

— Vous, vous pourriez continuer en direction du monastère, mais ma présence serait difficile à expliquer. Et s'il y a des coups de feu, nos mules vont s'égailler comme un vol d'étourneaux.

Je commençai à rassembler les animaux et à les mettre en ligne pour les orienter vers la piste à une vingtaine de mètres de la formation rocheuse. Adan s'approcha de moi.

— Qu'est-ce que vous faites ?

— Je vais les entraver, puis je vais me planquer là-bas, vers ces rochers, avec mon visage caché sous mon chapeau. Quand les types arriveront ici, vous leur direz que j'ai commencé à faire la fête un peu tôt et que vous attendez que je cuve pour qu'on puisse repartir.

— Et les fusils sur la mule de bât ?

— Je les cacherai derrière les rochers.

Il jeta un coup d'œil dans la direction par laquelle ils allaient déboucher.

— Et s'ils les trouvent ?

Je sortis le couteau Bowie de Henry de la ceinture de mon pantalon.

Il hocha la tête et prit les AK dans les sacs en toile pendant que j'attrapai une couverture en coton dans l'autre sacoche pour la draper autour de mes épaules.

— S'ils comprennent que je suis américain, ils ne se laisseront pas avoir par le plan Bob Lilly, alors, ce n'est même pas la peine d'essayer.

Il approuva et entreprit de cacher les fusils dans une anfractuosité de rocher derrière des grosses pierres.

— Et qu'est-ce qu'on fera si vous êtes obligé de les descendre ?

J'allai m'asseoir là où je trouvai un peu d'ombre, montai la couverture pour y enfouir mon visage et descendis mon chapeau sur mes yeux, le manche du grand couteau au creux de ma main.

— Nous traverserons ce pont après l'avoir brûlé.

J'eus soudain une idée. Je me penchai en avant et enfonçai deux doigts au fond de ma gorge. J'eus un haut-le-cœur mais rien ne monta.

Adan se pencha sur moi.

— Qu'est-ce que vous fabriquez ?

Répétant la manœuvre, je fis remonter le petit déjeuner que la vieille dame de l'Orfanato nous avait préparé, et le Doc recula d'un bond.

Je me raclai la gorge et crachai par terre.

— Une chose que j'ai apprise en presque cinquante ans de carrière, c'est que les ivrognes gerbent, et que ça décourage toute velléité d'examiner la personne de trop près.

— Après, vous allez pisser dans votre froc ?

Je rabattis mon chapeau sur mes yeux.

— S'il le faut.

Je tendis l'oreille ; il partit retrouver les mules, sortit des affaires des sacs, et les posa sur le sol avec sa propre couverture.

Nous attendîmes plus longtemps que je ne l'aurais cru avant d'entendre leurs voix. Ils se disputaient et il semblait assez clair que la discrétion n'était pas leur priorité. Tout à coup, ils durent apercevoir Adan et les mules, et se turent.

— *Hola.*

Adan paraissait agacé, et je me dis que c'était une bonne mise en scène. Pour autant que je comprenais, il commenta le temps et leur demanda comment se passait leur journée. Le plus âgé des deux répondait, et il ne semblait pas trop soupçonneux, jusqu'à ce qu'un des jeunes pointe un doigt vers moi.

Adan se répandit en jurons, puis se mit à se plaindre de son compagnon ivre, et même si je ne saisissais pas grand-chose, je me rendais bien compte que la performance aurait mérité un Academy Award.

Les jeunes s'approchèrent et commentèrent le vomi. Adan lança quelques imprécations et les deux autres éclatèrent de rire.

Le plus âgé aboya une réprimande puis reprit son interrogatoire avec Adan, qui eut l'air de gérer plutôt facilement, jusqu'à un échange qui me parut un peu vif.

Je serrai la main sur le couteau en bois de cerf.

L'un des jeunes s'était approché de moi. Il dit quelque chose et même avec mon vocabulaire limité, je compris qu'il voulait me réveiller pour me voir souffrir. Le plus vieux le rejoignit et j'eus l'impression qu'ils n'étaient qu'à trois mètres de moi.

Adan rétorqua quelque chose, qui ne provoqua que du mépris. Il y eut une brève conversation à propos d'un chapeau, et je vis le canon d'un AK se glisser sous le bord de mon couvre-chef.

Levant lentement le couteau sous la couverture, je m'apprêtai à bouger lorsqu'une rafale d'arme automatique transperça l'air comme si tout à coup on déchirait un lé de satin épais. Je repoussai rapidement mon chapeau et vis deux d'entre eux tomber, le troisième reculant, affolé, avant de trébucher sur moi. Je lui mis un coup à l'arrière de la tête avec le manche du Bowie.

Je le soulageai de son arme et jetai un œil aux deux hommes morts de part et d'autre de moi. Les mules faisaient des petits bonds, effrayées mais retenues par leurs entraves, et Adan tenait une des kalachnikovs, dont le canon fumait encore.

— Ils vous auraient tué.

Nous traînâmes les corps et les installâmes contre les rochers en position assise, puis je m'approchai de celui que j'avais assommé. Les mules s'étaient calmées et Adan avait commencé à ranger les armes dans les sacoches de selle, gardant l'AK à portée de main.

— Il faut qu'on bouge, et vite. Ils auront forcément entendu les coups de feu, au monastère.

— Ils vont envoyer une autre patrouille, à votre avis ?

— Espérons que non. Qui sait ? Avec ces gens, les armes sont comme des jouets, et pendant la célébration des morts il y a beaucoup de coups de feu.

Je gesticulai en direction des corps.

— Mais on finira par remarquer la disparition de ces trois-là.

— À un moment, oui.

Je retournai le deuxième adolescent, ôtai la casquette de foot de sa tête et examinai l'œuf qui grossissait derrière son oreille.

— Qu'est-ce que vous voulez qu'on fasse de celui-ci ?

— Qu'on lui tranche la gorge.

Le gamin devait avoir une quinzaine d'années.

— Je ne peux pas faire ça.

Adan pointa l'AK.

— Alors, je le descends.

— Non.

— Oui, vous avez raison, il vaut mieux ne pas faire davantage de bruit.

Il indiqua le précipice que nous venions de franchir.

— On peut le jeter dans le vide, c'est moins bruyant.

— Non. (Je désignai le jeune homme inconscient.) C'est un gamin.

— Qui n'aurait probablement pas hésité à vous tirer dessus.

— Peut-être… Dans mon comté, il serait occupé à courir après les filles et à mettre de l'argent de côté pour s'acheter une voiture.

— Et dans mon pays, il vend du poison, il tue des gens et ensuite il leur découpe le visage avant de le coudre sur un ballon de foot.

Je le regardai, ébahi.

— Ils font ça ?

— Oui.

Tenant toujours mon couteau, je m'interposai.

— Malgré tout, je ne peux pas vous laisser le tuer. Ce serait comme si je le faisais moi-même.

— Un péché d'omission ?

— Quelque chose comme ça, oui.

Adan soupira, tout en continuant à charger les armes sur les mules. Je m'accroupis et mis quelques claques au gamin jusqu'à ce qu'il lève le bras pour parer mes gifles. Il grogna, les paupières tremblantes, puis ses yeux se posèrent sur moi.

— Salut.

Il bougea puis s'interrompit lorsqu'il aperçut le Bowie dont j'utilisais la pointe pour me gratter le cou.

— *Habla usted inglés ?*

— Hem… ouais.

— Comment tu t'appelles ?

Il accentua la deuxième syllabe.

— Iván.

— Iván, nous avons un problème, mais je pense que toi et moi, on veut la même chose.

Il lorgna autour de lui, histoire de repérer les lieux, avant de contempler ses deux compagnons morts.

— Quoi ?

— Je voudrais t'éviter de mourir… Est-ce qu'on est d'accord là-dessus ?

Ses yeux vacillants revinrent se poser sur moi.

— Euh… ouais.

Je pointai un index sur Adan.

— Il veut te descendre et il m'a exposé des arguments assez convaincants. (Le gamin ne dit rien.) Tu sais qui je suis ?

— Oui. Le gringo, le ranger *del norte.*

— Le shérif. (Je m'éclaircis la voix.) Tu sais pourquoi je suis ici ?

Il hésita.

— Non.

— Tu me mens encore une fois et je te tue de mes propres mains.

Il opina.

— C'est parce qu'ils ont votre fille.

— Tu l'as vue ?

— Non, ils l'ont enfermée dans le *monasterio*, en haut, dans la pièce centrale du premier étage. Il y a deux gardes aux portes de la *plaza*, deux au pied de l'escalier et deux devant la porte de la salle. Il y a deux jours, l'un d'eux s'est endormi et ils l'ont descendu.

Me disant que j'allais vérifier quelques-unes des informations que j'avais extorquées à Culpepper, je poussai un peu l'interrogatoire.

— Combien d'hommes autour de lui ?

— Je ne sais pas, je travaille avec eux depuis trois jours.

— Quand est-ce que les festivités commencent ?

Il haussa les épaules.

— Il n'y a pas d'heure précise, ça démarre tranquillement, ce soir ce sera la grosse fête, et ça continuera demain toute la journée.

— Ton anglais est très bon, Iván.

Il sourit pour la première fois.

— J'ai une tante qui habite à Tucson, et j'ai passé deux étés dans votre pays à faire de l'aménagement de jardins.

Je tendis la main et l'attrapai par le menton pour le mettre face à ses deux compagnons.

— Tu aurais dû rester dans le jardinage.

Je le lâchai, et lentement, il leva les yeux vers moi.

— Je veux que tu réfléchisses à quelque chose que tu vas avoir du mal à comprendre. Ces gars-là sont morts, définitivement morts, ils ne reviendront pas. Il n'y a pas de redémarrage, pas de deuxième chance, rien, ils sont partis pour de bon. (Je désignai les corps.) Et s'ils pouvaient parler, ils te diraient une seule chose : c'est mieux d'être vivant. Tu as pigé ?

— Euh… ouais.

— Vraiment ?

— Oui.

Je rivai mes yeux aux siens, cherchant désespérément une preuve qu'il comprenait.

— Non, tu ne piges pas, tu crois que tu es invincible.

Découragé, je fis signe à Adan de se rapprocher.

— Doc, expliquez-moi, comment ils font pour enlever la peau du visage ?

Tirant l'une des mules, il s'accroupit à côté de moi. Il passa un doigt sous la mâchoire du gamin et m'emprunta mon couteau.

— C'est véritablement une forme d'art. On commence par une incision au sommet de la tête. On traverse la peau, on tombe assez rapidement sur l'os du crâne. À ce moment-là, on descend jusqu'au cou, ce qui produit un bruit de grattement assez horrible, mais on s'y fait. (Il avança les mains derrière la tête du jeune homme et posa la pointe du couteau sur la base de son crâne.) Ensuite, on glisse ses pouces sous la peau et on commence à la décoller.

Iván essaya de se soustraire à la démonstration, mais il n'y avait pas d'échappatoire possible.

— Puis, on retourne la peau par-dessus le front et on commence à découper les paupières, une étape assez dégoutante, mais pas aussi compliquée que le nez, parce qu'il faut prélever une partie du cartilage pour conserver la forme.

La lame remonta, dessinant les contours de son visage.

— La bouche, c'est délicat, parce que là aussi, on doit préserver la forme.

Le gamin eut un haut-le-cœur.

— Après, il faut décider quelle quantité de peau du crâne on veut, ça dépend du ballon qu'on va utiliser…

Le gamin eut un nouveau haut-le-cœur.

Adan fit mine de réfléchir.

— Pour la plupart des visages, un ballon de foot normal est trop grand, alors souvent, ils utilisent des ballons avec lesquels jouent les gamins.

J'examinai la tête d'Iván.

— Est-ce qu'on le fait avant ou après la mort du gars ?

— Ça dépend. On peut le faire quand il est encore vivant, mais il faut deux types pour le maintenir. (Il gesticula avec le grand couteau.) Je peux vous montrer, si vous voulez.

— On va attendre un peu. (Je repris mon couteau et m'adressai au gamin.) Soit on te laisse partir par le chemin par lequel on est arrivés, tu ne reviens plus jamais ici, tu t'engages dans un projet de vie meilleur. Soit des gamins inconnus d'un village perdu vont marquer des buts en shootant dans ton visage. (Il resta muet, les yeux écarquillés.) Alors, tu choisis quoi ?

Il lui fallut quelques secondes pour répondre et sa voix était un peu vacillante.

— Je m'en vais.

— Bon choix, mais rappelle-toi, tu ne reviens pas en arrière.

Je me tins à côté d'Adan et nous le scrutâmes tous les deux.

— Là d'où tu viens, des hommes vont mourir au cours des vingt-quatre prochaines heures, et tu n'es pas obligé de faire partie du lot.

Il voulut se mettre debout et je le laissai. Il prit garde de ne pas marcher sur ses camarades.

— OK.

Je rangeai le couteau en bois de cerf.

— Encore une chose, Iván.

— Oui ?

— Balance tes potes dans le précipice.

— Quand je pense qu'il a eu le culot de nous demander de lui laisser une de nos mules…

Nous partageâmes ce qui restait d'eau dans la gourde tandis que le gamin disparaissait sur le sentier par lequel nous étions montés.

— Vous ne croyez pas qu'on aurait dû lui donner de l'eau ?

Adan passa la bandoulière de la gourde sur son épaule.

— Il trouvera une rivière sur son chemin. Je ne vois pas comment il peut la rater.

— On peut amener l'adolescent à l'eau mais…

Sans terminer ma phrase, j'allai récupérer ma mule et la tirai vers le tas de rochers. Je levai les yeux vers le soleil et vis deux femmes, l'une d'elles tout apprêtée pour aller à son bal de promotion, exécutant une pirouette en tenant la main de sa mère, dans notre minuscule maison – l'image était si étincelante que j'eus soudain la certitude que j'allais devenir aveugle, comme si je fixais le soleil.

— Est-ce que ça va ?

La voix d'Adan me ramena à la réalité.

— À votre avis, quelle heure est-il ?

Il consulta sa montre.

— Deux heures.

— On a combien de temps avant qu'ils envoient une nouvelle patrouille à la recherche de celle-ci ?

Adan attrapa sa mule tandis que je récupérais les deux animaux de bât, prêt à les tirer derrière moi.

— Qui sait ?

— Vous pensez qu'on peut descendre la piste par laquelle ils sont arrivés et se glisser derrière le mur qui monte au monastère avant la nuit ?

— Pas sans qu'on nous voie, mais vu le nombre de gens qui affluent, il est possible qu'on parvienne à approcher sans trop attirer l'attention.

Postés au bord de la falaise, nous observâmes le nombre croissant de voitures garées et l'activité qui s'intensifiait dans les rues. Adan pointa un index vers le bâtiment rond.

— Il y a du monde là-bas aussi, mais si on parvient à franchir ces deux obstacles, ça devrait aller. (Puis il ajouta :) On ne pourra pas passer le mur avec les mules, il faudra qu'elles restent près de la halle aux bestiaux. En même temps, personne ne devrait trouver leur présence incongrue à cet endroit-là.

Je m'installai sur ma monture et lui tapotai le garrot.

— Je commence à bien aimer ma compagne.

Adan grimpa sur la sienne.

— Prions pour que vous la revoyiez ce soir, quand on repartira tranquillement avec votre fille.

Il eut l'air de s'intéresser à quelque chose derrière moi et je pivotai, espérant ne pas constater que le gamin avait eu l'idiotie de revenir, mais la piste était déserte.

— Aujourd'hui, c'est *le Día de los Inocentes*, alors vous avez fait votre part.

— Agréable, comme impression, non ?

Son visage me dit qu'il n'en était pas si sûr.

— Mais demain, c'est le *Día de los Muertos*. Ce serait bien qu'on ne soit pas obligés de rejoindre leurs rangs.

Stimulant ma monture d'un petit coup de talon, j'avançai jusqu'à être à sa hauteur.

— Est-ce que je peux vous poser une question ?

— Oui.

— Comment se fait-il que vous soyez tellement au courant de la manière dont on retire la peau sur un crâne ?

Il me dévisagea longuement.

— Eh bien, j'ai repensé à mes cours d'anatomie de première année de médecine. (Il sourit.) Tout le reste, je l'ai inventé.

8

Les mules refusèrent de s'approcher des murs sur lesquels étaient placardés des panneaux indiquant NO FUMAR, et lorsque je grimpai sur l'un des contreforts, je compris pourquoi. Je redescendis et reculai pour m'éloigner de la construction à moitié écroulée. J'essayai de reprendre mon souffle.

— Est-ce que ça va ? (Adan était resté un peu en retrait et retenait les mules soudain nerveuses.) Qu'est-ce qui se passe ?

Je secouai la tête et mon regard se perdit au loin.

— Nous allons les attacher à ce poteau derrière la salle de ventes aux enchères. À mon avis, personne ne va s'en préoccuper là-bas au fond.

Adan conduisit les bêtes à l'endroit indiqué.

— Ensuite, nous passons par-dessus le mur et nous essayons d'atteindre le monastère ?

J'immobilisai Rucia et les animaux de bât, avant de prendre une grande inspiration.

C'est alors qu'apparut un jeune couple, en train de se bécoter, probablement à la recherche d'un coin un peu isolé. Adan se figea puis tendit le bras vers les sacs en toile.

— Allez-vous-en ! leur ordonnai-je.

Ils restèrent plantés là.

— Vous m'avez entendu ? (J'avançai dans leur direction.) J'ai dit, allez-vous-en tout de suite !

Adan cria :

— *Váyanse !*

Soudain affolés, les jeunes gens s'empressèrent de disparaître.

Tremblant de colère, je m'exclamai :

— Ils se croient où, à Disneyland ?

Il finit d'attacher les mules.

— Mais qu'est-ce qui ne va pas, chez vous ?

— Mais qu'est-ce qui ne va pas, dans ce pays, chez ces gens ? (Je désignai le minuscule village.) Ce sont des monstres, des meurtriers – on ne fréquente pas ce genre d'animaux.

Il attendit un moment, caressa la croupe d'une des mules, avant de répondre :

— Je vous trouve injuste pour les animaux.

— Vous avez bien raison.

Il tendit le menton vers le mur.

— Qu'est-ce que vous avez vu ?

— Des hommes, des femmes, des enfants… Des corps, des douzaines de corps ligotés et entassés dans l'espace entre le mur et les falaises. Abandonnés là, certains coupés en morceaux dans un immonde charnier sur le point de déborder.

— Pourquoi n'y a-t-il pas d'odeur ?

— Le soufre résiduel des mines. Et ils ont versé de la chaux sur les cadavres, ce qui signifie que certains ont été massacrés récemment. (Il était visiblement abasourdi.) Des bras, des jambes, des torses, des têtes…

— Est-ce que votre… ?

— Pas d'après ce que j'ai vu.

J'essuyai la sueur sur le dos d'une de nos bêtes.

— Pourquoi font-ils cela, les découper en morceaux ?

— Chaque démembrement représente une sanction différente chez les narcotrafiquants. Les mains pour les voleurs, les jambes pour ceux qui tentent de s'enfuir, la tête en punition d'une trahison ou d'une prise d'influence territoriale. (Il contempla le mur.) Je peux me déguiser suffisamment pour atteindre le monastère par ce côté-ci, mais je crains que la seule manière pour vous soit de passer par-dessus le mur, mon ami.

J'acceptai sa conclusion.

— Est-ce qu'il faut qu'on s'inquiète de ce petit couple ?

— Non, ils seront trop effrayés pour mentionner leur interaction avec nous. Ils ont aussi peur de nous que de se faire tuer.

J'acquiesçai.

— Je me dirige vers la gauche, et après ?

— Plus loin, les murs ont des pierres en quinconce, alors quand vous arriverez au monastère, vous pourrez les escalader. Mais faites attention, je ne sais pas trop comment ça se présente de l'autre côté. S'il y a trop de monde, contentez-vous d'attendre que je vous retrouve.

Je détachai les sacoches de selle.

— Vous voulez une arme ?

Il tapota le creux de ses reins.

— J'en ai une.

— Je vais prendre les autres.

— Vous êtes sûr qu'il ne vaudrait pas mieux les planquer quelque part ?

Enfilant les courroies des sacs sur mes épaules, j'évaluai la distance qui nous séparait du monastère.

— Non, je veux les avoir avec moi, au cas où il se passerait quelque chose.

— Nous ne pourrons guère avancer dans nos recherches avant ce soir, mais je peux me promener un peu et explorer les lieux ; peut-être parler à des gens et voir si je peux en apprendre davantage sur l'endroit exact où votre fille est retenue.

Je me dirigeai vers le charnier.

— Faites attention.

Je posai un pied sur un contrefort et jetai mon chargement sur le haut du mur. Au prix d'un gros effort musculaire, je passai une jambe par-dessus et examinai les alentours, mais la seule personne que je vis, c'était Adan, qui montait le petit coteau, avant de disparaître derrière le bâtiment en pierre.

Me concentrant sur ma tâche, je me penchai et déposai les deux sacs sur le sol, où il y avait un espace à l'écart des cadavres, puis je descendis à mon tour ; j'atterris lourdement tout en réussissant à éviter le contact macabre avec le charnier.

En observant plus attentivement, je constatai qu'on avait jeté des morceaux de corps non seulement dans ce petit canyon mais sur toute la longueur du mur d'enceinte, aussi loin que portait mon regard.

L'odeur de décomposition était forte de ce côté-ci ; je sortis mon bandana de ma poche de jean avant de le nouer sur mon visage. J'attrapai les deux sacs et me mis en route, trébuchant sur le sol inégal jonché de pierres, en évitant de marcher sur quoi que ce soit d'origine humaine et en m'efforçant de garder les yeux tournés vers la gauche pour ne pas voir les cadavres.

Je me débrouillais plutôt bien jusqu'au moment où je glissai sur quelque chose. Je percutai le mur, mais parvins à ne pas tomber. Je m'immobilisai. Sous mon pied se trouvait une main, dont la peau desséchée et rétractée laissait apparaître les os brisés.

Pantelant, je repris ma route.

— Je l'ai eu, ce fils de pute.

J'approchai ma chaise du lit d'hôpital, en espérant qu'elle cesse de s'énerver.

— Tu lui as tiré dessus, oui…

— Quatorze balles.

Elle leva le bras dans lequel était insérée l'aiguille de la perfusion pour passer ses doigts dans ses cheveux noir corbeau, tandis qu'un œil vieil or se rivait sur moi.

— Pas le moindre signe de lui ?

— Non, rien.

Nous avions fouillé toutes les sorties possibles du canyon à la recherche d'un indice de la présence de Tomás Bidarte mais nous n'avions rien trouvé, pas même une goutte de sang.

— Henry a cherché partout, et rien ne lui échappe.

— Je l'ai eu, je sais que je l'ai eu.

Elle reposa son bras et grimaça, puis bougea à nouveau la main pour effleurer l'endroit où le fin poignard que Bidarte avait lancé avait pénétré son corps, la privant de la possibilité d'avoir un jour un enfant et ôtant la vie de celui qui se trouvait dans son ventre.

— Tu en es sûre ?
— Oui.

Au bout d'un moment, j'entendis des gens parler. Je ne savais pas trop à quelle distance ils se trouvaient, mais j'avais l'impression que de plus en plus de personnes se rassemblaient de l'autre côté du mur. J'avais traversé le cimetière à ciel ouvert et j'étais assis dans l'ombre de la roche brute.

Le dos du monastère était en pierre avec seulement quelques fenêtres donnant sur un profond fossé. J'étais posté là depuis quelques heures et j'avais enlevé mon chapeau quand je vis une femme corpulente accrocher du linge sur un fil qui partait de l'une des fenêtres. Elle ne pouvait pas me voir, étant donné nos positions respectives, et une fois de plus, je me sentis mieux, rien que d'assister à une scène normale de la vie, au milieu de toute l'anormalité dont j'avais été témoin ces derniers jours.

Je l'observai jusqu'à ce qu'elle disparaisse à nouveau à l'intérieur, puis je remis mon chapeau, avant de me rendre compte soudain qu'il s'agissait d'Alexia Mendez.

Je me mis immédiatement debout et examinai le fil à linge, attaché à un jeune pin robuste qui se cramponnait à la vie et à la roche au pied de la falaise. Sortant les jumelles du sac, je les orientai vers la fenêtre, mais il était trop tard.

Pour atteindre l'arbre où était attachée la poulie, il allait falloir que je m'approche dangereusement du fossé et je serais visible depuis la demi-douzaine de fenêtres. Je n'avais pas perçu d'autre activité que celle de la nounou de ma fille, mais cela ne signifiait pas qu'il n'y avait personne à l'intérieur, en train de surveiller les alentours.

Je ne savais pas non plus si je pouvais vraiment lui faire confiance – elle avait peut-être été enlevée, comme Cady, ou alors, elle était de mèche avec Bidarte, bien que Culpepper m'ait affirmé le contraire. Étant donné que Culpepper avait tué le neveu d'Alexia, je décidai d'accorder à celle-ci le bénéfice du doute.

J'envisageai de sectionner la corde à linge puis de revenir au pied du bâtiment et grimper sur la façade – et pourquoi pas me faire pousser des ailes et y aller en volant, tant que j'y étais.

Bon, une chose après l'autre.

M'assurant que mon .45 était bien enfoncé dans ma ceinture, et que les jumelles étaient solidement accrochées autour de mon cou, je me frayai un chemin entre les éboulis vers l'arbre, en prenant garde à ne pas perdre l'équilibre et tomber dans la crevasse.

Je me glissai derrière le tronc et restai là quelques instants avant d'oser inspecter les lieux, et plus précisément les fenêtres du monastère. Sur la moitié d'entre elles, les volets étaient fermés et il n'y avait pas de vitre sur les trois autres, seulement des rideaux beiges qui voletaient dans la brise légère. Celle à laquelle était accrochée la corde à linge se trouvait vers le milieu. Bien sûr, c'était la plus haute, elle se situait à environ vingt mètres du sol.

Je me hissai sur une des branches basses et montai à l'arbre en restant bien derrière de manière à ne pas être vu. Je me calai sur une fourche et finis par atteindre la poulie métallique, fixée à l'extrémité d'une pièce en fer forgé à la main, elle-même attachée à l'une des plus grosses branches par un gros crochet.

La corde était un antique brin de chanvre et j'étais étonné qu'elle ne cédât pas sous le poids de la douzaine de vêtements qui y étaient suspendus – quant à supporter mon poids, c'était exclu. Frustré, je secouai la corde et contemplai les vêtements qui se balançaient, tout en cherchant un moyen d'informer Alexia et Cady de ma présence. Je n'avais rien sur moi qui me permette d'écrire un message.

Je finis par avoir une idée et je me mis à tirer la corde vers moi, reconnaissant immédiatement le chemisier bleu que ma fille portait la dernière fois que je l'avais vue à Cheyenne. Je l'attrapai et sentis son odeur, mêlée à celle de la lessive. Mes yeux se remplirent de larmes. Je fouillai dans ma poche de chemise et sortis mon insigne, que je décrochai de son étui en cuir. J'épinglai sur le léger tissu bleu l'étoile à six branches qui étincelait comme une furieuse promesse de vengeance.

Faisant coulisser la corde entre mes mains, je commençai à la tirer pour renvoyer les vêtements dans l'autre sens, et soudain je me figeai. Quelqu'un était apparu à l'une des fenêtres, un homme brun avec des lunettes de soleil. Heureusement, il ne semblait s'intéresser qu'à la couleur du ciel.

Planqué derrière le tronc de l'arbre, je restai là, à attendre qu'il finisse par bâiller et disparaître. Je patientai une minute supplémentaire puis je me mis à faire avancer la corde à une vitesse plus lente, jusqu'à ce que le premier vêtement se plaque contre le mur, une bizarrerie dont j'espérais qu'Alexia s'étonnerait.

Je pris les M19 et scrutai les fenêtres, commençant par celle où je l'avais aperçue, mais je ne distinguais rien d'autre que les rideaux en voile. Je gardai les jumelles braquées sur la fenêtre pendant dix bonnes minutes en vain, alors je me mis à balayer les autres, pour finalement m'arrêter sur celle qui se trouvait en bas à droite, où une ombre se découpait sur le mur opposé.

Je venais de repousser mon chapeau pour essuyer la sueur qui me coulait sur le front, lorsque je remarquai un mouvement sur la corde à linge. Je levai les yeux juste à temps pour voir le chemisier bleu disparaître.

J'attendis. Alexia réapparut à la fenêtre au bout d'une dizaine de minutes. Elle accrocha à nouveau le vêtement à la corde à linge et se mit à la faire coulisser. Sur le chemisier, l'insigne avait disparu et à sa place, une enveloppe, tenue par une pince à linge.

> PAPA !
>
> Oh, mon Dieu, quelle surprise ! Alexia dit que tu es dehors. Où est Lola ? Est-ce qu'elle va bien ? Qui est venu avec toi ? Henry, Vic, le FBI, la CIA, les marines ? Je n'arrive pas à croire que tu m'aies trouvée. Moi ça va, mais cet endroit est un repaire de malades. S'il te plaît, fais attention, ces gens sont des fous furieux. Je suis enfermée dans une des chambres au premier étage. Alexia a réussi à me faire passer cette enveloppe et un crayon. Dieu merci elle est avec moi, sinon, je crois que je serais devenue dingue. Qu'est-ce que tu veux qu'on fasse ?
>
> JE T'AIME FORT !
>
> Cady

Savourant le fait que ce message avait été touché par elle à peine quelques secondes auparavant, je relus le mot, les mains tremblantes. L'enveloppe contenait un tout petit crayon, celui qu'elle avait dû utiliser ; je le sortis et me mis à écrire. Je n'avais pas vraiment de plan, je me contentai de choses que je voulais vraiment lui dire.

Ma grande,

Lola est en sécurité, chez nous, avec Henry. J'ai du monde avec moi et d'autres renforts ne vont pas tarder, alors accroche-toi et tiens-toi prête parce que, dans tous les cas, on arrive.

Je t'aime fort aussi.

Papa

Je raccrochai l'enveloppe au chemisier avec la pince à linge et patientai pendant qu'elle repartait lentement vers la fenêtre. J'attendis encore quelques minutes et levai les yeux vers le ciel, pour constater que le soleil commençait à descendre vers le précipice derrière le monastère. Soudain, l'air apporta une nouvelle fraîcheur, et avant longtemps il ferait sombre. Je scrutai l'ouest mais malgré mes espoirs, je n'aperçus pas le moindre nuage, seul le bleu immaculé, délavé, au-dessus du désert du Chihuahua.

J'étais descendu avec précaution de mon arbre pour gravir les éboulis jusqu'au pied du mur d'enceinte. Je restai là, réfléchissant à ce que je voulais faire de cette nouvelle information, à savoir que l'emplacement de la pièce où Cady était retenue ne collait pas avec ce que j'avais réussi à obtenir de Culpepper ou Iván. En tout cas, nous allions devoir envisager une attaque plus frontale.

Des gens lançaient des acclamations et chantaient au son d'une musique cacophonique, et je commençais à perdre patience. Je m'apprêtais à grimper par-dessus le mur pour voir ce qui se passait de mes propres yeux quand quelque chose vint cogner contre le bord de mon chapeau. Penchant la tête en arrière, je vis que c'était une petite bouteille de bière Pacifico accrochée à une ficelle. Et à l'autre bout de la ficelle, j'aperçus Adan.

Il prit la pose de quelqu'un qui admire le paysage tandis que je détachais la bouteille, avant d'enrouler lentement la cordelette autour de trois doigts, tout en tapotant sur le mur au même rythme que les tambours qui résonnaient maintenant sur la place avec des trompettes en contrepoint.

Je continuai à l'observer ; au bout d'un moment, il pivota pour saluer quelqu'un. J'écoutai leur conversation et leurs rires, qui finirent par se diluer dans le brouhaha de la fiesta.

Tout en contemplant la condensation qui coulait sur la petite bouteille de bière, je me demandai si une faible quantité d'alcool était autorisée. Je décidai qu'il valait mieux éviter de mourir de soif et je bus une gorgée. Cette bière était la meilleure que j'aie jamais goûtée. Et en une lampée j'avalai la moitié de la bouteille.

J'enlevai mon chapeau et restai là, à réfléchir à ce que j'avais prévu ; je n'étais pas certain que mon plan fonctionne. Si nous parvenions à franchir le premier barrage, nous aurions peut-être une possibilité de progresser vers notre but ultime, mais cela allait nécessiter beaucoup d'adresse et beaucoup de chance – deux ingrédients dont nous ne disposions vraiment pas en abondance.

Je dirigeai à nouveau mon attention sur le mur et évaluai la distance qui le séparait des fenêtres. La première rangée, dont celle qui était ouverte faisait partie, se trouvait à une hauteur d'environ six mètres ; je m'intéressai ensuite à celles fermées par des volets et me dis que peut-être, si elles correspondaient à des pièces inhabitées, elles fourniraient un accès plus aisé à l'intérieur, compensant ainsi un peu le manque d'adresse et de chance.

Il me fallait une corde et un grappin.

J'examinai l'arbre d'où je venais de descendre, où le fil à linge improvisé était attaché à la poulie sur son crochet. La corde en chanvre risquait de ne pas supporter mon poids, mais le crochet le pourrait.

De la corde… où diable allais-je trouver huit ou neuf mètres d'une corde assez solide ?

Les cadavres.

Les cadavres, près de l'endroit où nous avions laissé les mules… certains d'entre eux avaient été ligotés.

Écœuré à la perspective de devoir fouiller le charnier, je me hissai sur mes pieds et repartis dans la direction par laquelle j'étais venu.

Les bouts de corde n'étaient jamais assez longs, néanmoins je parvins à en récupérer assez pour fabriquer une longueur de presque sept mètres, et je me dis que les nœuds seraient pratiques pour la montée.

Adan était probablement un bien meilleur grimpeur que moi, mais il n'était pas là, et je ne voulais pas l'obliger à quitter sa position. En outre, je me trouvai confronté à une autre difficulté : comment lui communiquer mon plan de manière à ce que nous puissions nous coordonner ?

Planté là avec la corde et le crochet, je ne cessai de surveiller le mur, mais il ne fit pas son apparition, ni lui ni personne, tandis que le bruit de la foule, des tambours et des trompettes continuait à s'amplifier.

Je revins du côté du monastère, levai les yeux vers la corde à linge distendue, et regrettai de ne pas voir apparaître Alexia.

Je choisis un des fusils d'assaut dans les sacoches, le chargeai et armai la culasse avant de mettre la sécurité. J'attrapai aussi un chargeur supplémentaire, le rangeai dans le sac des Dallas Cowboys et passai les deux bandoulières sur mon épaule.

La fenêtre partiellement ouverte à l'étage au bout à droite semblait être la cible parfaite et, en réalité, elle était mon seul choix, car j'étais presque sûr que je ne pourrais pas accrocher le volet d'une fenêtre fermée sans faire un raffut énorme, et j'étais certain aussi que le bois pourri serait arraché du mur sous l'effet de ma traction.

Espérant que mon grappin n'allait pas atterrir au milieu d'un groupe d'hommes armés en train de faire une partie de poker, je décidai de miser sur mes talents de cow-boy et entrepris de faire tournoyer le lourd crochet métallique. À chaque tour, je me répétai que c'était une idée totalement insensée.

Je jetai un coup d'œil du côté où j'avais vu Adan, mais il n'y avait toujours personne. Je donnai encore un peu d'élan à l'engin puis le laissai s'envoler ; il partit, entra par la fenêtre avec un fracas qui aurait résonné violemment s'il n'y avait pas eu le vacarme de la fête. Je tirai la corde, sentis une faible résistance, un contact léger, puis le crochet dégringola et atterrit à mes pieds.

Ce genre de choses n'arrivait jamais à Errol Flynn ou à Will Rogers.

Ramassant le crochet, j'essayai de calculer l'angle d'atterrissage dans l'espoir qu'il s'accroche à quelque chose si j'y mettais assez d'adresse. À nouveau, je le fis tournoyer puis le lançai. Le même bruit se fit entendre, noyé dans le même charivari, mais je fus un peu plus précautionneux lorsque je tirai la corde vers moi, et le crochet resta bloqué par quelque chose. Je laissai échapper un soupir. Tirant avec une main, je sentis que le crochet s'immobilisait ; il ne me restait plus qu'à espérer qu'il était retenu par quelque chose qui supporterait mon poids.

Je tirai à deux mains et sentis qu'il s'enfonçait plus profondément.

Je sautai pour attraper le premier nœud et me hissai, regrettant immédiatement d'avoir échafaudé ce plan. Je montai difficilement la main jusqu'au nœud suivant, puis jusqu'au suivant. Je grimpai du mieux que je pouvais ; à mi-hauteur, je marquai une pause.

J'y restai quelques instants, puis tendis le bras à la recherche d'un autre nœud. Les semelles de mes bottes glissaient un peu sur la façade. J'attrapai encore un nœud et petit à petit, je me rapprochai du but. Il ne me restait qu'environ un mètre à monter.

Atteignant enfin le dernier nœud, je me hissai encore, et enfin, un bras sur le rebord, j'escaladai la fenêtre, lançai une jambe et dégringolai à l'intérieur, produisant un bruit terrible en heurtant le sol. À quatre pattes, je me collai contre le mur sous la fenêtre, ramenai l'AK devant moi et défis le cran de sécurité.

Le souffle court, je laissai quelques instants à mes yeux pour qu'ils s'accommodent à la pénombre, la seule lumière provenant de la lune, qui, orange et presque pleine, était montée dans le ciel de l'est. Il n'y avait pas le moindre mouvement. Tout en ralentissant ma respiration, je me levai, tirai la corde jusqu'à la récupérer intégralement et m'accroupis contre le mur pour ne plus risquer d'être pris pour cible. Remplie telle qu'elle l'était de cartons empilés jusqu'au plafond, cette pièce servait sûrement à entreposer du matériel.

Du bout de l'AK, je poussai un des cartons pour le faire tomber de la pile, le rattrapai avant qu'il ne heurte le sol et ouvris les rabats, révélant des rangs de paquets scotchés de la taille d'un sac de glace d'environ cinq kilos. Il ne fallait pas beaucoup d'imagination pour comprendre de quoi il s'agissait. Il y avait des cartons de plus petite taille près de la porte, alors je traversai la pièce à pas de loup et en ouvris un; j'y trouvai des paquets de billets de cent dollars américains emballés dans du plastique. À en juger par le nombre impressionnant de petites boîtes, j'estimai le total à plusieurs millions de dollars.

J'examinai la lourde porte en bois, qui était équipée de charnières, d'une poignée et d'une serrure forgées à la main. Après m'être positionné sur le côté, je levai le canon de l'AK et essayai d'actionner la poignée, qui ne bougea pas.

— Et merde.

J'avais escaladé le mur du bâtiment pour me retrouver enfermé dans une pièce de quatre mètres sur quatre.

Je me baissai et repérai le trou où devait s'insérer la clé. En examinant le carton de drogue que j'avais ouvert, je remarquai qu'il y avait quelques grandes agrafes qui retenaient les pans au-dessus. J'en dégageai une.

J'avais joué avec ce genre de serrure sur la porte du sous-sol de notre bureau, à Durant, et j'avais découvert qu'elles n'étaient pas très difficiles à crocheter. Je redressai une extrémité de l'agrafe et laissai l'autre inclinée à un certain angle pour pouvoir faire levier; j'insérai la partie droite et me mis à la remuer dans le trou. Je finis par repérer au toucher une petite tension et donnai un coup sec à droite.

La porte frémit un peu, puis s'écarta de l'encadrement d'environ trois centimètres.

Je me figeai, me disant que s'il y avait quelqu'un dehors, dans le couloir, il avait forcément perçu le bruit ou le mouvement. Je collai mon oreille contre l'ouverture, mais je ne perçus aucun bruit de pas venant dans ma direction.

Me remettant debout, je m'appuyai contre le mur et passai le canon de l'arme automatique dans l'ouverture tout en y glissant un œil. Apparemment, j'étais au bout d'un couloir désert. Je poussai le vantail de quelques centimètres, me répétant que si quelqu'un débarquait, j'aurais toujours l'épaisseur de la porte entre lui et moi.

Le couloir ponctué d'arches partait sur ma droite ; il était étroit, et comportait quelques petites alcôves où des bougies allumées gouttaient sur le sol en pierre. Une lumière bleue filtrait dans l'entrebâillement d'une porte à l'autre bout, comme celle qu'émettrait un téléviseur, mais le seul son perceptible était le bruit qui provenait de dehors.

Je sortis silencieusement, l'AK au poing, le sac des Dallas Cowboys dans l'autre main.

Je tirai la porte derrière moi, en prenant garde de ne pas la fermer complètement au cas où il me faudrait battre précipitamment en retraite, puis j'avançai de quelques pas, examinant chaque porte au passage. Elles se ressemblaient toutes et aucune lumière ne provenait de l'intérieur.

J'arrivai près de la dernière. La lumière bleutée était changeante, fluctuante, et j'étais presque sûr qu'il s'agissait d'une télévision, mais il n'y avait ni musique ni dialogue, juste un bruit de tapotement sur une surface plastique qui ressemblait à celui que faisait Ruby quand elle travaillait à l'ordinateur, au bureau.

J'approchai encore. J'aperçus des étagères métalliques, des tas d'équipements électroniques comme des serveurs informatiques et autres appareils de communication dont les témoins s'allumaient et s'éteignaient en alternance. En me penchant, je pus entrevoir le bord d'un grand téléviseur à écran plat et l'arrière de la tête de quelqu'un qui portait une casquette de base-ball à l'envers et un casque audio sur les oreilles.

Un volume invraisemblable s'échappait des écouteurs, et en me décalant à nouveau sur le côté, je vis qu'il s'agissait d'une sorte de jeu vidéo avec un personnage armé d'un fusil à lunette et un groupe d'individus qui progressaient dans un paysage urbain dystopique en tirant sur absolument tout ce qui bougeait.

Je restai là, sur le seuil, à observer le gars qui, le dos tourné, fredonnait tout en jouant à son jeu avec son clavier sur les genoux, ignorant complètement ma présence.

Il avait de longs dreadlocks blonds et portait un T-shirt des San Diego Padres blanc, un jean et des sandales en cuir avec des fleurs entre les orteils.

J'envisageai de tirer dans l'écran pour l'impressionner, mais je me dis que je ne ferais qu'attirer l'attention de tout le monde dans le monastère, alors au bout de quelques instants, je tendis le bras et lui tapotai l'épaule.

Il ne réagit pas. Je recommençai.

— Allez-vous-en, je suis en plein fight sur Battlefield IV…

J'y allai plus franchement, cette fois.

— J'te l'ai dit, mec, barre-toi.

Après l'avoir bousculé une dernière fois, je plaçai le canon de l'AK dans son champ de vision, imitant l'arme qui apparaissait à l'écran, et je me penchai vers l'autre côté de son visage.

— Salut, Peter.

— Mon job, c'est juste de m'occuper des ordinateurs, mec. J'vous jure.

Je m'assis sur la table devant lui, l'AK dans mes mains décontractées pointé sur son torse contracté.

— Tu as espionné ma famille.

— Non, je…

Je lui enfonçai le canon dans la poitrine, avec trente balles de 7.62x39 mm prêtes à perforer son cœur à la vitesse de sept cents seize mètres par seconde.

Ses mains immobilisées par les liens de serrage avec lesquels je l'avais attaché aux accoudoirs de son fauteuil de gamer s'agitèrent.

— OK, ouais, d'accord. Votre famille, elle est cool… J'veux dire, votre fille, c'est un sacré canon. Je sortirais volontiers avec elle.

— Les chances que ça arrive sont très minces. (Je me penchai vers lui.) Écoute, Peter, ou quel que soit ton vrai nom, je suis ici pour récupérer ma fille et m'en aller en ayant tué le moins de gens possible, et là, tout de suite, tu es en train de ficher mon plan en l'air.

Il me scruta.

— Vous êtes tout seul ?

J'ignorai sa question.

— Où est Cady ?

— Je ne sais pas.

Je le bousculai à nouveau.

— Elle est à l'un des étages au-dessus, mais je ne sais pas où. Personne n'a le droit d'y aller. Je veux dire, si vous y allez, ils vous tuent d'une manière bizarre, dégueulasse.

— Bidarte ?

— Qui d'autre ? (Il marqua une pause puis avança :) Ils ont mis une caméra dans sa chambre.

— Tu peux la voir ?

— Ouais.

— Montre-moi.

Il obéit, me dictant une combinaison de touches sur lesquelles appuyer, et sur l'écran apparut une vue panoramique d'une pièce avec un sol dallé et quelques tapis. L'écran était gigantesque, et je vis Cady entrer dans le champ. Elle passa devant la caméra, elle tenait quelque chose dans sa main.

— Est-ce que je peux lui parler ?

— Non, c'est seulement une caméra, mec.

Je tendis le bras et effleurai l'écran tandis qu'elle s'arrêtait et nous regardait, sans broncher.

— Comment je fais pour y aller ?

— Il y a un escalier, mais il y a des gars, des gars armés, mec.

Je le poussai à nouveau du bout de la kalachnikov, lui rappelant que j'étais moi aussi un gars armé.

— Personne ne monte jamais là-haut pour apporter de la nourriture, du linge, rien ?

— Ben si, l'employée de maison qu'ils ont amenée, elle fait des allers-retours, mais personne d'autre.

— L'employée de ma fille, Alexia ?

— Ouais, elle a essayé d'arracher les yeux à Bidarte, mais il lui a promis que si elle lui obéissait pas, il tuerait votre fille, ou pire. (Il se mordit la lèvre.) Hé mec. Je suis tellement prêt à me casser d'ici. (Les mots suivants sortirent à toute vitesse.) C'est trop, tout ça, le mec il est s'coué, vous voyez ce que je veux dire ?

— Ouaip.

Il haussa une épaule, n'ayant pas la possibilité de gesticuler.

— Moi aussi, je suis genre prisonnier ici… et apparemment, on a pas franchement de perspective de retraite dans cette boîte, si vous voyez ce que je veux dire.

— Je vois.

Son visage prit soudain une expression angoissée.

— Sortez-moi d'ici, bordel, et je ferai tout ce que vous voulez.

Je réfléchis.

— Cette pièce, c'est le centre de communications ?

Je contemplai la quantité de matériel informatique.

— Ouais.

— Est-ce qu'il y a un téléphone qui nous permettrait d'appeler les États-Unis ?

Il sourit.

— Vous voulez dire comme celui dans lequel on met une pièce ? Non…

— Quelle déception.

— Eh mec, j'ai une liaison satellite, l'internet ultra-haut débit, la 6 G, la haute définition… (Il désigna d'un mouvement de tête le grand écran derrière moi.) Je peux vous mettre en relation avec n'importe qui dans le monde en quelques secondes. (Il éclata de rire.) Tout ce qu'il me faut, c'est un numéro de téléphone ou une adresse e-mail, ou n'importe quoi d'autre. À qui vous voulez parler ?

Sortant mon portefeuille, je cherchai la carte de l'agent spécial du FBI Mike McGroder et m'apprêtai à la lui donner.

— Je suppose que tu peux le faire d'une seule main ?

Il soupira.

— Lentement.

— La droite ou la gauche ?

— La gauche.

— Ça ne m'étonne pas.

Je pris mon couteau dans ma poche arrière, l'ouvris et glissai la lame sous le lien en plastique pour le libérer. Je me décalai sur le côté et le poussai en direction de la table avec ma hanche avant de poser devant lui la carte de l'agent fédéral.

— Montre-moi tes talents de magicien.

Ses doigts se promenèrent sur le clavier avant de débrancher le casque. Immédiatement, j'entendis une sonnerie mais l'écran demeura noir.

Après quelques autres sonneries, l'écran s'anima soudain et nous eûmes le plaisir de voir une image aplatie du visage de McGroder dans ce que je supposais être son bureau à El Paso.

— J'ignore qui vous êtes, mais vous avez intérêt à avoir une sacrément bonne raison de me déranger alors que…

Peter Lowery leva la tête vers moi tandis que je me penchais sur son épaule.

— Vous voulez qu'il nous voie ?

— Oui.

Il tapa sur une autre touche et il y eut une microcoupure. McGroder fixait l'écran, silencieux et figé.

— Ça a marché ? m'enquis-je auprès de l'expert en électronique.

La réponse sortit de la bouche de l'agent du FBI.

— Sainte Marie mère de Dieu.

Je lui adressai mon sourire le plus convenable et effleurai mon chapeau.

— Salut.

Son regard balaya tous les côtés de la pièce ; soudain, des gens commencèrent à se rassembler autour de lui, en particulier une femme brune avec des yeux magnifiques couleur vieil or.

— Mais putain de bordel de merde, où es-tu ?

9

— C'EST la faute de ce cinglé de Guzmán. (McGroder enfouit son visage dans ses mains.) Je n'aurais jamais dû vous présenter, tous les deux.

Je baissai la tête de manière à pouvoir être vu, même si je n'avais pas la moindre idée de l'endroit où se trouvait la caméra.

— Mike, tu ne m'aurais jamais laissé faire ce que je devais faire au moment où je devais le faire, et il m'a beaucoup aidé, ainsi qu'un certain nombre d'autres personnes.

Il écarta deux doigts pour me lorgner.

— Quelles autres personnes ?

— D'autres personnes, de manière totalement non officielle. (Je désignai le rastafari blond.) Peter Lowery, par exemple, qui a accepté de m'aider à condition qu'on n'engage pas de poursuites contre lui.

— Quoi ? Qui ? Quoi ?

— Essaie de te concentrer s'il te plaît, Mike.

— Est-ce que le Voyant est avec toi ?

— En ce moment, non. Il me semblait irresponsable d'emmener avec moi jusqu'ici un devin aveugle et cul-de-jatte.

— Irresponsable ? Irresponsable ! Je suis content d'entendre qu'il y a un truc que tu trouves irresponsable !

Vic poussa l'homme du FBI.

— Je répète, putain de bordel de merde, où es-tu ?

J'essayai de me souvenir exactement de ce qu'Adan m'avait dit.

— Au sud de la réserve naturelle de Médanos de Samalayuca, dans un endroit appelé Estante del Diablo, un monastère – Monasterio del Corazón Ardiente – près du village de Torero.

Assez fier de moi, je m'adressai à Lowery, toujours attaché à sa chaise.

— J'ai bien prononcé ?

— J'ai pas compris un mot de ce que vous avez dit, mec.

Je désignai l'ordinateur.

— Est-ce que tu peux leur donner les coordonnées de cet endroit ?

Il tendit la main et se mit à taper.

— Je peux leur donner les coordonnées de cette pièce.

Je levai les yeux vers l'écran à l'instant où Vic se rapprochait à nouveau.

— Quelle est la situation sur place ?

— Difficile à dire… Je viens d'arriver, je suis à l'intérieur. (Je brandis l'AK.) Je suis lourdement armé et je m'apprête à partir en reconnaissance pour essayer de repérer l'endroit exact où ils ont enfermé Cady.

— Arrête. (McGroder tendit un index vers l'écran.) Avec ce que tu es en train de faire, tu vas te faire tuer et peut-être créer un incident diplomatique. Maintenant que nous savons où tu es, nous pouvons venir te rejoindre.

— Quand ?

Il hésita.

— Eh bien, il faut qu'on négocie avec les autorités mexicaines…

Je protestai d'un ton sans appel.

— Je ne peux pas attendre aussi longtemps.

— C'est un pays étranger, Walt, il y a des passages obligés.

— Mike, il s'agit de Cady. Il faut que j'aille la délivrer tout de suite.

— Donne-moi quelques heures…

— Faut que j'y aille.

— Est-ce qu'on peut te contacter via ce numéro ? (Il scruta l'écran.) C'est quoi, ce numéro ?

Je donnai un coup de coude à Lowery, qui haussa les épaules avant de répondre :

— C'est un serveur et une adresse IP privée, mais je peux la débloquer.

Vic l'interrompit.

— Comment ça va ?

— Ça va, mais c'est maintenant qu'on va commencer à s'amuser, et je regrette que vous ne soyez pas ici avec moi, avec une équipe de Navy SEALs, une section des Special Forces, ou une unité du MARSOC*.

Elle glissa un regard à McGroder puis me fit un bref signe de la tête.

— Nous partons tout de suite.

Cette pensée me mit du baume au cœur.

— Faites attention, ces gars-là sont impitoyables.

* Le United States Marine Corps Forces Special Operations Command (MARSOC) créé en 2006 est compétent en matière de reconnaissance spéciale, d'actions directes et d'assistance militaire.

Vic se pencha, ses cheveux noirs tombant en avant comme un rideau sur le troisième acte de la pièce.

— Nous aussi… Ces fils de putes vont s'en rendre compte vite fait.

J'observai Lowery qui tapa sur quelques touches sur le clavier et, juste après qu'il eut appuyé sur la dernière, le monde civilisé disparut. Prenant une grande inspiration, je me redressai.

— OK, comment on monte ?

Il était sur le point de parler quand on entendit un coup puissant frappé sur la porte derrière moi. Je brandis l'AK et ôtai la sécurité, mais Peter, une main levée en signe d'apaisement, m'ordonna de reculer vers le mur derrière la porte. Je fis ce qu'il me demandait, gardant toutefois mon canon braqué sur la personne qui se trouvait de l'autre côté.

Lowery tapota à nouveau sur le clavier et le jeu vidéo réapparut sur l'écran, figé au beau milieu d'un tir d'arme automatique.

— Ouais ?

La porte s'ouvrit un peu et un homme grogna avec un lourd accent mexicain :

— Ça va, *soldado* ?

Peter gesticula vers l'écran.

— Ouais, je travaille un peu mon adresse aux jeux, *Jefe*.

— OK. Tu me montreras tes astuces pour arriver au niveau II de Battlefield ?

— Ouais, ouais, je suis juste un peu occupé, là.

— Tu viens à la fête ? Ça commence à être la folie, dehors… y a plein de *putas*.

— Peut-être plus tard.

Il y eut un long silence.

— *Amigo*, pourquoi ta main est attachée à la chaise ?

Il y eut un silence encore plus long.

— Parce que je suis droitier, et parfois j'immobilise ma main droite pour m'obliger à jouer de la main gauche, exprès pour m'améliorer.

— Je croyais que tu étais gaucher ?

— … non, droitier.

L'homme s'appuya contre l'encadrement de la porte.

— Je le fais parfois quand je me branle.

Un silence encore plus long.

— Ha… cool.

— *Hombre Cabeza* va faire une annonce tout à l'heure, tu ferais bien de ne pas la rater.

— Jamais de la vie.

— Ne plaisante pas là-dessus.

— Ouais.

La porte se referma et nous écoutâmes tous les deux le bruit des pas qui s'éloignaient ; avec un soupir, je m'écartai du mur et chuchotai :

— Bien joué, un sens de la répartie admirable.

— Ouais, et j'ai appris des trucs que j'aurais préféré ne pas savoir.

Prenant le couteau de Henry caché au creux de mes reins, je le glissai sous le lien en plastique et libérai son autre main.

— Il n'y a pas d'accès à l'étage par-derrière, je suppose.

— Euh, non. (Il réfléchit.) Il y a bien un escalier dehors sur la *plaza* près de la porte d'entrée, ainsi que celui qui se trouve à l'intérieur, mais des types armés y sont postés en bas, et normalement, deux autres sont à la porte en haut. Pourquoi vous n'attendez pas, comme ils ont dit ?

— C'est pas dans ma nature.

Je rangeai le Bowie au manche en bois de cerf dans ma ceinture au creux de mes reins et lorgnai du côté de la porte.

— Est-ce que quelque chose ferait bouger ces gars, les inciterait à quitter leur poste ?

— Pas vraiment. Il y en a un qui s'est endormi et…

— Ouaip, on m'a déjà raconté.

Arrivé à la porte, je lui demandai :

— Et comment ça se passe pour la nourriture ? Pour les changements d'équipes – combien sont-ils ? Est-ce qu'ils se connaissent entre eux ?

— Je ne sais pas, mec. En tout cas, ça change souvent parce que Bidarte n'arrête pas de les tuer. C'est l'affaire du chef de la sécurité, Culpepper. Vous l'avez déjà rencontré ? Il est vraiment chiant parfois, mais vous savez quoi, ça fait un moment que je ne l'ai pas vu. Merde, peut-être que Bidarte l'a descendu.

— Peut-être. (Je désignai le couloir avec mon pouce.) Est-ce qu'il y a des pièces de l'autre côté du couloir qui donnent sur la *plaza*, pour que je puisse jeter un œil sur ce qui se passe en bas ? J'entends, des pièces qui ne sont pas pleines de types armés jusqu'aux dents ?

— Celles qui sont au bout du couloir servent à stocker du matériel, et la plupart du temps, elles ne sont pas fermées à clé.

— Sacrés dispositifs de sécurité.

Il sourit.

— Personne ne peut voler *Hombre Cabeza*, mec. Vous savez d'où lui vient ce nom, l'Homme Tête ?

— C'est parce qu'il est le chef.

— Non, parce qu'il découpe les visages de ses victimes et…

— On m'a déjà raconté ça aussi.

Il parut surpris.

— Le coup des ballons de foot ?

— Ouaip.

Il haussa les épaules.

— Dites donc, vous avez pas facilement peur, on dirait.

— Non.

— Ouais, bon, il n'y a personne d'autre dans ce bâtiment que moi et du matos.

J'entrouvris la porte et le bruit des tambours, des trompettes et de la foule résonna dans tout le bâtiment.

— Combien de temps dure la fête ?

— Jusqu'à demain… ou tant que durent les stocks de crack, marijuana, cocaïne, héroïne, alcool et les libidos en folie. Ensuite, il y a la vente aux enchères.

— La quoi ?

— La vente aux enchères, demain soir, une fois que tout le monde sera bien saoul et prêt à dépenser de l'argent.

— Qu'est-ce qu'ils vendent ?

Il me regarda comme si j'étais le dernier passager du dernier autocar venu de Débileville.

— Vaut mieux pas que vous sachiez, mec.

J'avais déplacé un certain nombre de cartons qui bouchaient les fenêtres dans l'une des pièces de manière à avoir une vue sur une partie de la *plaza* et à disposer d'une cachette si quelqu'un entrait par hasard dans la pièce. Il y avait des volets, mais j'ajustai les persiennes pour pouvoir voir aussi la portion du mur où Adan m'avait fait passer la bière.

Je pensais aux ventes aux enchères, et aux corps derrière la salle, de l'autre côté du mur – les malheureux qui n'avaient pas eu la chance, me disais-je, de trouver un acheteur.

À l'évidence, c'était ainsi que Bidarte se débarrassait des employés dont il ne voulait plus ou des gens qui lui arrivaient entre les mains et dont il n'avait pas l'utilité. Selon Lowery, la vente avait lieu en général une fois par mois, mais celle-ci promettait d'être importante. Je n'avais qu'une seule pensée, pour ma fille, et je me demandai quel traitement il lui réservait.

Tout en observant les jeunes gens, je m'interrogeai ; savaient-ils à quel genre de jeu ils jouaient ? Peut-être que ça se passait comme ça, ici : la vie avait peu de sens et l'espérance de vie était courte, alors autant en profiter tant qu'on pouvait.

La minuscule portion de la célébration du Jour des Morts que je parvenais à voir battait son plein, et tout le monde – le visage peint de couleurs criardes ou caché derrière un masque de crâne – buvait et dansait et se pelotait, et je me demandai ce que je pourrais faire pour attirer l'attention d'Adan si je l'apercevais.

J'avais gardé la bouteille de bière vide, parce que même dans cet enfer de souillure et de mort, je détestais jeter des détritus. En repensant à la manière dont il avait attiré mon attention, je fouillai dans le sac de sport posé à mes pieds et la sortis avec ce qui restait de la corde en chanvre que j'avais assemblée pour grimper sur la façade. Il y en avait une longueur suffisante pour attacher la bouteille et la glisser sous les volets. Je la fixai à un clou planté dans le mur et attendis, espérant que s'il passait par là, il remarquerait sa présence.

Les tambours et les trompettes continuaient à jouer ce qui me semblait être toujours le même morceau et ce fond sonore était tellement lancinant que je posai ma tête contre le mur de pierre, qui m'offrait une sensation de fraîcheur bienvenue. Je passai la ficelle autour de mon doigt et j'avais fermé les yeux depuis quelques instants lorsque je sentis quelque chose qui tirait sur la bouteille.

Adan portait un masque de crâne et un chapeau haut de forme. Il tenait une torche et contemplait la scène, refusant des propositions d'un certain nombre de femmes, et d'hommes aussi.

Devant le mur, il y avait un vieux tonneau en chêne ; il l'attrapa, le coucha et le roula jusqu'au pied de la fenêtre. Perché dessus, il fit semblant d'observer les festivités depuis un point plus élevé.

— J'ai l'air de quoi ? me lança-t-il de sous son masque en papier mâché.

— D'un Fred Astaire mort.

— Qu'est-ce que vous fichez là-dedans ?

— J'ai trouvé un moyen d'entrer et j'ai quelqu'un qui est de notre côté.

— Qui ?

Je m'accroupis tout près de la fenêtre.

— Quelle importance ? On ne peut pas se permettre de chipoter sur l'aide qu'on nous propose.

— Souvenez-vous du conseil de votre ami, ne faites confiance à personne.

— En tout cas, il m'a laissé passer un appel au FBI, et ils vont arriver.

— Quand ça ?

— Eh bien, ils n'ont pas été très clairs sur ce point.

Il s'adossa au mur.

— À combien ?

— On n'a pas abordé ce détail non plus.

Il soupira sans cesser d'observer les alentours, toujours pour faire croire qu'il suivait les festivités.

— On va s'en tenir au plan de départ, en espérant pouvoir sortir d'ici avec votre fille et sans y laisser notre vie. Avez-vous découvert où elle se trouve ?

— Pour ce que j'en sais, elle est à l'étage, mais il y a des gardes lourdement armés partout.

— Vous avez une idée ?

— J'en ai une, mais ce n'est pas la meilleure du monde.

— Alors, c'est un mauvais plan ?

— Toujours mieux que pas de plan du tout.

— Pas nécessairement.

— Vous pensez que vous pouvez entrer dans le bâtiment ?

— Peut-être.

— Est-ce que vous pouvez trouver quelques masques supplémentaires ?

— Probablement.

— Encore une chose... Il nous faut un gars de plus.

— Mec, c'est pas une bonne idée.

— Mets ce masque et je vais tâcher de voir comment dissimuler ta tignasse.

Je fourrai les dreadlocks dans le haut de forme et l'enfonçai sur sa tête.

— Voilà, ta propre mère ne te reconnaîtrait pas.

Le masque tremblant, il rétorqua :

— Je n'ai pas connu ma mère.

— Ha... Eh ben, c'est exactement ce que je dis.

J'examinai ensuite Adan, qui avait l'air bien plus convaincant que Lowery.

— Vous êtes sûr que vous ne pouvez pas trouver quelqu'un qui soit un vrai Mexicain, là, dehors ?

Il contempla la salle de communications.

— Parmi ces gens ? Personne à qui on puisse faire confiance, non.

— Alors, qu'est-ce que vous avez découvert ?

— Pas grand-chose. Bidarte est censé faire un discours plus tard ce soir, mais la fête va continuer toute la journée de demain, jusqu'à la vente aux enchères prévue demain soir.

— J'en ai entendu parler et j'ai vu les résultats des précédentes de l'autre côté du mur, derrière le bâtiment où elles ont lieu.

— Nous devrions sortir votre fille de là avant, dans ce cas.

— On est d'accord.

J'ouvris le sac de sport et pris le chargeur de l'AK. Je sortis les balles l'une après l'autre, jusqu'à ce qu'il soit vide. Après avoir remis le chargeur en place, je tendis l'arme à Lowery.

— Je récupère le fusil mais sans munitions ?

Je désignai l'écran de l'ordinateur.

— Je t'ai vu tirer, tu as de la chance que je t'en confie un.

Je m'adressai à Adan :

— Vous avez toujours votre pistolet ?

Il le sortit de son pantalon.

— Oui.

Je me mis à enfiler des liens en plastique sur mes poignets jusqu'à en avoir près d'une demi-douzaine sur chaque bras.

— Bon, ça devrait marcher s'ils ne se montrent pas trop curieux. (Je levai les yeux.) OK, voilà ce qu'on va faire. On passe par l'escalier intérieur, parce qu'il y aura moins de spectateurs, mais il va falloir réussir à neutraliser ces gardes-là sans alerter ceux qui sont postés à l'étage – alors, pas de tir. S'ils nous entendent, c'est fichu.

Lowery pencha la tête.

— Et on se sert de quoi, de nos masques qui font peur ?

— Toi, tu ne fais rien. Mon ami s'occupe de l'un, moi de l'autre. (Je me retournai vers le Doc.) Écoutez, je sais qu'il y a deux hommes au pied de l'escalier et deux en haut, mais il se peut qu'il y en ait davantage. Si vous préférez vous retirer, c'est maintenant.

Adan haussa les épaules.

Tout à coup, Lowery m'interpella.

— Putain de merde. Moi, je veux me retirer.

— Tu n'as pas le choix, toi.

Il se renfrogna.

— Pourquoi ?

— Je ne le paye pas, lui.

— Ah, vous me payez ? Première nouvelle.

Je le poussai vers la porte.

— En te laissant la vie sauve.

— C'est sûr que ça va nous faire du bien, de crever ici en nous faisant trouer la peau.

J'ouvris la porte… rien.

— Venez.

Ils me suivirent, mais je m'immobilisai pour apostropher Lowery :

— Toi devant, mais tu laisses Adan parler.

Il passa devant moi, se colla contre le mur et pivota la tête frénétiquement, le portrait craché du mauvais flic d'une série télé.

— Qu'est-ce que tu fais ?

— J'inspecte le couloir : R.A.S.

— On est censés se comporter comme si on était des fêtards locaux.

— Oh.

Je fis signe à Adan de prendre la tête – il ne connaissait pas la disposition du bâtiment, mais au moins, il ne nous ferait pas repérer. Nous le suivîmes, et je poussai Lowery en dernière position.

— Garde l'AK pointé sur moi constamment, pigé ?

Sous son chapeau d'où s'échappaient quelques mèches, il acquiesça.

— Pigé.

Adan longea le couloir jusqu'à une ouverture plus large qui semblait conduire à l'extérieur, alors il passa sous une arcade plus basse sur notre droite. Maintenant que nous approchions du cœur du bâtiment, il y avait des lumières tous les trois mètres environ, des éclairages électriques qui projetaient une lueur dorée sur les murs irréguliers. Si on faisait abstraction des circonstances présentes, cet endroit était très beau.

Adan se figea soudain et leva deux doigts.

Que le spectacle commence.

Je tâtonnai dans mon dos, trouvai le canon de l'AK que tenait Lowery et l'enfonçai entre mes omoplates.

— Allez.

Au coin, je vis qu'il y avait un escalier partant à droite vers un palier où il changeait de direction et continuait à monter. Les deux gardes nous observèrent tandis que nous approchions ; je pris soin de garder les mains jointes et la tête baissée.

Un gars à l'air méchant m'examina par-dessus l'épaule d'Adan.

— *¿ Qué está sucediendo ?*

— *Hemos capturado al que el Jefe buscaba**.

Il se pencha un peu pour inspecter sous le rebord de mon chapeau.

— *¿ Quién ?*

— *El sheriff.*

— Ah…

À peine eut-il fini sa phrase qu'Adan frappa l'homme derrière la tête à l'aide de la crosse de son pistolet, avec assez de force pour quasiment le tuer, et il s'écroula comme un bœuf assommé.

Je me jetai sur l'autre, le plaquai violemment contre le mur, lui coupant la respiration. J'attrapai l'AK des mains de Lowery, totalement abasourdi, et flanquai un coup de crosse au gars dans la tempe. Fait incroyable, les deux bougeaient encore. Adan m'écarta et, sortant une seringue, leur injecta un produit dans le cou.

— Mais qu'est-ce que vous leur faites, là ?

— Vous avez vos armes, et j'ai les miennes. C'est un cocktail de ma composition, et ils vont faire des rêves merveilleux pendant trois-quatre heures.

Je redonnai l'AK à Peter et, d'un regard du côté du palier, m'assurai que nos gesticulations n'avaient pas attiré l'attention.

Adan sortit un petit flacon de sa poche de chemise et rechargea sa seringue.

— Allons-y. Je croyais que nous étions pressés.

Adan monta à pas de loup, s'arrêta, et à nouveau, tendit deux doigts. Nous le rejoignîmes et je pris la même posture que précédemment, regrettant de n'avoir pas prélevé un peu

* Qu'est-ce qui se passe ?
Nous avons eu celui que le patron recherchait.

de sang sur les hommes que nous avions assommés pour me badigeonner le visage, histoire de rendre le scénario un peu plus crédible.

Quand j'arrivai au palier, Adan m'attrapa par le coude et m'entraîna, tandis que Lowery fermait la marche.

— *¿ Qué está pasando*[*] ?

Les deux hommes s'écartèrent du mur, à côté d'une porte qui se trouvait à peu près au milieu du couloir. Le plus petit des deux avait pris la parole le premier.

Adan continua à me traîner derrière lui, et j'eus le sentiment que notre mise en scène était meilleure.

— *El hombre que buscan.*

— *Vamos a ver hasta qué punto lo estan buscando*[**].

L'homme rit.

L'autre s'attarda sur la silhouette ridicule de Lowery.

— *¿ Qué estás haciendo con él*[***] ?

Plus nous nous rapprochions d'eux et plus il semblait trouver que quelque chose clochait ; il leva son arme.

— *¿ Te conocemos*[****] ?

Abaissant brusquement mon bras, je fis tomber son fusil puis je lui flanquai un bon coup de coude dans l'estomac.

Pendant ce temps-là, Adan avait plaqué l'autre contre le mur et tentait de lui fracasser le côté de la tête avec la crosse de son pistolet, mais l'angle n'était pas bon, alors je l'empoignai à deux mains et lui écrasai le crâne contre la paroi en pierre.

* Que se passe-t-il ?
** L'homme recherché.
Nous allons voir à quel point il est recherché.
*** Qu'est-ce que tu fais avec lui ?
**** On se connait ?

Il tomba ; Adan sortit sa seringue et la lui planta dans le cou au moment où je m'accroupissais près de celui que j'avais frappé, qui essayait encore de retrouver son souffle. Je le mis sur le ventre, calai mes deux genoux sur son dos et le maintins là jusqu'à ce qu'Adan lui fasse son injection.

Un frisson, puis il s'immobilisa.

Tandis que le Doc vérifiait son pouls, je tentai d'actionner la poignée de la porte ; je sentis la clenche céder. Je me tournai vers les deux autres. Adan était en position, mais Lowery se tenait un peu plus loin dans le couloir, l'air prêt à s'enfuir en courant.

À voix basse, je lui fis signe de se bouger le cul.

— Amène-toi.

Il m'obéit et mes deux compères me rejoignirent à la porte.

— Vous êtes sûr de vouloir entrer le premier ? me demanda le Doc.

Sortant le colt de ma ceinture, je continuai à appuyer et ouvris assez grand pour que la crosse d'un M16 me percute en plein visage avec toute la force d'une mule en colère.

Je m'agrippai à la porte pour essayer de retrouver mon équilibre et je fus récompensé par un autre coup violent dans la tête ainsi que le cliquetis d'une bonne douzaine d'armes automatiques autour de nous.

Tout se mit à tourbillonner et à s'assombrir, mais j'eus le temps de sentir que quelqu'un m'obligeait à lever la tête en me hurlant à la figure :

— Alors, ces Cowboys ?

10

MON visage me faisait mal.

Ma tête me faisait mal.

À peu près tout me faisait mal.

J'essayai de lever la tête, mais les muscles de mon cou refusaient d'obéir ; en outre, il faisait noir, mon œil gauche était tellement gonflé qu'il était presque totalement fermé, le bout de mon nez était écorché et mes narines étaient bouchées, pleines de sang coagulé.

J'essayai de lever ma main gauche. Elle était attachée par de lourdes chaînes, et je trouvai à peine la force de poser un doigt contre ma narine pour souffler par l'autre, une manœuvre que je regrettai aussitôt. J'avais certes débouché la moitié de mon nez, mais j'avais l'impression d'avoir perdu un quart de mon cerveau en même temps.

J'attendis que les pulsations douloureuses se calment et essayai à nouveau de lever la tête ; cette fois, avec un peu plus d'amplitude, je réussis à voir mes bottes au bout de mes jambes. J'avais un pied qui pendait sur le côté. Je m'inquiétai, il était peut-être cassé, mais quand je bougeai la jambe, il se redressa.

Ma main droite n'était pas en aussi bon état. Je la contemplai, posée sur ma cuisse, et je vis que l'index était retourné à un angle inhabituel – il était forcément démis.

Ils devaient m'avoir pris mon arme.

Je déplaçai ma main gauche vers mon doigt disloqué ; aussitôt, je fus pris d'un accès de nausée et je décidai d'attendre une minute.

J'examinai les lieux autour de moi. À ma grande surprise, je ne me trouvai pas dans une suite du Brown Palace Hotel à Denver, Colorado, mais dans une pièce au sol de pierre, aux murs de pierre, avec une lourde porte percée d'une minuscule fenêtre équipée de barreaux, qui était la seule source de lumière.

Je pris une grande inspiration. La pièce était encore plus petite que celles que nous avions explorées, et tapissée d'une épaisse couche de poussière et de toiles d'araignées. Je supposais que ce cartel n'investissait pas beaucoup dans l'incarcération de ses prisonniers – il se contentait de les sortir derrière le bâtiment et de les abattre.

J'étais honoré.

Je me raclai la gorge, non pas pour dire quelque chose, mais parce que quelque chose me gênait. Quelques secondes plus tard, la tête d'un homme, éclairée à contre-jour, apparut dans le fenestron de la porte avant de disparaître tout aussi rapidement.

J'entendais des gens parler au loin. J'attendis, en vain.

Décidant de passer le temps en remettant mon doigt luxé à sa place, j'en attrapai le bout de mon autre main, sentant une douleur à la fois familière et insupportable. Je m'étais déjà démis un ou deux doigts dans ma vie, et parfois, il était difficile de trouver une assistance médicale. J'avais appris la technique auprès de l'entraîneur Cagle Curtis, du temps où j'étais *lineman* offensif dans l'équipe des Durant Dogies.

Je forçai mon doigt en hyperextension, je tirai et il se remit en place d'un coup sec, tandis que j'hésitais entre vomir et perdre connaissance. Je pris une grande inspiration et restai là, laissant les vagues de douleur me remonter dans le bras jusqu'à la tête qui, déjà surchargée de souffrances, refusa d'en ajouter une nouvelle.

— Aïe.

Par-dessus mon épaule, je vis que les menottes étaient attachées à une lourde chaîne passée dans un anneau en fer derrière moi. J'eus beau tirer brusquement sur la chaîne, rien ne sembla bouger d'un pouce.

Un bruit se fit entendre dans le couloir, plus proche cette fois. Quelqu'un introduisit une clé et déverrouilla la porte. L'énorme vantail en bois s'ouvrit et une silhouette familière apparut.

— Hé, un nouveau shérif a débarqué en ville.

Je ne dis rien. Il entra et s'accroupit, le même fusil entre les mains.

— Ouah, vous avez une sale gueule.

Il avait une sale gueule lui aussi, grâce à la correction que je lui avais infligée dans la banque désaffectée.

— De mon temps, la crosse de ce M16 se serait cassée comme un jouet Mattel.

— Ouais, elles sont plus solides, aujourd'hui.

Il gesticula en tenant son arme de l'ère spatiale à bout de bras.

— Je n'arrive pas à m'y faire, de trimballer une de ces saletés russes.

Je grognai.

— Patriote, en plus.

— Quelque chose comme ça. (Il se pencha.) Comment ça va, votre tête ?

— J'ai mal.

Il ricana.

— Ouais… du coup, j'ai des ennuis. J'étais pas censé vous amocher, mais j'ai expliqué au patron que vous étiez un peu difficile à neutraliser. En tout cas, je ne vous ai pas descendu.

— Merci.

Il agita une main, cala le fusil au creux de son coude, et après avoir sorti le matériel de sa poche de chemise, entreprit de se rouler une cigarette.

— Je vous en prie.

— Alors, vous me préparez cette embuscade depuis quel moment ?

— Depuis le début… enfin, la trempe que vous m'avez mise à Torero ne faisait pas partie du plan, mais tout ce qui s'est passé depuis que vous êtes arrivé ici, oui.

— La patrouille ?

Il alluma la cigarette et aspira la fumée.

— Voyez-y un dommage collatéral, un vieux et deux jeunes. Je suppose que vous les avez tués ?

— Deux sur trois.

— Vous avez laissé la vie sauve à l'un d'eux ? (Il fit la moue.) Va falloir que vous vous mettiez au diapason, shérif. Putain, si vous m'aviez tué, vous seriez pas dans la merde dans laquelle vous êtes maintenant.

Il me tendit la cigarette, mais je refusai.

— Comment vous êtes sorti du coffre de la banque ?

— Un de mes gars a fini par me trouver.

— Lowery était dans le coup ?

— Ouais, en ce moment même, vos amis du FBI sont en train de vous chercher au Taco Garage Restaurante à Mexico City. L'avantage, c'est qu'on y mange pas mal et que les margaritas là-bas sont incroyables.

— Je suis certain qu'ils apprécieront. (Je le fixai avec l'œil qui me restait.) N'oubliez pas de dire à Lowery que, la prochaine fois que je le verrai, je ferai une exception et je le tuerai.

Il prit quelques bouffées puis brisa le silence.

— D'accord, mais je ne sais pas trop si vous en aurez l'occasion.

— Où est Adan ?

— Le Doc ? Pas mon problème. Je suis responsable de vous seulement. (Il sourit.) Bon, on a le choix entre la manière douce ou la manière forte… Ça vous dit quelque chose ?

Je ne pipai mot.

— Il faut qu'on vous nettoie un peu, mais je ne peux pas risquer que vous fassiez un truc idiot, alors je vais aller chercher quelqu'un à qui vous ne vous attaquerez jamais et qui est très impatient de vous voir.

— Ma fille ?

— Non, c'est encore trop tôt.

Il se mit debout, écrasa sa cigarette contre le mur puis me lança le mégot.

— On veut que vous soyez en bon état, comme un taureau de concours. (Il me gratifia de son sourire impudent.) Vous voulez de l'eau, de la nourriture, un petit verre de tequila ?

— Non merci.

— Eh bien, si vous changez d'avis, dites-le lui.

Il recula jusqu'à la porte et fit entrer Alexia, qui était équipée d'une trousse de secours, d'une cuvette et d'une serviette.

— Ta-dah !

Elle s'immobilisa contre le mur, la main plaquée sur la bouche.

— Oh, allez. Il n'a pas l'air si mal que ça.

Il m'examina d'un peu plus près.

— En fait, si, finalement. (Il la poussa vers moi.) Amusez-vous bien, tous les deux, je reviens dans pas longtemps.

Puis il referma la porte derrière lui.

Je souris à la nounou de ma petite-fille.

— Salut, Big Al.

— Oh, shérif... (Elle fondit en larmes.) Je suis tellement désolée.

Je ne me départis pas de mon sourire, du moins, je suppose que c'en était un – avec toutes les ecchymoses et les coupures, j'avais du mal à en être sûr.

— Comment va Cady ?

Elle s'accroupit à côté de moi et déballa son matériel.

— Elle va bien, shérif.

— Walt, je vous en prie.

Elle plongea la serviette dans l'eau chaude et se mit à me tamponner le visage.

— Ils ne lui ont fait aucun mal. Elle est sous la garde exclusive de M. Bidarte. Un homme qui lui avait dit quelque chose de déplacé a eu la gorge tranchée.

— Pas tellement de sécurité de l'emploi dans le coin, on dirait.

Elle continua à s'activer, essorant le linge avant de le tremper à nouveau dans l'eau propre.

— Cet endroit est terrible. Terrible.

— Est-ce que vous avez vu l'homme avec qui je suis venu, Adan Martínez ?

— Non.

Je repensai à son neveu.

— Je vous présente toutes mes condoléances.

Elle les accepta d'un signe de tête sans s'arrêter de travailler, appliquant de la pommade sur mon visage.

— Mon neveu était un bon garçon. Il est parti pour un monde meilleur.

— Eh bien, ça ne doit pas être difficile à trouver. Est-ce que vous avez la moindre idée de ce qu'ils ont prévu ?

— Non.

Elle posa quelques pansements sur mon visage puis s'éloigna pour contempler le résultat de son intervention.

— Oh, shérif.

— Walt. (J'essayai de sourire.) Ce n'est pas grave. Plus je suis cabossé, plus je peux semer la zizanie entre Culpepper et Bidarte.

Même depuis les profondeurs du bâtiment, on entendait les tambours et les coups de trompette provenant de la place centrale.

— La fête continue ?

Elle se rapprocha encore de moi.

— J'ai quelque chose pour vous.

Elle fouilla dans la poche de sa robe et sortit mon étoile.

— À Miss Cady, vous voulez que je lui dise… ?

Je pris l'objet.

— Non, et rendez-lui l'étoile, s'il vous plaît. Dites-lui que je vais bien et que les renforts arrivent.

— C'est vrai ?

— Non, mais dites-le-lui quand même.

L'épaisse porte s'ouvrit avec un grincement et Culpepper passa sa tête.

— Allez, *Mamacita*, on sort de là et on le laisse se reposer. Il faut qu'il récupère.

Il examina ma tête couverte de pansements.

— Bon sang, on dirait quand même que vous vous êtes pris un train en pleine figure.

— Pourquoi faut-il que je récupère ?

— Le chef dit que vous allez prendre part à une présentation publique ce soir, alors, vous feriez bien de vous reposer.

Je tirai sur les chaînes.

— Je suis censé me reposer avec ça ?

Il resta là planté devant moi.

— Vous avez besoin d'aller aux toilettes ?

— Non.

Il sortit en claquant la porte.

— Tant mieux, parce que j'allais certainement pas vous y emmener.

Lucian Connally, le précédent shérif du comté d'Absaroka, leva ses yeux noirs vers moi.

— Tue-le.

Je fis glisser mon fou vers le côté, évitant son cavalier, puis je scrutai le vieux shérif, mon mentor.

— Je ne sais même pas où il se trouve.

— Eh bien, cherche-le. C'est pas comme si t'avais pas de ressources.

Je l'examinai tandis que lui examinait l'échiquier.

— Tu sais ce qu'on dit sur le chat qui dort et qu'il ne faut pas réveiller ?

— Oui, mais je sais aussi que s'il attaque deux ou trois fois, vaut mieux s'assurer qu'il dorme pour de bon.

Son regard noir se riva dans le mien et y resta tandis qu'il s'adossait confortablement dans son fauteuil.

— Au cas où cela t'aurait échappé, tu es en guerre. (Son sourcil au-dessus de l'œil marron se leva.) Tu te souviens de la guerre, ce truc où des fils de putes essaient de te tuer ?

— Je crois que je me rappelle.

— Eh bien, c'est reparti.

Il tendit le bras et prit le verre de Pappy Van Winkle's Family Reserve 23 ans d'âge, avant de le couvrir de sa main et de faire tinter doucement les derniers glaçons.

— Il n'y a pas de loi, là. Il a tué ton gendre, très certainement *ton* enfant, il a rendu ta femme stérile, proféré des menaces contre ta fille et ta petite-fille, et il a essayé de te tuer plus d'une fois.

Brandissant le verre, il continua avant de boire une gorgée.

— Putain, moi je l'aurais tué pour une seule de ces choses-là.

Nous laissâmes le silence s'installer pendant un moment.

— Peut-être qu'il en a terminé.

Lucian posa son verre sur la table, à côté de l'échiquier.

— Compte là-dessus, tiens. Il n'en aura pas terminé tant qu'il ne t'aura pas enlevé tout ce qui est important pour toi, et ensuite, il te prendra la dernière chose qui te reste, ta vie.

Je ne dormais pas vraiment, j'étais juste dans cet état de quasi-sommeil où on hésite entre les deux, sans profiter de grand-chose, ni de l'un ni de l'autre. J'étais avachi contre le mur quand j'entendis quelqu'un ouvrir la porte.

Je n'avais aucune idée de qui il pouvait s'agir, alors, au bout de quelques secondes, je renonçai et essayai de me mettre en position assise.

— Qui êtes-vous et qu'est-ce que vous voulez ?

— Content de vous voir.

Je sursautai malgré moi, puis me redressai, laissant mon œil s'accommoder à la pénombre.

— Vous avez du mal à dormir ?

Il lissa son épaisse moustache et me toisa.

— Parfois.

— Si j'étais vous, j'aurais du mal.

— Je suis content que vous soyez venu.

— J'avais le choix ?

Un autre individu apporta une chaise et l'installa à côté de la porte. Bidarte s'y assit avec une certaine difficulté et me tendit un gobelet en plastique.

— La vie est faite de choix, certains sont bons, d'autres mauvais.

Je pris le gobelet et reniflai. De l'eau. Je bus une gorgée puis calai le godet sur ma cuisse.

— On dirait que vous avez un peu de mal à vous déplacer.

Il laissa échapper un rire amer puis ajusta son chapeau blanc.

— Grâce à votre adjointe, Mlle Moretti.

— Elle veut savoir pourquoi vous n'êtes pas mort.

— Il m'arrive de me poser moi-même la question.

Je m'avachis à nouveau contre le mur.

— Êtes-vous responsable de la mort de son frère, Michael ? (Il me fixa, sans rien dire.) Mon gendre ?

— Vous tenez des comptes ?

— Toujours.

— Moi, j'ai renoncé il y a longtemps. (Il me fit signe de boire un peu d'eau.) Ma mère est morte. Vous avez été gentil avec elle, et je voulais que vous le sachiez. Les infrastructures médicales ici ne sont pas aussi bonnes qu'aux États-Unis et il y a eu des complications avec son diabète.

— Toutes mes condoléances, mais cela ne change rien à la situation. Laissez partir ma fille.

Il attendit un peu avant de répondre.

— Nous discuterons de cette question plus tard.

— Laissez-la partir. Maintenant. Elle n'a rien à voir avec tout ceci.

— Est-ce que vous avez déjà assisté à des corridas, shérif?

— Non.

— Dommage, c'est la plus authentique forme de combat. (Il marqua une pause.) Quand j'étais jeune, entre deux raclées, mon père m'emmenait à l'arène. C'est la seule expression artistique dans laquelle l'artiste est en danger de mort et où la maestria de la performance est tout à l'honneur du combattant.

— Moi j'encouragerais plutôt le taureau.

— Toute chose capable d'attiser les passions en sa faveur attise inévitablement autant de passions contre elle.

— Vous n'êtes pas venu seulement pour citer Hemingway ?

Il sourit lentement puis changea de sujet.

— Combien d'argent avez-vous, shérif?

Il me fallut un moment pour comprendre sa question.

— Pardon ?

— En liquidités, combien avez-vous ?

— Je l'ignore.

— Quatre millions deux cent quatre-vingt-deux mille quatre cents dollars et soixante-deux cents. Essentiellement hérités de votre grand-père, je suppose, et un peu de vos parents, le tout pour la plus grande part immobilisé sur un ranch que vous n'habitez pas, auquel s'ajoutent les maigres économies amassées au cours d'une carrière dans le service public.

Je bus une autre gorgée d'eau.

— Plus que je ne le pensais, mais vous avez certainement raison.

— Combien seriez-vous prêt à céder pour acheter la liberté de votre fille ?

— Tout.

— Tout ? (Il inclina la tête.) Peut-être que vous en aurez bientôt l'occasion.

Il se leva lentement, avec un profond soupir.

— J'ai appris une chose au cours de ma vie, shérif. Le pouvoir est tout, le reste n'est qu'un moyen d'y accéder.

Il s'interrompit et jeta un regard circulaire.

— De ce point de vue, vous ne serez peut-être pas d'accord, mais le pays de tous les possibles, c'est celui-ci. Initialement, je suis venu ici pour me planquer, mais les perspectives qui se sont ouvertes étaient telles que je n'ai pas pu résister. (Il baissa les yeux vers moi.) Est-ce qu'il vous est déjà arrivé de vouloir vous réinventer, shérif ? Prendre un nouveau départ ?

— Pas comme ça.

— Quand les occasions sont belles, les risques sont grands.

— Alors, vous êtes passé du racket à la direction d'entreprise. (À mon tour, j'observai la pièce autour de nous.) Je ne suis pas impressionné, et ce ne sont pas les risques qui me chiffonnent, c'est l'immoralité.

— Et que dire de l'immoralité de ce que vous faites ? Et vous, vous n'êtes pas dans le racket, comme vous dites ? Vous protégez les biens des gens de votre comté, leur argent, leur maison et leur famille. Selon vous, c'est tellement différent de ce que vous croyez que je fais ?

— Je ne vends pas de poison, et je ne tue pas des gens pour le faire.

— Mais si, vous le faites, depuis longtemps, et pour un prix tellement ridicule. La différence, c'est que je me fais payer beaucoup plus, shérif.

— Ce que je fais, je le fais pour le bien commun.

— Eh bien, moi, je suis un entrepreneur indépendant. (Il fit un pas vers la porte.) Vous devez vous sentir seul, ici, sans personne autour de vous.

Il s'apprêta à partir, mais je l'arrêtai.

— Encore une chose.

Il se figea.

— Oui, bien sûr.

— Pourquoi ?

Il eut l'air perplexe.

— Pourquoi ?

Je me mis à gesticuler, le bruit de ferraille des menottes comme une ponctuation sonore à la question.

— Vous auriez pu me tuer, engager quelqu'un pour me tuer…

Je sortis la carte postale de ma poche de chemise, celle qu'il avait envoyée.

— Mais vous avez préféré faire toute cette mise en scène… Pourquoi ?

Il appuya son dos contre la porte et soupira.

— J'ai eu une vie animée et je me suis trouvé opposé à beaucoup d'individus, mauvais, avides, durs, rusés… Vous êtes un des très rares hommes véritablement bons que j'aie jamais rencontré.

— Laissez partir ma fille.

— C'est vous qui déciderez. (À nouveau il contempla les murs qui nous entouraient.) Ça me déplaît, que vous passiez du temps ici tout seul, alors j'ai pris des dispositions pour que vous ayez de la compagnie.

Il attrapa un sac de courses de l'autre côté de la porte et le posa sur la chaise. Il en sortit un ballon de foot couvert de sang sur lequel était cousu le visage d'Adan Martínez, les orbites vides toutes noires, la bouche une plaie béante.

Je passai l'essentiel de la nuit à regarder fixement le visage d'Adan.

Pensant à cet homme que j'avais appelé mon ami, j'essayai de me remémorer tous les détails de lui que je connaissais. Henry Standing Bear prétend que la plus grande chose que l'on puisse faire pour respecter les morts, c'est se souvenir d'eux, les garder dans son esprit de manière à ce qu'ils ne disparaissent pas dans cet infini froid et sombre qui nous attend tous.

Les risques qu'il avait pris pour m'accompagner pesaient lourd dans mon cœur. J'avais envers Adan Martínez une dette que je ne pourrais jamais rembourser, et il ne me restait plus qu'à faire en sorte que son sacrifice n'ait pas été vain.

Je pliai les doigts et sentis une raideur persistante dans mon index droit. Puis j'arrachai les pansements qui me recouvraient l'œil – plus j'étais amoché, mieux c'était. Un sale boulot m'attendait, et mieux valait qu'ils me voient dans mon état – le combat serait juste. Je me demandai s'ils avaient découvert la planque où j'avais mis les armes, sous les pierres, de l'autre côté du mur.

Les hommes de Bidarte vinrent me chercher assez tôt. Ils emportèrent d'abord le visage d'Adan, puis revinrent rapidement me libérer de la chaîne qui me retenait au mur. Deux hommes m'encadraient et un autre s'était posté sur le seuil avec un AK pointé directement sur mon ventre.

Ils me firent traverser le hall menotté, puis monter l'escalier et enfin sortir. Dans la violente lumière du jour, je dus fermer les yeux. Je restai immobile quelques instants, déboussolé par le soleil matinal, puis celui qui tenait le fusil me força à avancer en direction d'une fontaine au milieu de la *plaza* pavée.

Le sol était jonché de bouteilles de bière et d'alcool, de serviettes en papier, de vêtements et de confettis. Même quelques chars décorés de papier crépon avaient été abandonnés dans les allées du monastère. Les marionnettes géantes ressemblaient à des squelettes gigantesques en train de cuver les excès festifs de la soirée précédente.

Tandis que j'avançai au bout de leur canon, j'aperçus quelqu'un qui tenait un fusil et fumait une cigarette à l'autre bout de la *plaza*, à côté d'une espèce de structure en bois.

Trébuchant sur les pavés, je retrouvai mon équilibre et m'arrêtai pour examiner, entre les quelques bâtiments, la route principale qui disparaissait après un virage, encombrée de véhicules et de tas de déchets.

Culpepper me fit face.

— Bien dormi ?

— Pas mal.

— On m'a dit que vous aviez de la compagnie.

Je le dévisageai longuement.

— Vous savez, je ne croyais pas possible de regretter encore plus de ne pas vous avoir tué.

Il me gratifia de son sourire narquois.

— D'ici que tout ceci se termine, je vais tâcher de faire encore plus d'efforts pour vous y aider.

Il gesticula de sa main libre comme une marionnette.

— Aboie tant que tu veux, le chien, on va te mettre un collier. (Il désigna la structure en bois contre laquelle il s'appuyait.) Ce truc était déjà là quand on s'est installés ici – vous y croyez ? J'imagine que si les moines devenaient indisciplinés, ils les mettaient là-dedans et ça les calmait. Comment on appelle ça ?

— Un pilori. Ils étaient utilisés au Moyen-Âge et même dans l'Amérique coloniale. Mais la référence la plus ancienne se trouve dans les Actes des Apôtres, le cinquième livre du Nouveau Testament : Paul et Silas ont été arrêtés et mis au pilori.

— Eh bien, vous serez leur digne successeur ! (Il tapota la surface lisse du bois de fer.) Le dernier type que nous avons collé là pendant trois jours, il a clamsé, mais personne ne lui avait apporté d'eau ni de nourriture.

Il ouvrit quelques loquets et sortit une longue tige en fer.

— Posez votre gros cul sur cette pierre et passez vos jambes dans les trous, si vous voulez bien.

— Et si je ne veux pas ?

Il cala la crosse du M16 sur sa hanche et tira sur sa cigarette.

— Je vous ferai sauter la cervelle.

— Je crois que Bidarte n'aimerait pas trop ça.

Il soupira.

— Eh bien, je pourrais vous amocher la gueule encore plus jusqu'à ce que vous fassiez ce que je dis. (Il avait l'air las.) Installez-vous là-dedans, OK ?

Le gars armé de l'AK me poussa du bout du canon, et je crois bien qu'il ne s'attendait pas à la suite. Je me penchai et lui flanquai mon coude gauche dans le côté de la tête, lui arrachant l'arme automatique juste avant qu'il ne tombe et ne se retrouve à quatre pattes. Je lui assénai un coup de crosse sur l'arrière du crâne et il s'écroula face contre terre, définitivement.

Je me retournai et lançai l'AK à l'un des types abasourdis qui étaient restés à deux pas de moi.

— Considérez ça comme une démonstration pratique.

Heureusement, l'autre réussit à l'attraper et je revins à Culpepper.

— Tirez et sauvez votre peau.

— C'est tentant.

Il sourit, un œil bleu fixé sur moi au-dessus de la mire ; il bougea le canon vers le pilori.

— Faites-nous plaisir, installez-vous là.

J'obéis. Je m'assis sur un gros bloc de pierre à peu près de la taille d'un mini-réfrigérateur et glissai mes jambes dans les trous tandis que les trois hommes abaissaient la partie haute et m'enfermaient à l'aide de cadenas qui avaient l'air tellement anciens qu'ils auraient pu servir à Ambrose Bierce.

— Juste pour que vous ne soyez pas surpris, la situation peut dégénérer. À mesure qu'on approche de la fête de ce soir, et il est courant que les gens jettent des ordures, crachent ou fassent d'autres choses affreuses à la personne qui est au pilori.

Je me penchai en arrière, en m'appuyant sur mes coudes.

Il prit mon chapeau et le posa sur sa tête, où il chancela comme un abat-jour trop grand, et flanqua un coup de pied à l'homme toujours inconscient couché sur les pavés, avant de jeter son mégot de cigarette sur lui.

— Vous ne l'avez pas tué, je ne suis pas franchement impressionné.

Je mangeai les haricots, le riz, les œufs et les tortillas. Alexia posa ma timbale en fer-blanc sur l'épais morceau de bois qui retenait mes jambes. Pendant qu'elle me versait une nouvelle tasse de café à l'aide de l'antique percolateur, je scrutai la place, où les quelques personnes qui s'y trouvaient s'appliquaient à nous ignorer.

— Tout le monde fait la grasse matinée ?

Elle posa la cafetière.

— Ils dorment en prévision de la fin de la journée et de la soirée.

— Vous avez parlé à Cady ?

Elle acquiesça.

— Juste le temps de lui apporter son petit déjeuner. (Alexia se pencha vers moi.) Et de lui rendre l'étoile.

Elle jeta un coup d'œil autour de nous, mais nous étions seuls.

— Elle veut savoir si vous avez perdu la raison.

— J'étais sûr qu'elle réagirait comme ça.

— Elle est très fâchée contre vous, mais elle m'a dit de vous dire qu'elle vous aime beaucoup.

Je ne pus m'empêcher de sourire.

— OK.

— Je lui ai menti et je lui ai annoncé que les renforts arrivaient.

— Bien.

— Personne n'arrive, c'est ça ?

— C'est ça. Enfin… Pas tout à fait. Il faut qu'ils nous trouvent. C'est le gouvernement fédéral, alors ils ont des satellites, le GPS, tout ça…

— Ils ne vont pas nous trouver.

— Non, probablement pas.

Je bus une gorgée de café en tentant d'éviter les coupures dans ma bouche et mon nez cassé, et m'entraînai à faire fonctionner mon œil.

— J'essaie toujours de comprendre. Lowery m'a permis de contacter les États-Unis, le FBI, bon sang. Je n'arrive pas du tout à saisir pourquoi ils sont prêts à courir ce risque.

— M. Lowery, il est gentil.

Je secouai les jambes, juste pour lui rappeler.

— Il a cafté. (Elle eut l'air perplexe.) Il nous a dénoncés.

Elle haussa les épaules.

— M. Culpepper, c'est lui qui est responsable de la mort de mon neveu. J'aimerais bien qu'il meure, et M. Bidarte aussi.

— Eh bien, je crois que nous sommes tous d'accord là-dessus.

— Ils ont tué votre ami ?

— Oui.

— Je suis désolée.

Impatient de changer de sujet, je m'éclaircis la voix.

— Comment ça va, vous ?

Elle haussa les épaules, assise sur le petit muret qui entourait la *plaza*.

— Cet endroit est diabolique, *bruto*, fou. Ils tuent des gens juste parce qu'ils respirent.

Ma main tira sur le cadenas qui me retenait, un énorme truc rouillé que je n'aurais aucune chance d'ouvrir.

— Mais ils n'ont absolument pas fait de mal à Miss Cady.

Je me demandai jusqu'à quand.

— Tant mieux.

Quelqu'un cria quelque chose en espagnol et nous vîmes un homme près du monastère qui faisait signe à Alexia de venir. Du moins, je supposai qu'il s'adressait à elle puisque j'étais temporairement indisponible.

Elle se leva, la cafetière à la main. Je lui tendis l'assiette vide en escamotant la fourchette et en gardant le gobelet en fer-blanc au cas où mon plan numéro 1 ne fonctionnerait pas. Comme elle cherchait la fourchette, je la lui montrai. Elle acquiesça, et sans un mot, s'en alla vers le monastère.

Si elle n'était pas habituée à ce genre de jeu, elle apprenait vite.

La fourchette était de mauvaise qualité et se plia aisément. Je tordis les dents d'avant en arrière jusqu'à ce qu'elles cèdent et finis par obtenir un crochet grossier. J'essayai de bricoler le cadenas et découvris que l'outil était trop épais pour être inséré dans le trou, alors je descendis ma main et me mis à frotter le métal contre la pierre sur laquelle j'étais assis.

Tout en limant mon crochet, j'observai les gens qui commençaient à affluer sur la place comme si j'étais dans un parc, à la maison. Un vieil homme armé d'un balai brosse décrépit apparut et se mit à pousser les détritus vers la fontaine au centre de la place, avant de sortir un sac-poubelle de sa poche et commencer à le remplir.

Quelques personnes traversaient la *plaza* d'un pas rapide pour se diriger ailleurs, tandis que d'autres déambulaient à pas lents, visiblement encore en état d'ébriété depuis les agapes de la veille. Certains se regroupèrent dans l'ombre du monastère et jetèrent un coup d'œil de mon côté, mais sans oser s'approcher.

J'examinai mon crochet, pas assez fin. Je me remis au travail.

Au bout d'une quarantaine de minutes, les joueurs de tambours et quelques trombonistes apparurent avec toute leur panoplie de mariachis. Ils firent mine de s'installer juste derrière moi.

— Oh non, tirez-vous, allez donc voir ailleurs si j'y suis.

Ils me dévisagèrent.

— Écoutez, c'est déjà pas une partie de plaisir de me retrouver immobilisé dans ce truc – il n'est pas question que vous me cassiez la tête toute la journée et toute la nuit.

Gesticulant comme je pouvais, j'eus recours à l'un des rares mots de mon vocabulaire espagnol.

— *Vámanos!*

Ils éclatèrent de rire. Ils devaient penser que je plaisantais, ou alors, que mes moyens de les évincer étaient faibles, mais ils changèrent d'avis quand je pris le gobelet de café dans ma main.

Inquiets à l'idée que je puisse abîmer leurs jolis costumes ou que je leur balance le récipient à la figure, ils s'éloignèrent en grommelant, leurs poings menaçants brandis.

Je revins à ce qui m'occupait tout en sirotant le café froid ; ils s'installèrent près de la fontaine. Le soleil commençait à être haut et je regrettais de ne pas avoir mon chapeau sur la tête. La foule envahit la *plaza*.

Les tambours adoptèrent le même rythme que celui que j'avais entendu hier et une bonne partie de la nuit, et les trombones à coulisse et les trompettes se mirent au diapason. Rapidement, des tas de gens arrivèrent en masse pour le deuxième jour de festivités. La majorité d'entre eux arboraient toujours le masque, le maquillage et les costumes d'époque qu'ils portaient la veille, certains visiblement en plus mauvais état. Il y avait aussi quelques nouveaux participants, à la tenue moins défraîchie, ondulant au rythme de ce qui passait pour de la musique.

On sortit des demi-tonneaux pleins de glace et de bouteilles de bière et de vin stockés sous les arches du monastère, et d'autres tonneaux entiers furent disposés pour y caler des planches qui serviraient de comptoirs, sous lesquels on rangea des caisses de bouteilles d'alcool.

Je baissai la main, enfonçai la griffe dans le cadenas et cherchai la gorge à tâtons. Je poussai un peu mais sentis immédiatement que mon outil se pliait.

— Qu'est-ce que vous avez fait ?

L'un des fêtards me fixait, l'air interrogateur, à travers les trous de son masque en papier mâché, me rappelant, quelle horreur, le visage dépecé d'Adan. Ma tête s'enfonça entre mes épaules.

— J'ai tué quelqu'un qui n'arrêtait pas de me poser des questions.

Sa tête se pencha et le chapeau haut de forme faillit tomber.

— Vous feriez mieux d'être gentil. Le dernier gars qui était là, tout le monde lui a apporté à boire, et il en est mort.

Je repris mon gobelet.

— Dégagez, avant que je vous envoie ça à la figure.

Le gars but une gorgée de sa bière, me fit un doigt, et repartit vers le groupe.

— Tant pis pour toi si tu meurs de soif, l'ami.

Je baissai les yeux vers le gobelet que je tenais dans la main ; le café lavasse en couvrait à peine le fond. Je le posai, essuyai la sueur de mon front sur une manche et regrettai de ne pas avoir demandé à l'homme le plus intéressant du monde de me laisser son chapeau.

Après avoir en vain essayé un autre angle d'insertion, ma frustration l'emporta et je l'enfonçai rageusement dans la serrure. Pour tout résultat, je perçus un léger cliquetis métallique et le crochet de fortune sortit du cadenas avant de tomber sur les pavés avec un tout petit *ping*.

La fête battait son plein, quelques coups de feu avaient été tirés à l'autre bout de la place, mais la seule chose qui m'importait était que le soleil était enfin descendu derrière le monastère. Les longues ombres s'étendant sur la *plaza* avaient fini par arriver jusqu'à moi, tandis que les ombres plus noires des massifs volcaniques allaient se perdre dans le désert comme la fin d'un mauvais rêve. La plaine aux couleurs ocre semblait s'étendre à l'infini, au-delà de l'anarchie créée par l'homme sur cette place où les portes avaient été remplacées par des rideaux de douche. Soudain me vint l'idée que le monde serait peut-être meilleur sans êtres humains.

La *plaza* était envahie de danseurs et d'ivrognes, la démarcation entre les deux assez difficile à distinguer tandis que la foule se mouvait en une masse compacte et palpitante. Il y avait encore un peu d'espace entre elle et moi, mais ce n'était qu'une question de temps avant que la situation ne devienne totalement incontrôlable. Plusieurs noceurs m'avaient lancé des regards courroucés et quelques ordures avaient été jetées vers moi, ou peut-être en direction de l'ivrogne couché sur les marches derrière moi.

Je me tournai et observai l'homme avachi à moitié sur les marches, à moitié sur le sol. Son chapeau haut de forme était tombé et gisait entre nous. En étirant mon bras au maximum, je parvins à en toucher le bord avec l'extrémité de mes doigts et à le tirer vers moi. Je le récupérai et le posai sur ma tête. Coup de chance, le gars avait une grosse tête et le couvre-chef était presque à ma taille. Je croisai les bras et posai mon menton sur ma poitrine. J'essayai de somnoler un peu, mais la position était inconfortable et le niveau sonore, pénible.

Lorsque je levai la tête, je vis la femme qui évoluait en bordure de la foule.

Les hommes qui voulaient danser avec elle étaient nombreux, mais d'une pirouette, d'une virevolte, elle s'écartait quand ils s'approchaient trop près. Ses battements de paupières langoureux et ses mouvements sensuels révélaient sans ambiguïté qu'elle n'était pas une amatrice particulièrement douée mais plutôt une danseuse professionnelle.

De temps en temps, elle jetait un œil vers moi, le blanc de ses yeux et de ses dents incroyablement éclatant au milieu du maquillage qui transformait son visage en crâne animé. Elle portait une robe de flamenco noire moulante agrémentée de dentelle et de franges, et un boa de roses d'un rouge écarlate profond.

S'appropriant une zone à environ sept ou huit mètres de moi, elle frappa les pavés avec ses talons hauts, et la seule pensée qui me vint fut que si je devais mourir, ce n'était pas la pire image pour accompagner ma sortie.

Des hommes et même quelques femmes dans la foule tentèrent de l'attraper, mais elle leur échappa, pour venir se pavaner dans le no man's land qui m'entourait tout en balayant l'air de son boa qui tomba sur son épaule, et frémit comme la queue d'un chat énervé.

C'était donc ainsi que les loups tournaient autour de leur proie.

Se balançant au son de la musique, elle vint plus près et en ondulant, poursuivit l'inévitable approche comme si j'étais un mulot pris au piège. Les spectateurs de notre côté de la foule se mirent à huer et protester tandis qu'elle leur faisait comprendre que sa proie, c'était moi.

Je me dis que peut-être, elle cherchait à me titiller en demeurant hors de portée, mais sa danse la rapprocha tant et si bien qu'elle se trouva à moins d'un mètre de moi.

M'offrant son dos, elle se mit à se déhancher, les fesses juste au bout de mes bottes, les bras tendus de chaque côté de son corps, ses longs gants de satin noir caressant avec sensualité le haut de son corps au rythme des tambours.

Elle pivota, alla jusqu'à monter sur le carcan de bois qui me retenait, la fente à l'avant de sa robe à volants révélant des bas bordés de dentelle et les rubans noirs d'un porte-jarretelles.

Elle était si près que je pus distinguer les détails de son maquillage, un fond blanc avec une rose rouge sur le front, entourée de toiles d'araignées, de feuilles turquoise et un as de pique noir au bout de son nez, une autre rose sur son menton, et de faux points de suture autour de ses lèvres.

Ce furent ses yeux qui retinrent pourtant mon attention, enfoncés dans des orbites noires et dotés d'iris d'une couleur violette incroyable – comme un ciel des hautes plaines juste avant un orage.

Elle fit une moue provocante, à quelques centimètres de mon visage, puis tendit la langue, qui émergea de son crâne magnifiquement symétrique – et là, au bout de la langue rose, se trouvait un passe-partout.

11

Après un fougueux baiser, elle recula.

— *Bruja de la piel.*

Et sans un mot de plus, Bianca Martínez descendit de mes genoux et repartit en tourbillonnant vers la foule dans un tonnerre d'acclamations.

Je saluai quelques agitateurs en inclinant mon chapeau, récupérai la clé, posai un bras sur la barre en bois, avant de glisser l'autre main le long de mon flanc à la recherche du cadenas qui me retenait prisonnier. J'avais bricolé des vieilles serrures toute ma vie et je savais que, si celle-ci ressemblait à celles que j'avais connues, la clé fonctionnerait. Actionnant lentement la tige, je guettai le cliquetis sonore, puis regardai le fermoir s'ouvrir comme une mâchoire démise.

Je levai les yeux pour voir si quelqu'un avait remarqué mon manège. J'aperçus Bianca qui m'adressa un sourire avant de s'enfoncer dans la cohue, se dirigeant tout en dansant vers la fontaine.

Prenant garde à ce que mes mains demeurent invisibles, je fis coulisser la barre pour la sortir et la posai à la verticale près de moi. J'étais délivré de mon carcan, mais à quoi cela allait-il me servir si j'étais intercepté à la seconde où je me mettais debout ?

Je pouvais attendre que Culpepper vienne me chercher, cependant il y avait peu de chances qu'il vienne seul. J'inspectai les alentours et m'arrêtai sur l'ivrogne.

C'était son chapeau, en plus.

Il me faudrait patienter jusqu'à ce que l'attention de la foule soit détournée de la place, attirée par le monastère, ce qui n'était pas un grand problème maintenant que Bianca était au beau milieu d'un flamenco, mais j'allais devoir bouger vite et sans hésitation. Je scrutai la zone pour m'assurer qu'il n'y avait pas de gardes, ni quiconque qui risquerait de me reconnaître.

De puissantes détonations résonnèrent du côté du monastère – quelqu'un semblait s'amuser en tirant avec l'une des kalachnikovs. Je décidai que le moment était bien choisi, relevai la planche du haut et sortis de mon carcan comme si c'était la chose la plus naturelle du monde.

Une seule personne regardait dans ma direction, alors je la saluai de la main avant d'aller ramasser l'ivrogne et de le hisser sur le carcan. Plaçant ses jambes dans les trous, j'abaissai d'abord la planche supérieure puis j'arrangeai la disposition de son corps, jambes tendues. Enfin, je reposai son chapeau sur sa tête.

J'observai à nouveau les alentours, mais le seul témoin de la scène avait rejoint les autres fêtards. Je tapotai l'ivrogne sur l'épaule. J'aurais pu refermer les serrures mais il ne semblait pas d'humeur à s'en aller, alors je m'éloignai dans la direction de la grange pour aller récupérer mes armes. Je fis le tour par une ruelle pavée où je piquai à deux adolescents qui se bécotaient sur un muret une couverture en coton et une casquette de base-ball ornée, vous ne devinerez jamais, d'un AK-47.

Quelques personnes se promenaient dans le crépuscule, mais chaque fois que je croisais un groupe, soit je m'engouffrais dans une autre rue, soit je faisais semblant d'être sur le point de vomir. Personne ne se préoccupa de moi et j'avais presque atteint la salle des ventes de bétail, lorsque j'aperçus un contingent armé et me planquai juste à temps pour voir Culpepper et quelques-uns de ses hommes qui semblaient se diriger eux aussi vers la grange. J'attendis qu'ils aient disparu puis je me penchai au coin du bâtiment : un garde était posté à côté des doubles portes, à l'origine conçues pour l'entrée et la sortie des bovins.

Je m'interrogeai sur la prochaine étape quand j'aperçus Bianca qui remontait le sentier. Je lui fis signe. Elle me vit, examina les alentours, et sans cesser de danser s'approcha du bâtiment contre lequel j'étais caché. Serrant sa jupe contre elle, elle se glissa à côté de moi.

— Si quelqu'un nous surprend, il pensera que nous fricotons, comme tout le monde dans cet endroit diabolique.

Je passai un bras autour d'elle.

— Comment vous êtes venue jusqu'ici ? (Elle darda ses yeux violets sur moi.) Loin de moi l'idée de m'en plaindre, au contraire.

— On est venus en voiture.

— On… ?

— Le Voyant est en pleine négociation avec le gouvernement, alors, c'est Alonzo et moi.

— Dans la Cadillac ?

— Forcément. Et nous ne sommes pas les seuls. Il y a pas mal de belles voitures garées en bas, et étrangement, parmi les gens qui entrent au monastère, certains ne sont pas de mon pays.

— Êtes-vous armée ?

— *Sí*, j'ai l'un des pistolets d'Adan.

— Donnez-le-moi.

Elle fouilla sous sa jupe et sortit un .38 à canon court d'on ne sait où.

— Tenez.

Elle me le donna et examina à nouveau les alentours.

— Où est Adan ?

Je ne répondis rien, parce que je ne savais pas trop quoi dire – mon regard croisa le sien et tout y était.

— Je suis tellement désolé.

Son visage se figea, puis elle baissa les yeux. D'un doigt, elle essuya les larmes.

— Comment l'ont-ils tué ?

— Il vaut mieux ne pas savoir.

Ses yeux revinrent se planter dans les miens.

— Qui l'a tué ?

— Je ne sais pas. (J'ouvris la culasse et comptai mes munitions.) Ils nous ont fait prisonniers après que Lowery, leur expert informatique, nous a dénoncés.

Elle réfléchit une nanoseconde, et son visage devint féroce.

— Alors c'est lui que je tuerai en premier. J'ai du sang espagnol, je ne dors jamais – j'ai du temps pour mettre au point ma vengeance.

Elle étira sa nuque et contempla le monastère, les yeux pleins d'un orage aussi menaçant que les nuages qui s'amassaient à l'ouest.

— Votre fille, vous l'avez vue, elle va bien ?

— J'ai vu Alexia, la nounou, qui prend soin d'elle. Elle dit que Cady va bien.

Elle hocha la tête.

— Vous êtes sûr que la nounou ne vous dénoncera pas, elle ?

Je me penchai un peu à mon tour, pour garder un œil sur la grange où était toujours posté le garde.

— Culpepper a tué son neveu.

— Nous pouvons lui faire confiance, alors ?

Devant le sujet pluriel, je ne pus retenir un sourire triste.

— Ouaip.

— Alors, c'est celui-là qu'on tue en premier.

— Bon, quand vous serez sûre de l'ordre, vous me direz. D'ici là, je vais aller récupérer les armes que j'ai planquées de l'autre côté du mur près du monastère, elles risquent d'être utiles dans un avenir proche.

— Vous ne pouvez pas vous promener dans les rues.

— Vous sauriez me déguiser ?

— Pas de façon assez convaincante, non.

Elle me détailla de haut en bas, secouant la tête, les yeux brillants.

— Il faut que vous vous cachiez. Nous, on va récupérer les armes, et ensuite on vous rejoint.

Même si j'aurais bien aimé la contredire, la logique était imparable.

— Une idée de l'endroit où je pourrais me planquer ?

— Ici, c'est trop exposé.

Elle se rapprocha tout contre moi, ses lèvres près de mon oreille tandis que quelques personnes passaient à côté de nous, puis elle leva les yeux vers la grange.

— *El ratón se esconde en la espalda del gato.*

— Ce qui veut dire ?

— "La souris se cache sur le dos du chat." (Elle marqua une pause.) Je ne sais pas si vous avez remarqué, mais personne ne s'approche de ce bâtiment rond.

— Sauf Culpepper et ses potes. Vous pensez qu'il y a quelque chose là-dedans ?

— Je ne sais pas, mais on dirait qu'il est assez à l'écart. Jusqu'à ce qu'ils découvrent que vous avez disparu, on est libres de nos mouvements, mais une fois qu'ils auront remarqué votre absence, ils se lanceront à votre recherche et je ne suis pas sûre qu'il y aura tellement d'endroits où se cacher.

— D'accord.

— Alonzo et moi, on récupère les armes, ensuite on revient vous chercher. Il faudra que vous nous repériez et que vous nous fassiez savoir où vous êtes.

Je lui fis une description détaillée de l'endroit où j'avais caché les armes, puis sondai l'obscurité vers la gauche, où la ruelle pavée continuait à faire le tour du bâtiment.

— Je vais voir de l'autre côté s'il y a un autre accès, alors cherchez-moi par là-bas.

Tandis qu'elle s'apprêtait à partir, je la retins par le bras.

— Et faites attention. Je ne sais pas s'ils savent où sont ces armes.

Elle acquiesça, prit son élan et, le visage déterminé, se mit à tourbillonner, un bras en l'air, claquant des doigts comme si elle tenait des castagnettes.

Sans m'écarter du mur, je progressai en jouant l'ivrogne qui titube, avant de dépasser précautionneusement le coin du bâtiment. Je m'y appuyai lourdement, comme si j'étais sur le point de vomir à nouveau.

L'édifice était en réalité octogonal plutôt que cylindrique, avec des contreforts en pierre, de hautes fenêtres arrondies et un toit couvert de tuiles comportant une large coupole au milieu. Les fenêtres étaient obturées par de la peinture noire à l'intérieur, ce qui était rarement bon signe, où que ce soit. En approchant, je repérai une autre porte à l'arrière gardée par une sentinelle munie d'une arme automatique.

Coincé des deux côtés, je choisis le milieu, où un mesquite qui avait réussi à pousser au pied du bâtiment adjacent occupait le petit espace entre les deux édifices. Ce n'était pas l'arbre le plus robuste du monde, mais il me permettrait peut-être de me hisser à la hauteur nécessaire pour glisser un œil à travers l'une des fenêtres les plus élevées que les peintres n'avaient pas touchées, par manque de peinture ou peur du vide.

Je fus obligé de me mettre de profil pour m'engager dans le passage, alors il était peu probable que quelqu'un s'y risque. Les branches étaient basses et je commençai à grimper, non sans garder un œil de chaque côté. L'arbre était étonnamment costaud, mais comme l'écorce était rugueuse et glissante, je fus obligé de prendre mon temps. La couverture se prit dans une branche morte. Je la laissai ; elle resta accrochée sur le moignon, flottant dans la brise comme le drapeau d'une cause perdue.

À mi-hauteur, je remarquai que les peintres n'avaient pas été jusqu'aux bords ; si je collais mon visage à la vitre, je pouvais distinguer une toute petite partie de l'intérieur. Comme dans les salles de ventes de bétail dans le

Wyoming, il y avait une tribune en gradins, mais la balustrade du deuxième niveau m'empêchait de voir, alors je montai encore, pour enfin avoir une vue plongeante sur la piste et les cages de contention par lesquelles le bétail entrait généralement.

Au premier niveau se trouvaient des tables couvertes de câbles et de batteries de matériel électronique. Des caméras avaient été installées, et je crus identifier une installation de téléphonie par satellite. Pour quelle raison ? Lowery avait dit qu'il disposait d'une connexion internet et de capacités de communications illimitées, mais je ne parvenais pas à comprendre pourquoi ce genre de dispositif pouvait être nécessaire pour un marché aux bestiaux. Peut-être vendait-on de la drogue aux enchères ?

Les festivités du Jour des Morts se poursuivaient, et les tambours et les cuivres résonnaient fort, même ici, alors je ne m'inquiétais pas particulièrement du bruit que je risquais de faire. Si je l'avais voulu, j'aurais pu sauter directement de l'arbre au toit de l'autre bâtiment.

Je baissai les yeux par acquit de conscience et aperçus le faisceau d'une lampe torche qui balayait l'étroit passage. Je me collai contre le maigre tronc dans l'espoir de ne pas me faire repérer, mais le faisceau tomba sur la couverture et se rapprocha.

Ce n'était qu'une question de temps avant que je sois éclairé à mon tour ; le toit était probablement ma meilleure chance. Sans bruit, je levai une jambe, poussai sur l'autre et bondis sur le plan incliné pour accéder au toit in extremis. Je m'accroupis tout près du bord, en espérant que le toit qui me paraissait peu solide le soit un peu plus à cet endroit-là, et j'attendis. Un bruit de tissu qui se déchire monta quand le garde dut tirer sur la couverture pour la décrocher, puis plus rien, ni bruit, ni lumière.

Je gardai un œil sur le sol – l'absence de lampe torche ne signifiait pas forcément qu'il n'y avait personne.

Ma patience fut récompensée quand le garde s'alluma un cigare et alla reprendre son poste, las, supposai-je, de ne pas trouver de cible. J'attendis quelques instants puis, remarquant qu'il semblait y avoir bien plus de monde autour de la grange, allai me poster sur le devant du toit. Des flots de gens quittaient la *plaza* et montaient la colline vers le bâtiment octogonal dont les portes étaient maintenant ouvertes.

Suivant le mur du regard, je ne vis ni Bianca ni Alonzo mais décidai que ce serait une bonne chose de savoir ce qui se passait dans la grange avant de mettre en œuvre une stratégie irrémédiable. Au minimum, les événements fourniraient peut-être une distraction exploitable qui nous permettrait de faire sortir Cady du monastère.

Je retournai vers l'arbre, quittai le toit et m'installai de façon à me trouver au niveau du haut de la fenêtre. La salle était comble, avec des gens dans les allées, dans les escaliers, et un homme se tenait au centre de la piste devant un microphone qui pendait du plafond comme pour un match de boxe.

Je l'entendais parfaitement bien, même si l'intérêt était pour moi limité puisqu'il hurlait en espagnol à une vitesse supersonique. J'en étais à me demander combien de temps encore mes jambes me soutiendraient quand l'homme du jour apparut au bout de la passerelle, à l'entrée de l'arène, là où le commissaire-priseur prenait généralement place, et le seul endroit encore vacant.

Bidarte portait un grand pistolet à la ceinture et il contemplait la scène calmement tout en parlant à des individus qui étaient assis dans la zone réservée aux privilégiés, à l'écart du commun des mortels. Ils formaient un groupe étrange, mais ils étaient visiblement aisés ; ils avaient à leur disposition un bar qui semblait leur être exclusivement destiné.

À nouveau, j'envisageai de descendre pour retrouver mes compatriotes, mais maintenant, j'étais curieux de savoir ce qui allait se passer et je me dis que, tant qu'ils n'avaient pas découvert que j'avais disparu de la *plaza*, je pouvais céder à mon envie et essayer de comprendre ce qui se déroulait sous mes yeux.

L'annonceur au milieu de la piste continua à parler et je commençai à avoir l'impression qu'il ne se passerait rien d'autre quand Bidarte fit un geste et l'homme lui donna le micro. Il se mit à parler à son tour, mais je ne comprenais toujours pas de quoi il s'agissait. Soudain, il fit signe à deux ou trois types armés qui tendirent le bras pour ouvrir les grilles réservées à l'entrée des bêtes.

Je m'attendais à voir apparaître un jeune bouvillon ou un chariot élévateur transportant une palette chargée des paquets que j'avais vus dans le monastère, lorsque quelqu'un entra dans l'arène en trébuchant, poussé par un garde armé. L'homme portait un costume noir et ses mains étaient liées par une attache en plastique. Il était pieds nus et il avait la tête tellement basse que son menton était posé sur sa chemise blanche froissée et tachée de sang.

Bidarte continua à parler à voix basse avant de rendre le micro suspendu au commissaire-priseur, qui ouvrit les enchères pour cet homme.

La foule exprima des réactions variées puis quelqu'un se déplaça pour s'asseoir juste devant moi, m'empêchant de voir. Je me décalai sur la droite – l'homme pieds nus se trouvait toujours au centre de la piste, mais maintenant, un autre individu descendait les marches des gradins et se dirigeait vers lui. Pas un mot ne fut échangé entre eux, puis l'homme qui était venu de l'assistance brandit un pistolet et lui tira une balle en plein visage.

Je restai figé, accroché à mon arbre, tandis que le prisonnier entravé tombait en arrière dans la poussière. Il ne bougeait plus. La foule poussa des cris, et l'homme armé leva son pistolet, comme pour se congratuler d'une victoire, avant de le jeter sur la poitrine du mort et de lui cracher dessus.

Je repris mes appuis sur ma branche et baissai les yeux ; deux personnes se trouvaient en bas et levaient la tête vers moi. Peinant à retrouver ma voix, je leur lançai en coassant un des rares mots espagnols de mon vocabulaire tout en sortant le .38 de mon jean.

— *Vámanos*...

— *Vete*, c'est ce mot-là que vous cherchez.

Sans me lâcher du regard, le plus grand des deux ajouta ;

— Et je veux bien, mais peut-être qu'on devrait d'abord vous donner ces armes ?

Alonzo gloussa et, même dans le noir, je distinguai son sourire, qui réussit à me remonter un tout petit peu le moral.

Je descendis de mon arbre pour les rejoindre.

— Vous les avez trouvées ?

— Ils ont dû découvrir les autres, mais celles-ci étaient enterrées un peu plus loin, sous des pierres plus lourdes, alors j'ai pu les récupérer. (Il me tendit le sac des Dallas Cowboys.) Comme vous le savez, ce sont principalement de vieilles armes de poing, et je crains qu'elles ne suffisent pas.

Je posai le sac par terre, sortis mon coupe-vent en toile et l'enfilai avant d'en remplir les poches.

— Ça va aller. J'ai d'autres équipements qui vont pouvoir me servir, je crois. Il faut que vous partiez.

Ils me dévisagèrent, et Bianca parla la première.

— Vous êtes fou ? Ils vont vous tuer.

— Peut-être, mais il n'y a qu'une manière de s'assurer qu'ils ne vous tuent pas, vous, et c'est que vous partiez. Maintenant.

Je décidai de ne pas prendre de gants.

— Écoutez, si tout se déroule comme je le prévois, la seule façon de procéder, c'est frontalement. J'ai déjà fait tuer votre frère et il n'est pas question que ça vous arrive aussi. (Je m'approchai.) Je n'ai probablement pas beaucoup de temps, mais vous pouvez m'aider en disposant des véhicules sur la route de manière à ce qu'ils bloquent la circulation. Faites en sorte qu'ils ne puissent pas être déplacés, crevez les pneus, arrachez les fils électriques, ce que vous voulez. Ensuite, attendez ma fille de l'autre côté. (Je poursuivis avant qu'ils puissent m'interrompre.) Si vous voyez arriver quelqu'un d'autre, cela signifie que j'ai échoué et vous devez vous enfuir le plus rapidement possible pour sauver votre peau. Maintenant, partez.

Alonzo fronça les sourcils.

— Et vous ?

Je lui tendis le sac.

— J'ai d'autres projets.

Il examina l'intérieur du sac.

— Vous n'avez pas pris de pistolet.

Rendant à Bianca le .38 qu'elle m'avait prêté, je secouai la tête.

— Je ne vais pas en avoir besoin.

Je constatai qu'il n'y avait presque pas de place derrière le garde que je venais d'assommer.

Je l'assis doucement sur le banc à côté de la porte de la grange, rabattis son chapeau de cow-boy sur son visage et posai son fusil sur ses genoux. Puis, je me glissai dans la salle. Comme je faisais pratiquement une tête de plus que tout le monde, j'avais une vue d'ensemble sur tout ce qui se passait sur la piste.

La plupart des transactions n'étaient pas aussi violentes que celle à laquelle j'avais assisté précédemment. Les prisonniers accablés apparaissaient, poussés par des hommes armés, puis après quelques enchères, étaient emmenés par les mêmes gardes. Soudain, j'aperçus Culpepper qui entrait par un des accès latéraux, s'approchait de l'estrade pour chuchoter quelque chose à l'oreille de son chef.

Je m'empressai de baisser la tête quand Bidarte scruta la salle. Il revint à Culpepper et le renvoya. De retour au centre de l'estrade, il resta immobile quelques instants, puis lentement leva la main. Dans le brouhaha ambiant, personne ne remarqua son geste, et au bout d'un moment, il dégaina le revolver à canon long qu'il portait à la taille et tira un coup en l'air.

Le bâtiment tout entier se figea, comme si tout le monde posait pour une photo de classe.

— Mesdames et messieurs, je me rends compte qu'une occasion unique se présente…

J'étais pratiquement sûr qu'il était passé à l'anglais pour que je comprenne.

— Ce soir, nous avons une occasion très spéciale, une occasion qui ne se présente qu'une fois dans de nombreuses vies. Certains d'entre vous ont connaissance des ennuis que j'ai eus dans le Nord, et de la raison pour laquelle je suis venu m'installer définitivement ici.

Il marqua une pause, examinant la foule avant de reprendre.

— Cependant, il y a un homme, un individu qui me poursuit jusqu'ici à seule fin de me détruire.

Un grondement s'éleva dans la salle, il l'interrompit d'un geste.

— Non, s'il vous plaît... C'est un homme brave, je lui ai laissé peu de choix et, ce soir, je lui en donne un seul.

Il fit un signe à ses sbires et ils ouvrirent les portes.

Les mains de Cady étaient également attachées par un lien en plastique, mais contrairement aux autres, elle avait la tête haute, répondant fièrement aux huées en dardant sur la foule ses yeux gris acier étincelants.

Un des gardes esquissa un mouvement vers elle, mais d'un regard elle le fit reculer et avança de trois pas vers le centre de l'arène. Elle resta là, inspectant les lieux avant de regarder Bidarte.

Elle portait mon insigne et elle avait l'air de s'ennuyer.

— Alors, qu'est-ce qu'on attend ?

La foule applaudit à nouveau, et Bidarte resta impassible. Le commissaire-priseur s'avança vers lui, mais il l'arrêta d'un signe de tête et rapprocha le micro de sa bouche.

— Très bien... Nous avons ici la fille de mon ennemi. Elle est assistante du procureur aux États-Unis – ce qui témoigne une fois de plus de la nécessaire ampleur de ma vengeance. (Le sourire revint sur ses lèvres.) Quelle va être l'enchère de départ pour ce charmant spécimen…

— Quatre millions, deux cent quatre-vingt-deux mille quatre cents dollars américains.

Ma voix rebondit en écho sur les murs de pierre et les spectateurs tournèrent la tête vers moi comme un seul homme.

— Et soixante-deux cents.

Me frayant un chemin dans la foule, je gardai les mains dans les poches. Par les marches sur ma droite, j'accédai à la passerelle, à l'opposé mais à la même hauteur que Bidarte.

Cady me regarda et je ne pus m'empêcher de lui faire un clin d'œil, auquel elle répondit le menton levé, avec un sourire féroce – si nous devions mourir, ce serait avec allure.

— Quoi, mon argent n'est pas assez bien ?

Avant que Bidarte puisse parler, un des individus bien habillés leva la main et lança :

— Quatre millions deux cent quatre-vingt-deux mille cinq cents dollars américains.

Calmement, le chef de l'organisation brandit son revolver et abattit d'une balle en pleine tête l'homme, dont la cervelle éclaboussa les spectateurs assis à côté de lui. Le mort s'écroula sur les genoux de sa voisine, qui le poussa en avant comme si elle délogeait un chat importun.

Bidarte revint à l'assistance et lui adressa un large sourire.

— Quelqu'un d'autre pour enchérir ?

Le silence s'installa.

Il étendit les bras, paumes vers le haut, dans un geste faussement exaspéré, sans lâcher son revolver.

— Personne ?

Le silence s'éternisa.

Il dirigea le canon de son arme vers ma fille, et j'étais sur le point de sauter par-dessus la balustrade quand il visa le plafond, tira dans les poutres dégrossies à la main.

— Adjugé vendu !

La foule lança une acclamation et j'avançai jusqu'au bord avant de passer une jambe par-dessus la barrière tandis que Cady se précipitait vers moi. À peine arrivé sur le sol sableux de la piste, je l'attrapai, puis glissai une main dans ma poche arrière pour y prendre un canif rouillé que j'avais prélevé dans le sac de sport pour couper ses liens.

— Ça va ?

Ses yeux s'écarquillèrent.

— Tu plaisantes, j'espère ?

J'attendis que le brouhaha s'atténue, et Bidarte lança :

— Elle est libre de partir…

Il n'ajouta pas un mot, mais au bout d'un moment il fit un signe en direction du portail derrière nous et deux de ses hommes obéirent. La foule recula, nous ouvrant un passage tandis que je m'adressais à Bidarte.

— Pas de coup tordu.

Il haussa les épaules puis, avec un mouvement du menton, compléta :

— … mais pas vous.

J'acquiesçai et baissai la tête pour parler à mi-voix en articulant au minimum.

— Va-t'en d'ici, Cady. Il y a une voiture qui t'attend sur la route principale. Monte dedans et tire-toi le plus vite possible.

Elle me serra plus fort.

— Je ne te laisserai pas.

— J'ai un plan.

— Mon Dieu, non… S'il te plaît…

— Ton enthousiasme fait plaisir à voir. (Je baissai la tête pour coller mon front au sien.) Va rejoindre cette voiture – c'est ta seule chance.

Je la poussai doucement, mais elle restait plantée là, à me fixer tandis que je lui répétais :

— *Vas-y.*

Elle recula lentement, les joues couvertes de larmes, et traversa la foule jusqu'à la sortie. Elle me lança un dernier regard comme si elle voulait graver mon visage dans sa mémoire, puis elle disparut.

Après un grand défi, une grande crise, arrive le moment où les nerfs se figent et on s'installe dans la nouvelle configuration parce qu'on a l'impression que la possibilité d'une nouvelle horreur est exclue. On n'a plus d'autre choix que de prendre un peu de recul et d'évaluer la situation dans sa globalité. De constater qu'il est finalement trop tard. Et on commence à s'habituer à l'idée que c'est fini, qu'il n'y a plus rien à faire, sauf peut-être une chose.

Gagner du temps.

Je m'adressai à Bidarte.

— Bon. Me voici.

Il joua avec son pistolet, allant jusqu'à essayer de le faire tourner autour de son doigt.

— Eh oui.

— Alors, faites ce que vous avez à faire, injuriez-moi, torturez-moi, ou tuez-moi, mais faites-le vite parce que j'en ai assez de vous, de votre immoralité, de votre brutalité et de votre folie. Vraiment assez.

Tout en me toisant, il sourit et rangea son revolver.

— Non, je ne vais pas vous injurier, ni vous torturer ni vous tuer. Vous voyez, shérif, je vais vous vendre.

La foule lança une nouvelle salve d'acclamations, et j'en profitai pour me placer au centre de la piste. Quand le bruit se fut calmé, je me grattai le cou comme Will Rogers dans ses grands jours et le toisai à mon tour.

— À mon avis, je ne vais pas vous rapporter grand-chose.

— Vous sous-estimez votre valeur.

Il désigna le groupe de privilégiés dans la tribune réservée, auquel il manquait celui qui avait été abattu et emmené par un de ses sbires.

— N'importe lequel de ces hommes de qualité sera heureux d'acheter votre sort, ainsi qu'un certain nombre d'autres clients que nous avons en ligne, là-bas.

Je jetai un coup d'œil vers les appareils électroniques, et aux jeunes gens qui s'y étaient installés.

— Vous plaisantez, là.

Il eut l'air authentiquement surpris.

— Non, pas du tout… Vous vous êtes fait un certain nombre d'ennemis pendant votre longue carrière de shérif, et parmi eux, on compte des gens très puissants, dotés d'une excellente mémoire et de… comment dirais-je, de poches très pleines.

Reculant d'un pas, il rugit dans le micro.

— Mesdames et messieurs, nous sommes arrivés, un peu brutalement, je le reconnais, à l'événement principal de cette soirée : la vente aux enchères du shérif Walter Longmire.

La foule s'écria à nouveau, mais malgré tous mes efforts, je ne l'entendais plus ; comme le ronronnement des pneus sur une autoroute interminable, le bruit était là, mais je ne l'entendais plus.

J'observai Bidarte qui battait le rappel et suivis même le début des enchères. Je me demandai qui étaient ces gens qui m'en voulaient tellement. Certains d'entre eux me paraissaient vaguement familiers – le type bronzé, au bout, était peut-être apparenté au dealer que j'avais tué à Philadelphie ; le costaud, là-bas, était peut-être lié à l'agent du renseignement dont j'avais provoqué la mort au Vietnam ; la femme avait une ressemblance étonnante avec l'homme riche qui avait mis en scène sa propre mort sur la Powder River – tous pouvaient être liés d'une façon ou d'une autre à l'Asociación Punto Muerto ou à d'autres individus qui après avoir croisé mon chemin avaient malheureusement perdu la vie.

Reculant vers l'estrade où se tenait Bidarte, je levai les yeux vers tous ces gens et vers les jeunes pendus au téléphone, et j'écoutai monter les enchères sur ma misérable carcasse. Les choses allaient si vite que Bidarte avait été contraint de rendre le micro au commissaire-priseur.

— *Seis millones cuatrocientos mil!*

Tout en fourrant mes mains dans mes poches, j'observais les spectateurs qui criaient et je me demandai ce qui les avait motivés à venir ici. Certains étaient, à n'en pas douter, des innocents attirés par la puissance de l'argent et du pouvoir, mais les autres ?

— *Seis millones quinientos mil!*

C'était vraiment dommage, et quand on voyait la beauté de l'endroit, c'était aussi terriblement triste. Je contemplai la structure de la halle aux bestiaux et pensai aux moines et aux ouvriers qui avaient dû la construire en même temps que le monastère.

— *Seis millones seiscientos mil!*

Je repensai aux choses auxquelles je pensais toujours quand j'étais confronté à des édifices aussi impressionnants. Je savais qu'ils avaient été bâtis pour être des monuments dédiés à Dieu, mais je ne pouvais jamais m'empêcher de m'émerveiller devant les hommes qui les avaient construits.

— *Seis millones setecientos mil!*

Quatre-vingt-seize hommes étaient morts pendant la construction du barrage Hoover, mais contrairement à la croyance populaire, personne n'avait été enfoui dans le béton. Quatre-vingt-seize hommes, et c'était avec des techniques relativement modernes.

— *Seis millones ochocientos mil!*

Combien de vies avaient été sacrifiées pour bâtir la Grande Muraille de Chine, les Pyramides de Gizeh, le Taj Mahal, le Colisée, les deux mille temples de Bagan, Angkor Wat ou Notre-Dame de Paris ?

— *Seis millones novecientos mil!*

J'imagine qu'il y avait pire entreprise à laquelle sacrifier sa vie, que celle de contribuer à quelque chose qui survivrait éternellement comme testament non seulement à Dieu mais à la beauté de l'esprit humain et sa capacité à imaginer, concevoir et édifier de tels monuments.

— *Siete millones!*

J'étais toujours surpris de voir comment les gens pouvaient renier la seule et unique chose qui nous séparait de tant d'éléments du monde naturel – la capacité de penser, la responsabilité de demander pourquoi et si…

— *Siete millones cien mil!*

Étant assez peu porté sur la religion, je crois qu'il y a plus de divin dans une idée que dans toutes les prières du monde.

— *Siete millones doscientos mil!*

Mais j'étais là, plein de gratitude pour le fait que ma petite-fille était en sécurité et que ma fille était en ce moment même en train de monter dans une Cadillac rose décapotable de 1959 qui allait la mettre à l'abri.

— *Siete millones trescientos mil!*

Sortant les mains des poches de ma veste en toile, je les portai à ma bouche et attrapai avec les dents les deux anneaux que je tenais au creux de mes paumes; j'en glissai un sur mon petit doigt et crachai l'autre dans le sable. Avec une satisfaction certaine d'avoir été doté de grandes paluches, et une reconnaissance encore plus importante de posséder les objets que je brandissais à bout de bras à la vue de tous.

— *Siete millones cuatrocientos mil!*

Deux grenades prêtes à exploser.

12

Un silence incroyable s'était installé dans la grange, alors que je tournai lentement sur moi-même, montrant à la foule ce que je tenais dans mes mains. Certains d'entre eux comprirent, la majorité n'identifia pas les objets, mais tous furent tout à fait conscients du soudain changement d'atmosphère.

Revenant à Bidarte, je lui souris.

Il secoua la tête.

— Mais qu'est-ce que vous fabriquez ?

— Je fais monter les enchères. (Je le dévisageai.) Ces deux objets pourraient bien être des grenades à fragmentation M67. Un homme de force moyenne peut les lancer à une distance d'environ trente mètres, ce qui signifie que je peux les faire atterrir à peu près n'importe où dans ce bâtiment.

Il continua à secouer la tête et fit signe aux types armés qui maintenant me tenaient en joue.

— Et si on vous descend ?

— Il faudrait que vos tireurs soient vraiment très bons, et en plus, je réussirais quand même à en lancer une. Avec la quantité de composition B que ces engins contiennent, ils ont un rayon mortel de cinq mètres, peuvent blesser jusqu'à environ quinze mètres, et projettent des fragments d'acier à plus de vingt-cinq mètres. Alors si ces trucs explosent… (Je n'eus pas besoin de finir ma phrase.) Tout le monde dans ce bâtiment en profitera.

— Y compris vous.

— Ouaip, mais le truc, c'est que ça n'a aucune importance pour moi. Tout ce qui est important pour moi n'est plus entre vos mains. Vous n'avez plus aucun contrôle sur moi.

Je m'avançai de quelques pas vers lui.

— À votre avis, je ne suis pas prêt à renoncer à ma propre vie pour m'assurer que vous et tous ces autres gens qui nous veulent du mal, à ma famille et à moi, disparaissent à jamais de la surface de la terre ?

Il posa les mains sur la barrière.

— Je ne crois pas que vous le ferez, pas avec tous ces innocents dans cette salle.

J'observai la salle autour de nous.

— J'ai du mal à croire qu'il y ait des innocents ici.

Il secoua la tête à nouveau et fixa ses hommes, cherchant probablement Culpepper, son second, mais je ne le voyais pas, ce qui était soit une très bonne nouvelle, soit une très mauvaise.

J'inspirai un grand coup.

— Eh bien, à défaut d'autre chose, je vais donc sauver ma propre vie.

— Et sortir d'ici ? À pied, comme ça ?

— Comme ça, oui.

Il sourit.

— Vous n'irez pas très loin, là dehors.

— Je suis prêt à tenter le coup.

Je scrutai l'espace derrière moi et fus soulagé de constater que Culpepper n'était toujours pas apparu.

— Demandez à vos hommes d'ouvrir les grilles, et je vais reculer. Ce qui arrivera à partir de là se passera entre vous et moi.

Il me fixa longuement, mais sans son taré d'acolyte, je suppose qu'il ne souhaitait pas courir le risque ; il avait frôlé la mort quand il s'était extrait de la Powder River la poitrine truffée de plomb, et il n'était probablement pas ultra enthousiaste à l'idée de renouveler l'expérience. Il fit un mouvement à peine perceptible du menton, et j'écoutai le grincement des grilles qui s'ouvraient.

Prenant garde à ne pas trébucher, je commençai à reculer, sans cesser de surveiller les types armés postés stratégiquement près de toutes les issues. Certains d'entre eux paraissaient un peu fébriles, mais j'étais quasi certain qu'ils ne feraient rien sans en avoir reçu l'ordre de Bidarte.

Personne ne se mit en travers de mon chemin et j'étais presque sorti lorsque je lançai une des grenades au milieu de la piste.

Aussitôt, la foule commença à courir en tous sens, et même les gardes semblèrent vouloir sauver leur peau en quittant les lieux aussi vite que possible.

Au bout de quatre secondes, le fusible M213 émit un claquement puissant et la grenade commença à déverser dans le bâtiment une épaisse fumée blanche, qui masquait absolument tout. J'enlevai le deuxième anneau de mon petit doigt, réinsérai la goupille dans la cuillère et rangeai la deuxième M67 dans la poche de mon blouson, terriblement soulagé que Culpepper n'ait pas été présent, parce que n'importe quel ancien combattant des guerres récentes aurait immédiatement repéré la couleur bleue des grenades fumigènes.

La plupart des gens toussaient et vacillaient dans le brouillard épais. Je m'approchai du garde que j'avais assommé, qui était toujours avachi sur le banc où je l'avais laissé, et lui pris son AK. J'avais encore quelques tours dans mon sac, mais j'allais devoir les distiller intelligemment si je voulais survivre à cette nuit.

Je défis le cran de sûreté et tirai une longue rafale au-dessus du bâtiment, ce qui augmenta encore le chaos car une grande partie du public reflua à l'intérieur, persuadée que la guerre avait commencé.

M'éloignant à petites foulées, je visualisai le plan du minuscule village dans ma tête et partis vers la droite, pour longer le mur vers le monastère où j'avais encore quelques petites choses à faire avant de voir si je pouvais sortir sans me faire trouer la peau.

Je fonçai vers la *plaza* et je me glissai derrière les marionnettes géantes qui avaient été utilisées pour le défilé du Jour des Morts au moment où trois gardes armés sortaient en courant du monastère pour se diriger vers la grange où régnait le chaos.

Brandissant le canon de la kalachnikov, je m'engageai dans l'entrée principale et examinai les couloirs, mais il n'y avait personne. J'envisageai brièvement de me rendre dans la pièce où se trouvait l'émetteur radio, mais conclus qu'avec mes connaissances limitées, ce serait perdre un temps que je n'avais pas.

Alexia m'occupait l'esprit. Il n'était pas question que je parte d'ici sans elle, pas après la manière dont elle avait pris soin de Cady, sans parler des prisonniers qui se trouvaient dans la position que j'occupais quelques heures auparavant et auraient très probablement d'excellentes raisons de contribuer à la panique générale.

Je descendis les marches et ouvris la première série de portes, sans trouver personne à l'intérieur. Peut-être les prisonniers avaient-ils été emmenés de force à la halle aux bestiaux pour les enchères humaines. Tout à coup j'entendis quelques personnes crier, plus loin. J'ouvris la première cellule, mais elle était vide. Je m'apprêtais à m'en aller quand quelque chose me heurta à l'arrière de la tête.

Je faillis lâcher mon arme mais réussis à la rattraper. Je fixai mon assaillant.

— Adan ?

Il était là, bouche bée, la peau du visage bien tendue sur son crâne, en parfait état.

— Toi ! ? (Il m'attrapa les épaules.) J'étais sûr que tu étais mort, mon ami !

— Je croyais qu'ils t'avaient découpé le visage.

Il eut l'air troublé.

— Non… ils ont amené un homme dans la cellule et lui ont arraché le visage pour me montrer ce qu'ils me feraient si je refusais de parler. (Il réfléchit.) Il avait un bouc qui ressemblait un peu au mien…

Je frottai ma tête à l'endroit où il m'avait frappé.

— Je croyais vraiment que tu étais mort.

— Non, je suis vivant, et relativement en forme, tout compte fait. (Il eut soudain l'air inquiet.) Qu'est-ce qui se passe ?

— J'ai sauvé Cady.

— Magnifique !

— Mais je ne suis pas certain qu'on s'en sorte.

— Ah, il ne nous reste qu'à nous enfuir.

Tout en l'entraînant avec moi, je lui expliquai la manœuvre de Bianca et Alonzo.

— Pour autant que je sache, ils ont bloqué la route et sont en train de descendre de la montagne. (Je marquai une pause.) Elle m'a sauvé la vie.

— Ma sœur ?

— Ouaip. Elle m'a sauvé.

— C'est une femme extraordinaire.

Il fronça les sourcils et réfléchit à la manière dont nous allions nous en tirer.

— Le barrage ne retiendra pas Bidarte longtemps, mais s'ils réussissent à prendre suffisamment d'avance, ils devraient pouvoir rejoindre la route du Nord à partir de Torero et rentrer chez nous.

— Et après ?

— Ça dépend de la direction que nous choisirons. On ne pourra pas s'enfuir par cette route – Bidarte va forcément nous poursuivre par là. Seuls les fous optent pour le canyon et la rivière, surtout que je ne sais pas du tout comment trouver des chevaux ou des mules ici. Les mules sont vraiment le seul moyen d'emprunter ces sentiers.

— Alors, c'est le canyon, mais je veux causer quelques dégâts avant qu'on parte.

Il me suivit tandis que nous continuions à ouvrir les portes et à libérer les hommes qui restaient.

— Je m'en doutais.

Avec l'aide des ex-prisonniers, nous réussîmes à jeter non seulement les caisses pleines de drogue mais aussi l'argent liquide par les fenêtres au bout du couloir, dans l'espace derrière le monastère, où l'odeur des crassiers de la mine de soufre et du méthane provenant des corps en décomposition était la plus forte.

Après avoir gratifié le dernier prisonnier d'une tape encourageante sur l'épaule, Adan le fit fuir en lui expliquant que rester avec nous était probablement le pire des choix s'il voulait sauver sa peau. Nous nous retrouvâmes tous les deux seuls.

— En quoi ça va nous arranger, ça ?

Balançant la dernière caisse par la fenêtre, je lui expliquai :

— Je vais mettre le feu.

Ses yeux s'écarquillèrent.

— Tu vas mettre le feu aux mines ?

— Oui.

Il se pencha par la fenêtre pour contempler les cavités et les crassiers qui ponctuaient la pente rocheuse, le jaune luminescent du soufre encore plus visible la nuit.

— Nous n'avons aucune idée du genre de dégâts que cela va provoquer.

— Le soufre n'explose que dans des environnements clos, comme ces grottes inhabitées, sinon, il brûle.

— En produisant du dioxyde de soufre.

— Ouaip, mais n'importe quelle personne assez motivée parviendra à déplacer le barrage à temps, et ensuite, ils pourront s'échapper sans dommage.

— Et si Bidarte et ses hommes essaient de rester pour récupérer leur argent et leur marchandise ?

— Ils mourront. (Je levai les yeux vers les falaises colorées.) C'est plutôt approprié que le diable meure étouffé par des vapeurs de soufre, tu ne trouves pas ?

— Génial. J'espère juste que le mur de soutènement est assez solide pour contenir l'éboulement, ajouta-t-il en souriant.

— Avant, il faut qu'on sorte d'ici et qu'on retrouve les mules, parce qu'à mon avis, elles ne vont pas apprécier ce festival pyrotechnique.

Avec Adan dans mon sillage, je repartis dans le couloir. Je fus contrarié d'entendre des cris provenant de la *plaza* et récompensai le premier garde armé à apparaître d'un coup de crosse de mon AK. Comme il n'avait pas totalement perdu connaissance, je l'enfermai dans une des pièces et en coinçai la porte. Je récupérai la kalachnikov sur le sol et la tendis à Adan.

— Tiens, on pourra ouvrir un magasin d'armes de l'ancien bloc soviétique une fois qu'on sera rentrés chez toi.

Nous avions atteint le bout du couloir quand je perçus les sons typiques d'un échange de coups de feu simulé électroniquement. Je posai un index sur mes lèvres puis poussai doucement la porte pour découvrir Peter Lowery dans son fauteuil de gamer, dos à nous, en train de décimer des soldats sur l'écran.

Il avait son casque sur les oreilles mais le volume était tellement élevé qu'il était nettement perceptible depuis le couloir. Lentement, j'approchai le canon du 7.62x39 mm et tirai quelques coups.

L'écran plat explosa dans une grande gerbe d'éclats de verre et d'étincelles et Lowery partit en arrière, tomba de son fauteuil de navette spatiale à mes pieds tandis que son casque volait. Les tirs continuaient, l'installation sonore n'était apparemment pas reliée au téléviseur.

Je visai la tour de l'ordinateur et la pulvérisai avec quelques balles.

Lowery se mit à hurler.

— Merde, merde, merde !

— La ferme.

Il baissa lentement ses bras dans lesquels il avait enfoui son visage et leva les yeux vers moi.

— Vous êtes vivant ?

— Tu ne crois pas si bien dire.

Je l'attrapai par le devant de son T-shirt, saisissant aussi un peu de peau au passage, et le hissai pour le remettre debout.

— Attendez, attendez !

L'empoignant par la gorge cette fois, je l'attirai tout près de moi.

— Quoi ?

— C'est moi qui vous ai aidé à appeler les flics, vous vous souvenez ?

— Et tu les as envoyés dans un restaurant à Mexico City.

— Quoi ?

— Culpepper a dit que tu leur avais donné les coordonnées du Taco Garage, ou quelque chose comme ça.

— Quoi ? Attendez, non… Culpepper dit n'importe quoi. Il connaît même pas les coordonnées de son trou de balle alors qu'il l'essuie tous les jours.

Il essaya d'enlever ma main mais renonça. Je le fis pivoter et le collai contre le mur, en le soulevant jusqu'à ce qu'il soit sur la pointe des pieds.

— Écoutez, les fédéraux le sauraient si je leur avais donné les coordonnées de la capitale du Mexique !

— Alors, tu les as envoyés où ?

La panique déformait ses traits.

— Ici, je les ai envoyés ici, merde !

— Pourquoi tu as changé d'avis et tu nous as dénoncés ?

Son visage trahissait l'évidence. Il se débattit encore plus fort.

— Pour qu'ils ne me tuent pas, putain !

J'interrogeai Adan :

— Tu le crois ?

Le Doc acquiesça.

— Il a trop peur pour mentir.

— On peut lui faire confiance, à ton avis ?

— Du moment qu'on garde l'avantage.

Je me tournai vers le génie des ordinateurs.

— Tu changes de camp à nouveau et je te coupe la tête avant de la planter au bout d'un bâton, c'est compris ?

Il acquiesça et je le posai sur le sol.

— Est-ce que tu as un autre moyen d'entrer en contact avec le monde extérieur ?

— Autre que l'ordinateur que vous venez de bousiller ?

— Ouaip.

Il se pencha et prit un petit étui en vinyl rembourré, ouvrit la fermeture à glissière et en sortit un petit téléphone portable dans une coque noire avec des bandes jaunes.

— Sonim XP.

— À quoi il va servir s'il n'y a pas de réseau ?

— C'est un téléphone satellite, il fonctionne partout, enfin, presque.

— *Presque* partout ?

— Inmarsat ne fonctionne pas au pôle Nord ni au pôle Sud, mais en dehors de ça… Je ne sais pas, parfois il ne marche pas et il faut l'éteindre et le rallumer comme n'importe quel appareil, mais tant qu'on a l'alimentation et un ciel dégagé, y a pas de raison.

Je lui pris l'appareil, qui semblait d'une simplicité désarmante.

— Comment il fonctionne ?

— Comme un portable.

— Pour appeler les États-Unis ?

— L'indicatif du pays, 011, puis 870 puis le numéro.

— Le chargeur ?

— À moins que vous vouliez parler plus de huit heures, on peut s'en passer.

Je fourrai le téléphone dans ma poche.

— Bon, maintenant, dis-moi où ils ont enfermé Alexia.

— Qui ?

— La femme mexicaine qui s'occupait de ma fille.

Il leva les yeux vers le plafond.

— À l'étage.

Je le poussai vers la porte.

— Emmène-moi.

Tout en se massant la gorge, il coassa.

— Et moi, j'ai pas droit à une arme ?

Adan et moi répondîmes de concert.

— Non.

Je l'obligeai à passer devant et nous le suivîmes dans l'escalier jusqu'au palier du premier étage. Le couloir paraissait désert.

Lowery désigna une porte au bout.

— C'est là, ils l'avaient enfermée là, et dans la pièce à côté.

J'accélérai le pas vers l'endroit indiqué après avoir fait signe à Adan de se poster en haut de l'escalier, juste pour s'assurer que personne ne montait derrière nous. Les logements étaient un peu plus jolis à cet étage, les portes étaient équipées de serrures normales et je remarquai que la clé était insérée dans la porte que Peter avait désignée comme étant celle de la geôle d'Alexia, ce que je trouvai bienvenu. Je pris la précaution de frapper.

— Alexia, c'est moi, le shérif.

Pas de réponse.

Je tapai plus fort.

— Alexia, c'est moi, Walt Longmire.

— Shérif?

La voix était faible, mais malgré tout audible.

J'ouvris la porte et la découvris par terre à côté d'une chaise. Je me précipitai, la retournai. Elle avait un œil au beurre noir, tellement gonflé qu'il était totalement fermé; la peau était fendue sur l'arête de son nez et au coin de sa bouche. Elle avait visiblement reçu des coups de pied dans le front, dont le côté était éraflé et saignait, et ses narines étaient pleines de sang coagulé.

— Oh, Alexia…

— Ce n'est pas aussi grave que ça en a l'air.

Adan s'était empressé d'aller dans la pièce voisine chercher des serviettes mouillées, et il entreprit de nettoyer doucement ses plaies.

— Qui vous a fait ça?

Malgré la difficulté qu'elle avait à articuler, elle cracha:

— Culpepper. Quand ils sont venus chercher Miss Cady, je me suis battue avec eux et je l'ai mis par terre devant ses hommes.

— Oh, je parie qu'il a adoré.

Elle esquissa un sourire.

— Il est très fâché.

— Je m'en doute. (Je l'aidai à se redresser.) Est-ce que vous tenez debout ?

— Oui, oui, mais où est… ?

Elle réussit péniblement à se remettre sur ses pieds.

— En sécurité, sur la route en train de s'éloigner d'ici. Et on devrait y aller, nous aussi.

Elle leva le menton, reprit ses appuis dans ses bonnes chaussures plates et partit vers la porte avec la détermination d'un général d'armée.

— Partons.

Je glissai un sourire aux deux autres et nous lui emboîtâmes le pas. Dans le couloir, je passai devant et descendis le premier l'escalier vers la *plaza*, espérant de tout cœur me retrouver face à Culpepper.

Je refis le même chemin qu'à l'aller, longeant les murs pour éviter les foules. Un virage à gauche, jusqu'à la ruelle derrière la halle aux bestiaux, et le petit pré où j'espérais que les mules étaient encore en train de paître comme si rien ne s'était passé.

La plupart des gens qui avaient assisté à la vente aux enchères couraient vers le monastère et la route principale, alors je ne m'inquiétais pas trop qu'on percute quelqu'un dans le noir, mais l'effervescence retombait et ce n'était qu'une question de temps avant qu'ils se lancent à notre recherche.

À peine avions-nous dépassé un bâtiment adjacent que les quatre modes de transport levèrent la tête vers nous. C'était la première fois de ma vie que j'étais aussi heureux de voir des mules.

Lowery s'arrêta net.

— C'est une blague.

Je le poussai du bout du canon de mon AK.

— Quoi ?

— Je pensais que vous aviez un hélicoptère, au moins.

Il avança en trébuchant, et me lança par-dessus son épaule :

— Des ânes ?

— Des mules, et si vous les vexez, vous serez obligé d'aller à pied.

En arrivant près de nos montures, il jeta un coup d'œil autour de lui.

— Je crois que je préférerais.

Je tendis les longes à Alexia et Adan et pointai un index vers le précipice au bord duquel nous avions rencontré la patrouille.

— Allez-y, je vous retrouverai près de l'affleurement rocheux sur la crête, là où on a laissé partir le jeune.

— Qu'est-ce que tu vas faire ? me demanda Adan.

Je sortis la deuxième grenade de ma poche. Dans la nuit, les falaises semblaient plus menaçantes que jamais et l'odeur de soufre saturait l'air.

— Mettre le feu à cet endroit comme si on était le 4-Juillet.

— *Día de los Muertos.*

— J'espère que non, mais au sommet de la crête, tu seras aux premières loges.

Je lui tapotai l'épaule puis serrai Alexia dans mes bras. Je vis Adan hocher la tête et partir, emmenant deux mules et Lowery avec lui.

Sur sa monture, Alexia ne bougea pas.

— Je reste avec vous.

— Non.

Je désignai les deux autres qui s'étaient arrêtés sur la piste, le visage interrogateur. Je lui tendis mon fusil, puis, penché en avant, je touchai doucement son front avec le mien, à l'endroit où elle n'était pas blessée.

— Je ne vous remercierai jamais assez pour ce que vous avez fait pour ma famille et pour moi.

Levant la tête, je déposai un baiser sur ses cheveux noirs mêlés de quelques fils argentés.

— Maintenant, laissez-moi vous aider à mon tour. Cramponnez-vous à cette mule, je crois qu'elle ne va pas aimer ce qui va se passer.

Elle partit rejoindre les autres et ils commencèrent à descendre la piste. Tout en tripotant la goupille de la M67, j'essayai de me rappeler le fonctionnement des grenades avec lesquelles on s'était entraînés autrefois, au Vietnam. Celle que j'avais lancée dans l'arène avait craché quelques étincelles, je n'étais pas certain que cela suffirait à mettre le feu aux déchets miniers chargés de soufre de l'autre côté. J'avais entendu raconter que la chaleur sortant du pot d'échappement d'une moto-cross avait réussi à déclencher un incendie dans des champs, dans le Wyoming, mais je ne voulais pas prendre le risque de gâcher mes chances.

Tandis que j'escaladais le mur, je pensai à tous les corps qui avaient été balancés de l'autre côté et me rassurai avec l'idée que la crémation valait mieux pour eux que de rester à pourrir là.

Si je réglais le détonateur sur le temps le plus court possible, j'étais presque sûr d'obtenir la quantité maximale d'étincelles.

Je me retournai et pus constater, grâce au clair de lune intermittent, qu'Alexia, Adan, Lowery et les mules avaient atteint le premier virage. D'ici quelques minutes, ils seraient en sécurité – du moins, je l'espérais.

Je repris mes calculs. Il ne faudrait sans doute que quelques secondes pour que les flammes bleues grimpent le long des falaises et entrent dans les mines. À ce moment-là, l'explosion du dioxyde de soufre qui y était piégé ferait s'écrouler au moins une partie de la montagne dans une déferlante monumentale de feu bleuté qui ressemblerait à la colère d'un dieu furieux.

Je regardai à nouveau et eus la quasi-certitude d'apercevoir les silhouettes de mes amis au sommet de la crête, sur le point de disparaître à côté du rocher, à presque neuf cents mètres de moi.

Je retirai la goupille sur la M67 puis reculai le bras pour prendre l'élan nécessaire au lancement, quand j'entendis le son caractéristique de plus d'une demi-douzaine d'armes automatiques qu'on chargeait et dont les échos se répercutaient sur la muraille.

Faisant lentement volte-face avec la grenade toujours dans la main, je fus accueilli par Culpepper et huit de ses plus proches acolytes, l'œil bleu clair féroce sous le rebord de mon chapeau, derrière les mires en acier de sa M16, rivé sur moi.

— Hé, shérif, qu'est-ce que vous mijotez ?

Je haussai les épaules, gesticulant avec la grenade.

— Une fête sans feu d'artifice ne serait pas totalement réussie.

Il me fit signe de descendre. Je n'obéis pas, agitant à nouveau mon engin explosif.

— Cela ne vous ennuie pas, que je sois un peu prudent avec ce que je tiens dans ma main ?

— Quoi ? Vous vous inquiétez de nous enfumer à mort ? Voilà ce que ça me rapportait d'essayer d'utiliser deux fois la même ruse.

Il fit un pas en avant, maintenant à deux cents mètres à peine de moi, tandis que les autres se déployaient en éventail.

— C'est vous qui avez balancé tout notre matos par les fenêtres du monastère ?

— Ça m'a paru être une bonne idée, sur le coup.

— Ouais, ben, les quatre crétins qui étaient censés garder les salles se sont fait drôlement rétrograder. (Il remua à nouveau le canon de son arme.) Allez, descendez.

Cette fois, j'obéis, me disant que je n'avais pas d'autre choix. Il baissa son arme tout en restant vigilant.

— Alors, quelque chose à dire avant que je vous rétrograde aussi ?

— Votre patron ne va pas aimer.

— Ah ouais ? Ben, on en a rien à foutre, de ce qu'il en pense.

— Qu'est-ce que ça veut dire ?

— Avec tout ce bordel, mes gars et moi, on a choisi de s'accorder une promotion. On reprend la direction.

Je soupirai.

— Bidarte ne va pas aimer ça non plus.

— Eh ben, comme je l'ai dit, on lui demande pas son avis. Ça fait trop longtemps qu'on supporte ses conneries ésotériques, et on a décidé qu'il était temps de changer de régime.

— Avec vous aux manettes ?

Il sourit encore plus largement puis sur son visage se peignit une expression d'humilité qui ne lui allait pas.

— Vous savez, je me suis creusé la cervelle, et honnêtement, je ne vois personne qui serait mieux placé.

— Il n'y a pas dû y avoir grand-chose à creuser.

Il hocha la tête.

— Eh bien, au moins, vous avez l'honneur d'être mon premier acte officiel.

Il leva le canon du M16 pour me viser entre les deux yeux.

— Je suis heureux de vous avoir connu, shérif.

Sursautant malgré moi sous l'effet de la détonation, je restai là sans bouger tandis que sept autres coups résonnaient et que tous les comparses de Culpepper s'écroulaient sur le sol, le bruit métallique du chargeur d'un M1C Garand qu'on éjecte tout juste perceptible dans l'air nocturne – puis au bout d'un moment, j'entendis au loin le cri d'amour printanier, et tellement incongru, de la sturnelle, l'oiseau national du Wyoming.

Isidro.

Epitafio.

Culpepper n'avait pas bronché, mais il scrutait les alentours, alors que tous ses hommes étaient couchés par terre avec une balle dans la tête, et très probablement morts.

J'ignorais jusqu'où s'étendaient les connaissances de Culpepper sur les armes anciennes. Il faudrait au moins deux ou trois secondes à Isidro pour recharger – mais j'étais prêt à courir le risque.

— Si j'étais vous, je ne bougerais pas un cheveu.

Avançant lentement, je tendis le bras et de ma main libre, je saisis l'automatique. Ensuite, je récupérai mon chapeau, mon colt .45 et le Bowie de Henry Standing Bear.

— Je crois que vos hommes viennent d'être rétrogradés.

Il ne bougea pas.

— Mais qui… ?

— Vous ne me croiriez pas si je vous le disais.

J'agitai mon chapeau en direction de la crête où je voyais quatre individus, y compris celui qui était vêtu d'un poncho en coton flottant dans la brise, dont l'arme était dirigée exactement sur nous. Je remis mon couvre-chef et rangeai mon colt dans le holster que je portais au creux de mes reins, à côté du couteau.

— Maintenant, qu'est-ce que je vais faire de vous ?

— J'ai quelques suggestions à ce propos.

— Je ne vais probablement pas les aimer.

Sans prévenir, je levai la crosse du M16 et lui flanquai un grand coup dans la figure.

Il atterrit à plat dos et resta immobile une seconde – bien sûr, sa bouche fut la première partie de son corps qui se réveilla.

— Ouah…

Il leva un peu la tête puis la laissa retomber.

— Je crois bien que je n'ai jamais reçu un coup pareil de ma vie.

Je fis un pas, posai le canon de mon arme sur sa poitrine, et je dois admettre que j'étais impressionné qu'il soit conscient, et même capable de parler.

— Vous aviez raison, ces crosses sont plus mastoc qu'avant.

Il se frotta la mâchoire, surpris qu'elle soit encore accrochée à sa tête et se cala sur ses coudes.

— J'imagine que vous vouliez me faire payer les coups que je vous ai mis.

— Non, celui-ci était pour Alexia – la dame que vous avez enlevée, celle dont vous avez tué le neveu, celle que vous avez frappée au visage.

Il réfléchit.

— Ah… ouais.

Je pris le S&W .357 dans son holster d'épaule puis lui tapotai les genoux avec le M16.

— Je ne suis pas assez bête pour imaginer que vous n'avez que cette arme-là.

Il baissa la main et je contemplai le côté gauche de sa mâchoire, qui gonflait comme un ballon de foot.

— Au creux de mes reins.

— Mettez-vous sur le ventre. Ce n'est pas vous qui allez le prendre.

Il obéit et je sortis un Glock 9 mm que je rangeai dans mon jean. Il revint sur le dos et leva les yeux vers moi.

Il reprit suffisamment ses esprits pour tenter quelque chose, et donna un coup de pied à mon arme pour la dégager. Je parvins à attraper son poignet avec ma main libre avant de caler un genou et mes cent quinze kilos en plein sur son plexus solaire. Il eut soudain les yeux exorbités et sa cage thoracique s'écrasa sur sa colonne vertébrale. J'écoutai l'air s'engouffrer dans ses poumons avec le bruit d'un soufflet de forge, et il se mit à tousser comme s'il allait cracher ses organes.

Je levai un bras en direction de la crête pour empêcher le sniper de Guzmán de pulvériser la cervelle de Culpepper et l'étaler partout sur l'herbe.

— Juste pour que vous le sachiez, je suis au maximum de ma colère contre vous.

Le M16 à nouveau braqué sur lui, je l'interrogeai :

— D'autres armes, à part votre côté charmeur ?

Il fit signe que non, sans cesser de tousser. Le regard noir avec lequel il me fixait brûlait encore d'une certaine rage.

— J'ai une autre question. Qui a tué le frère de Vic, Michael, mon gendre ?

— Pas moi.

J'agitai impatiemment le canon de mon arme automatique.

— Qui, alors ?

— Je ne sais pas, c'était le truc de Bidarte. Je n'ai rien eu à faire avec ça.

Enfonçant encore plus mon canon, j'insistai.

— C'était bien son truc, donc.

— Tout ce que je sais, c'est que je n'ai rien eu à voir avec ça.

— Il n'a jamais parlé de Michael Moretti à Philadelphie ?

— Pas à moi. Il garde certaines choses pour lui, shérif.

Il essaya de rire, mais avec sa mâchoire abîmée, il n'y parvint pas.

— Écoutez, je ne suis pas en train de dire qu'il ne fourre pas son nez, et autre chose, dans toutes les entreprises criminelles de la planète. Tout ce que je dis, c'est que moi, j'ai rien à voir là-dedans.

Je réfléchis, et il réussit à lire dans mes pensées assez finement.

— Qu'est-ce que vous allez faire, shérif? Vous n'allez pas me tuer, c'est pas dans votre nature. Nous le savons.

Je baissai les yeux vers lui et ne dis rien.

— Si vous aviez eu l'intention de me tuer, vous l'auriez fait juste après m'avoir frappé ou quand j'ai essayé de vous entuber. Vous auriez pu rationaliser la chose comme un acte plein de noblesse. Mais pas là, comme ça, pas alors que je suis par terre, blessé et désarmé.

— Vous voulez dire, comme c'était mon cas, il y a peu de temps ?

Il se frotta encore la mâchoire puis s'assit.

— C'est pas pareil… Vous n'êtes pas un tueur de sang-froid, shérif. Croyez-moi, je le sais. (Il sourit et il y avait du sang entre ses dents.) Je vois votre dilemme. Il faut que vous vous barriez d'ici, mais vous ne voulez pas me tuer, alors, on pourrait passer un accord, vous et moi ?

— Ou je pourrais vous tirer une balle dans la rotule et laisser votre patron faire le sale boulot à ma place.

Ses yeux s'écarquillèrent un tout petit peu.

— Oh, allez, shérif… On n'est pas si différents, deux cow-boys loin de chez nous…

— Laissez tomber.

Il baissa la tête, et j'ai la faiblesse de croire qu'il pensait vraiment ce qu'il venait de dire. L'espace d'un instant, j'aperçus vaguement l'homme qu'il avait été ou celui qu'il aurait dû devenir.

— Entre soldats… ? (Il soupira, relevant les yeux vers moi.) Tout ce que je veux, c'est un peu de fair-play. (Il désigna le mur.) Vous allez faire tout péter, c'est ça ? Donnez-moi trente secondes une fois que j'aurai franchi le mur avant de jeter cette grenade, et je vous jure que vous n'entendrez plus jamais parler de moi.

À mon tour d'y réfléchir, perdant un temps que je n'avais pas.

— Je sais que je suis un salopard, mais vous n'en êtes pas un.

J'observai les falaises, derrière moi.

— Est-ce que vous avez la moindre idée de ce qui va se passer quand ce soufre prendra feu ?

Il retint un rire qui aurait fait cailler un bol de lait.

— C'est forcément mieux qu'une balle dans la tête.

— Pas nécessairement.

Jugeant que cette conversation avait assez duré, je reculai. Il sourit et il y avait beaucoup de sang entre ses dents.

— Merci.

Lentement, il se redressa et, avec précaution, se mit debout.

— D'ici une minute, vous ne me remercierez pas.

Il acquiesça et se dirigea vers le mur, la démarche un peu vacillante.

— Je suis étonnamment agile, même avec vingt-quatre côtes cassées.

Il se hissa sur les premières pierres puis tendit les bras pour s'accrocher au bord du mur et grimper. Quand il fut à califourchon au sommet, les remords commencèrent à m'assaillir, comme je m'y attendais.

— Allez, redescendez de ce côté, et je vous laisserai partir dans l'autre direction, vers le monastère.

— Non, on a passé un accord.

Cette fois, il rit de tout son cœur.

— Je me connais assez pour savoir que si je vous prends au mot, je changerai d'avis, je dénicherai une arme et je vous retrouverai.

Il regarda de l'autre côté du mur, contemplant probablement tous les corps à moitié putréfiés.

— Je mérite ce qui m'arrive, et qui sait, peut-être que je m'en sortirai.

Sans répondre, je balançai son fusil sur mon épaule et dégainai la grenade.

Il frotta sa mâchoire à l'endroit où je l'avais frappé, son visage maintenant complètement déformé.

— Trente secondes ?

— Je vous en donne quarante-cinq.

— Allez, vive les Dallas Cowboys !

Après avoir levé le poing et avec un dernier mouvement de tête, il passa sa deuxième jambe par-dessus le mur et disparut.

Sortant de mon jean sale la vieille montre gousset de mon grand-père, je relevai la position de la trotteuse sur le cadran et comptai les secondes tout en tirant l'anneau de la M67 avec mes dents, et sans lâcher le levier, j'armai mon bras.

Défiant le bon sens le plus élémentaire, je lui en donnai soixante-quatorze.

En l'honneur de Bob Lilly.

13

Le Phlégéthon.

Il n'existait pas d'autre mot pour décrire ce qui se produisit ensuite.

J'avais entendu mon grand-père employer ce terme et m'expliquer que c'était un des cinq fleuves des Enfers. Il m'avait menacé de nombreuses fois de m'y jeter si je n'effectuais pas les tâches du ranch à la hauteur de ses attentes. Là, sa montre dans la main, je ne pouvais m'empêcher de penser au vieux bonhomme, devant le brasier qui tendait ses dards incandescents vers le ciel.

Tout autour, l'air avait disparu, brusquement aspiré, et j'avais eu l'impression que la fumée provenant de la grenade m'était revenue au visage, mais la vérité était que l'oxygène tout autour de la montagne avait été consumé. Comme des toiles d'araignées de feu, les flammes blanc-bleu avaient fusé des crassiers et tout recouvert dans un véritable tsunami.

Il n'y avait pas encore eu d'explosion, mais les vents que l'absence d'air avait initiés attisaient le feu en créant des cheminées qui remontaient le long des falaises comme si les lois de la nature et de la physique n'avaient plus besoin de s'appliquer.

Reculant précipitamment, je sentis la chaleur de la conflagration et vis la poudre jaune brûler entre les températures de fonte et d'ébullition, changeant de composition pour devenir une matière de densité inférieure mais de viscosité plus élevée, et former des polymères, la couleur rouge foncé du soufre en fusion donnant l'illusion que la montagne saignait abondamment.

Il était exclu que Culpepper ait réussi à survivre à ça.

Je me dis qu'il était temps de me tirer d'ici avant que le gaz fortement toxique se déverse de mon côté du mur ou avant que les mines explosent, provoquant un éboulement qui risquait de m'ensevelir. Je commençai à courir sur la piste des mules, mais rapidement je fus obligé de ralentir le pas, espérant toutefois parvenir à mettre suffisamment de distance entre les falaises et moi.

Après le premier virage, je m'arrêtai, le souffle court, plié en deux avec les mains sur les genoux. Comme je regrettais d'avoir cessé de m'entraîner avec Henry. Je pris quelques grandes inspirations et observai consciencieusement la montagne étrangement illuminée. Une petite bande de ce qui ressemblait à un brouillard au sol était en train de se constituer au pied du mur et d'ici quelques minutes elle commencerait à s'éparpiller dans les rues désertes du village, où je voyais encore les huit hommes morts couchés sur l'herbe.

Soufflant par le nez pour chasser l'odeur âcre, je toussai et m'attardai un instant sur ce que le gaz toxique pouvait provoquer en bas. Je levai les yeux vers les nombreux forages à flanc de montagne. Peut-être avais-je surestimé les effets du gaz prisonnier dans les mines abandonnées, peut-être qu'elles étaient mieux ventilées que je ne l'avais cru. Mais peu importait, en réalité, le feu et les gaz produits suffiraient à mettre un terme à l'affaire de Bidarte.

Depuis l'endroit où je me trouvais, je pouvais apercevoir les feux arrière des quelques voitures et pick-up qui embouteillaient encore la route, mais selon moi, leurs occupants pourraient s'enfuir indemnes dès qu'ils auraient dégagé le barrage que mes amis avaient installé – je remerciai tout bas les puissances supérieures que ma fille et mes amis soient loin.

Le souffle court à cause de l'épuisement ou des fumées, je me couvris le nez et recommençai à grimper, en me répétant que plus tôt je m'éloignais, mieux c'était.

Je venais d'arriver sur la crête et je n'étais qu'à une centaine de mètres de mes compagnons quand j'entendis le premier grondement. Je me tournai juste à temps pour voir une des mines les plus basses exploser comme si on y avait allumé mille bâtons de dynamite et cracher une cascade d'éboulis et d'éclats rocheux qui alla s'entasser contre le mur. Reconnaissons le talent des bâtisseurs, la construction tint jusqu'à ce que trois cavités supplémentaires explosent dans une réaction en chaîne d'une puissance destructrice équivalente à celle d'une démolition programmée.

En quelques secondes, ce fut le tour des autres mines, et toute la montagne dégringola vers le village en une déferlante de pierre brûlante. Le mur n'avait pas la moindre chance de résister contre les millions de tonnes de roche en fusion, qui le balayèrent avant d'envahir les rues, poussant devant elles le nuage mortel de dioxyde de soufre comme une des dix plaies d'Égypte.

La halle aux bestiaux fut détruite, ainsi que la majorité des édifices du nord du village, et je constatai que le vieux monastère prenait le plus gros de l'avalanche jusqu'à s'écraser sur lui-même, les débris tombant dans la pente en direction des quelques voitures abandonnées sur la route.

Je n'avais jamais rien vu de tel.

Une main se posa sur mon bras.

— Que Dieu vienne en aide à ceux qui se trouvaient encore là-bas. Il faut qu'on parte, me dit Adan.

Je franchis la crête derrière lui jusqu'au rocher où Isidro nous attendait, avec le fusil Garand. Je tendis la main et il la prit.

— Merci.

Il glissa ses doigts dans sa bouche et reproduisit le cri de la sturnelle de l'Ouest – sa manière de dire "Je vous en prie."

Je lui tapotai l'épaule et nous rejoignîmes les autres. Lowery fronça les sourcils.

— Les cow-boys et les Indiens sont pas censés bosser ensemble.

— Ça, c'était avant.

Je passai à côté de lui et me dirigeai vers Alexia, qui nous contemplait à une distance prudente, et je lui demandai :

— Comment ça va ?

Elle essaya de sourire, le visage tuméfié.

— Vous ne l'avez pas tué ?

— Culpepper ? Non. (Je désignai le massif rocheux incandescent.) Je crois que la montagne s'en est chargée.

Comme on pouvait s'y attendre, Isidro décida de partir à pied, certain qu'il irait plus loin et plus sûrement dans ses sandales en caoutchouc vulcanisé que sur nos mules fatiguées.

Nous autres enfourchâmes nos montures, et installés aussi confortablement que possible, franchîmes dans la nuit la crête, les prairies, nous dirigeant vers le sentier en pente raide qui nous mènerait jusqu'à la rivière.

Elle se tortillait au fond du canyon comme un crotale qui chercherait à se mordre la queue, et dans le clair de lune je parvins à distinguer les vestiges d'un pont à tréteaux que les anciens avaient dû utiliser pour évacuer les wagonnets sortant des mines de soufre.

Je vis le rebord opposé du canyon et le plateau qui nous ramènerait chez Adan, et je l'espérais, auprès de Cady, à des kilomètres d'ici. Isidro menait la caravane à pied, et je fermais la marche, scrutant constamment l'obscurité par-dessus mon épaule, sans parvenir à ignorer le point qui me démangeait entre les omoplates, me demandant si Bidarte s'en était sorti. Toute personne qui était revenue au monastère était probablement morte, mais il était le roi de l'évasion et il avait survécu à des situations extrêmes avant, tel un chat noir doté de neuf vies.

Croyant avoir aperçu quelqu'un, je pivotai sur ma selle et scrutai l'horizon, mais après quelques instants, concluant que mon imagination me jouait des tours, je suivis les autres et descendis la piste glissante qui n'était pas plus large qu'une table de salle à manger.

Il régnait une pénombre relative, et sur le sentier périlleux, les mules avaient le pas assuré ; elles ne glissèrent qu'en de rares occasions. Nous arrivâmes à une corniche à mi-hauteur de la paroi du canyon. Je n'étais pas encore soulagé : tant que nous n'étions pas au fond, nous risquions de constituer des cibles faciles.

Je descendis le M16 de mon épaule et me demandai ce que ferait exactement la mule sur laquelle j'étais assis en entendant le bruit d'une arme automatique. L'étroit sentier ne laissait pas beaucoup de place à l'erreur, et si l'une d'elles se mettait à courir, la caravane tout entière dévalerait jusqu'au fond rocheux du canyon, plus de quatre cents mètres plus bas.

Un peu plus loin la corniche s'élargissait en surplomb. Le groupe s'était arrêté et Adan m'attendait.

— Je crois que nous avons réussi.

— Je suis content que tu le penses.

Il fit avancer sa mule de quelques pas.

— Tu as vu quelque chose ?

— Non, c'est juste une impression.

— Nous avons parcouru une trop grande distance, trop rapidement. (Il se pencha et flatta le garrot de sa monture.) Et nous avons le seul moyen de transport possible sur ce chemin.

— J'espère que tu as raison.

Il rejoignit les autres tandis que je me rapprochai de Lowery, qui, sur sa mule, avait l'air d'être l'homme le plus mal à son aise de la terre.

— Hé, Sparky, il faut que je te parle.

Il parut interloqué.

— Comment vous m'avez appelé ?

— Sparky, c'est un surnom qu'on attribuait jadis aux opérateurs radio.

— Opérateurs radio ?

— Tu es trop jeune… Bref, les coordonnées que tu as données aux fédéraux étaient celles du village ?

— Ouais, pourquoi ?

Je regardai autour de nous d'un air théâtral.

— Je ne sais pas si tu as remarqué, mais nous ne sommes plus dans le village.

— Et alors ?

— Alors, comment vont-ils nous trouver ?

— Oh.

Fouillant dans ma poche de chemise, je sortis le téléphone satellite et contemplai l'écran fissuré.

— Eh bien…

Je tapai le code qu'il m'avait donné puis composai un des seuls numéros que je connaissais par cœur.

Il y eut des crépitements, un clic, puis une voix familière.

— Bienvenue au Red Pony Bar and Grill ouvert jusqu'au bout de la nuit. Que puis-je faire pour vous ?

— Henry.

J'entendis des froissements, et pour la cinquième ou sixième fois de sa vie, il fut déconcerté.

— Où es-tu ?

— Tu ne me croirais pas si je te le disais. Comment va Lola ?

— Très bien. Deux hommes sont venus à la Réserve il y a quelques jours, ils posaient des questions sur toi et ta famille, sur ta petite-fille en particulier.

— Et… ?

— Ils ont disparu.

Il y eut une longue pause, lourde de sens.

— Personne ne semble savoir ce qui leur est arrivé.

Il s'arrêta là.

— Merci.

— Où est Cady ?

— Sur le chemin du retour, libre.

Je collai l'appareil contre mon oreille tandis que les mules reprenaient leur route.

— Écoute, je suis au milieu de nulle part, au Mexique, et je crois que je vais avoir besoin d'aide pour mettre un point final à cette mission.

— Qu'est-ce que je peux faire ?

— Contacter le bureau de McGroder à El Paso. Dis-leur que nous avons quitté le village, que nous avançons dans la direction ouest-nord-ouest à une vitesse plutôt lente, et que ce serait bien qu'ils arrivent le plus vite possible.

— Ils savent où se trouve ce village ?

— Ils en ont les coordonnées.

— C'est comme si c'était fait. (Il y eut un bref silence.) Et Bidarte ?

Je me figeai une seconde.

— Je te raconterai de vive voix.

J'appuyai sur le bouton et rangeai le téléphone dans ma poche.

D'une claque sur la croupe de ma mule, je rattrapai le groupe, puis me retournai. Je ne voyais toujours rien, mais j'avais toujours cette drôle d'impression.

Au bout de vingt minutes, nous arrivâmes au fond du canyon, sur un sentier plus praticable qui serpentait sur environ quatre cents mètres entre les blocs rocheux, en direction du pont délabré. La rivière était étroite, pas plus de cinquante mètres de largeur, mais l'eau coulait à bonne vitesse, avec des rapides et des eaux vives d'une couleur brun sale.

À l'évidence, le pont avait été construit avant l'avènement des voitures modernes et il était à peu près de la largeur d'une Ford T ou A, les modèles datant de l'époque où les mines de soufre devaient être opérationnelles, après la consolidation qui avait suivi la Révolution mexicaine. Aux culées en béton et pierre taillée à la main étaient fixés des câbles rouillés et des billes de bois qui étaient probablement là depuis les années 1920. Il y avait la largeur nécessaire pour une mule, mais nous allions devoir avancer avec précaution sur les planches cassées.

Isidro était déjà sur le pont quand Adan arrêta sa monture au pied du petit plan incliné.

— Je crois que nous devrions descendre de nos mules.

— J'ai déjà vu des structures qui inspiraient plus confiance, oui.

Nous descendîmes tous, et j'allai aider Alexia ; puis je m'adressai à Adan :

— Tu veux passer le premier ou tu veux que j'y aille ?

— Je pèse moins lourd que toi.

— Ce n'est pas le cas de ta mule.

Je souris, lui tendis ma longe puis entrepris de m'alléger en lui confiant le M16 que je portais sur mon épaule ainsi que le .357 et le Glock 9 mm.

— Eh ben…

— Pris à Culpepper.

Sortant le colt de ma ceinture, je le lui donnai aussi.

— Mais celui-ci, c'est le mien, alors prends-en particulièrement soin.

Les planches du pont, certes tordues, étaient taillées à l'épaisseur exacte, comme on le faisait dans l'ancien temps, de dix centimètres et elles couvraient toute la largeur, soit près de trois mètres cinquante.

Les extrémités du pont étaient solidement ancrées dans le sol. Quant au tablier, il était tenu par des câbles et oscillait dangereusement. J'aperçus les flots de la rivière dès mon premier pas sur les planches, mais elles ne se cassèrent pas en deux. Plus audacieux, je sautai à pieds joints, et elles ne cédèrent pas.

Je commençai à m'enhardir un peu, alors je tendis le bras et saisis un des bouts de câble qui tenaient lieu de garde-corps. Il se détacha et tomba dans la rivière qui l'engloutit.

Le Doc monta sur la première planche.

— À mon avis, on ne devrait pas se fier au garde-corps.

— Tout à fait d'accord.

Avançant un peu, je constatai que le temps avait fait plus de dégâts vers le centre. Quelques planches manquaient, et celles qui demeuraient n'allaient probablement pas résister au poids d'une mule, et encore moins à celui d'une mule et son cavalier.

Je marchai sur l'une d'elles et elle se brisa en deux, une moitié de chaque côté. La suivante avait l'air stable, mais ensuite, il y en avait deux en mauvais état, et j'étais presque certain que faire traverser le pont à nos mules provoquerait un véritable désastre.

— Pas question de passer sur les mules, criai-je à Adan.

Revenant sur mes pas avec la plus grande prudence, je me dis que nous pourrions y arriver à pied. Il nous faudrait laisser les mules partir, remonter sans elles la paroi du canyon de l'autre côté puis marcher jusqu'à chez Adan. La seule qui m'inquiétait un peu était Alexia, mais elle était résistante et même après ce qu'elle venait de traverser, j'avais la quasi-certitude qu'elle s'en sortirait.

Je les avais presque rejoints quand mes oreilles perçurent un bruit étrange en plus du grondement de la rivière. Le son rebondissait en écho sur les parois du canyon, alors il était difficile de savoir de quelle direction il provenait, mais je finis par conclure que c'était de l'ouest, du côté par lequel nous venions de descendre.

Le bruit strident de moteurs deux-temps qu'on pousse à fond.

Je scrutai le bord du canyon dans la direction du village que j'avais détruit, et j'aperçus des phares qui se déplaçaient en haut.

Adan suivit mon regard.

— Qu'est-ce que c'est ?

— Des motos. Dieu, qu'est-ce que je déteste les motos.

Le premier pilote avait sorti une paire de jumelles et il nous repéra instantanément.

— Zut. (Je pressai nos compagnons.) Descendez de ces mules, elles ne vont pas réussir à passer et il faut se dépêcher.

J'allai aider Alexia et désignai le pont d'un mouvement du pouce.

— Il faut traverser avant leur arrivée.

Lowery lança un coup d'œil vers les moto-cross qui se rassemblaient au-dessus de nous.

— Et après ?

— Je ne sais pas, mais je ne veux pas être ici quand ils arriveront. Et toi ?

En guise de réponse, il descendit à toute vitesse de sa mule et se précipita vers le pont. Isidro était déjà prêt avec son Garland.

Je fis quelques calculs et conclus que c'était au-delà des capacités humaines.

— Est-ce que tu peux les avoir depuis ici ? lui demandai-je.

Il me fit signe que non.

— Mais une fois qu'ils seront plus bas ?

Cette fois, il acquiesça.

— Je reviens.

Je conduisis Alexia jusqu'à Adan qui nous attendait devant le pont. Il tenta de me rendre mon artillerie.

— Non, seulement le M16.

— Qu'est-ce que tu vas faire ?

— Les retenir.

— Une fois qu'ils seront descendus, tu n'arriveras pas à remonter de l'autre côté sans te faire tuer.

— Si on ne les ralentit pas, personne ne s'en sortira. (Je désignai Isidro.) En plus, j'ai un soutien de grande valeur.

Je le poussai par l'épaule, et Alexia et lui emboîtèrent le pas à Lowery sur le pont.

Les mules, dans une inconscience béate, restaient là à me contempler tandis que j'enlevais soigneusement les selles et les licols. Je les éloignai du pont puis les chassai sur la berge de la rivière en direction du nord. Elles s'arrêtèrent.

— Filez ! Allez, allez-vous-en !

Elles avancèrent un peu puis trouvèrent un coin d'herbe et se mirent à brouter.

Elles finiraient par comprendre quand les coups de feu commenceraient à claquer.

Essayant de réfléchir à quelle serait la position la plus avantageuse, je revins vers Isidro et inspectai ces lieux que j'espérais ne pas être ceux de notre mort. Il y avait de gros rochers éparpillés en différents endroits au fond du canyon, mais ce qui me préoccupait maintenant était de repérer une voie pour battre en retraite, si cela s'avérait nécessaire.

J'effleurai l'épaule d'Isidro pour détourner son attention des moto-cross qui dévalaient la paroi du canyon bien plus vite que nous ne l'avions fait précédemment.

— On devrait franchir le pont tout de suite et se positionner derrière les culées en béton, parce que ce pont va devenir absolument impraticable quand il sera à portée de leurs tirs et j'ignore de quelles armes ils sont équipés.

Il pointa un doigt sur sa poitrine, avant de désigner l'endroit où nous nous tenions.

— Tu veux rester ici ?

Il m'ignora et reprit son observation des phares des motos qui progressaient sur le sentier.

— Isidro, c'est trop exposé, et si on est obligés de battre en retraite, ils vont nous tirer dessus quand nous serons sur le pont.

Cette fois, il pointa un doigt vers moi puis de l'autre côté de la rivière.

— Non, je ne te laisse pas ici, pas question.

Il sourit et désigna les falaises, tendant quatre doigts deux fois, avant de me montrer son vieux fusil et de dresser à nouveau quatre doigts deux fois.

— Tu veux rééquilibrer un peu le rapport de forces avant qu'on traverse le pont ?

Il hocha la tête une fois.

— D'accord. Pourquoi pas ?

J'examinai à nouveau les alentours et choisis des rochers de bonne taille.

— Là-bas ?

Il acquiesça et nous prîmes position derrière les rochers juste pour avoir un peu de protection. Je sortis le chargeur du M16 et comptai une trentaine de balles, ce qui était bien ;

au moins, étant donné la portée relativement courte de mon calibre 5.56 OTAN, je pouvais assurer des tirs de suppression tandis que l'Indien tarahumara et apache se débarrassait de quelques individus.

Ça allait être saignant.

Je regardai à nouveau en haut du canyon et évaluai le nombre de phares – il y avait au moins une douzaine de motos.

— Eh bien, ça en fait un paquet… Peut-être que certains tomberont avant d'arriver en bas.

Les mules repérèrent l'endroit où nous étions tapis et se rapprochèrent pour faire leur petite enquête. J'essayai de les chasser à mi-voix ; elles me toisèrent comme si j'avais perdu la tête, puis se rapprochèrent encore pour s'assurer que nous allions bien.

Isidro les ignora – il devait se dire qu'à l'instant où les tirs commenceraient, nos nobles montures s'enfuiraient en courant. Je décidai de les éloigner d'autorité. Elles nous avaient rendu de bons services et peut-être était-ce le fils de rancher en moi, mais je ne supportai pas l'idée qu'elles se fassent tuer.

Les moteurs des moto-cross faisaient un bruit de bourdons en colère. Je sortis de notre cachette dans les rochers et m'avançai vers les mules.

— Allez les filles… Filez d'ici. Yah ! Yah !

Elles restèrent plantées là, devant moi.

Me rappelant qu'elles parlaient probablement seulement espagnol, j'utilisai un des seuls mots que je connaissais et criai :

— Vamoose ! *Vete !*

Elles continuèrent à me dévisager.

Ne voulant pas gâcher la moindre munition en tirant avec mon arme, je ramassai un galet et le lançai vers la mule de tête, qui tressaillit, puis fit pivoter ses deux grandes oreilles vers moi.

Je ramassai un autre caillou et elles firent toutes un pas vers moi, curieuses.

Je lâchai mon galet, soupirai et allai rejoindre Isidro, qui souriait, appuyé derrière son rocher.

Les motards avaient emprunté une piste qui les amenait à un terrain plat où ils pourraient faire demi-tour et débouler sur nous par le fond du canyon. Ils étaient au moins une douzaine, ce qui ne présageait rien de bon. Même si Isidro en touchait huit, cela signifiait que quatre d'entre eux pouvaient prendre position et tirer à vue sur les autres membres de notre groupe.

Nous n'étions vraiment pas assez nombreux.

Je regardai les mules.

Les mules me regardèrent.

Je repensai à l'histoire que j'avais racontée à Bianca, celle sur Ambrose Bierce et la contre-attaque près de Brown's Ferry. Si mes estimations étaient bonnes, il se passerait deux ou trois minutes avant que les motards arrivent sur la partie plane et se retrouvent massés dans l'étroit goulet qu'ils devaient franchir pour nous atteindre.

Souriant à Isidro, qui m'observait avec curiosité, je grimpai sur le rocher et les mules se rapprochèrent encore. Je vérifiai le chargeur, le remis en place, sélectionnai le mode automatique puis appuyai sur le bouton pour fermer la culasse. Calant la crosse sur ma hanche, je pointai le canon vers le ciel et m'adressai aux combattants, en priant Tennyson de me pardonner.

Half a mile, half a mile,
Half a mile onward,
Right toward the Georgia troops,
Broke the two hundred.
Forward, the Mule Brigade,
"Charge for the Rebs!" they neighed.
Straight for the Georgia troops
*Broke the two hundred**.

Appuyant sur la détente, je fis feu. Les mules se cabrèrent, firent des bonds effrayés puis partirent à toute vitesse par la piste que nous avions empruntée pour descendre.

Elles disparurent rapidement et aussitôt résonnèrent les cris d'épouvante des motards, les crissements de métal et les braiements des mules.

Non sans une satisfaction immense, je vis les quatre mules apparaître l'une après l'autre. Elles remontaient, visiblement sans dommage, le sentier étroit qui menait au village. Je n'étais pas trop inquiet pour leur intégrité physique ; elles allaient probablement rester dans les prés d'altitude où il y avait plein de nourriture et d'eau, jusqu'à ce qu'on les retrouve.

* Extrait de *The Charge of the Mule Brigade*, dont l'auteur est inconnu, poème composé juste après la bataille de Wauhatchie au cours de laquelle un groupe de mules se serait jeté sur les soldats confédérés et qui parodie *The Charge of the Light Brigade*, célèbre poème narratif composé par Tennyson en 1864. "Un demi-mile, un demi-mile/ Un demi-mile encore / Droit sur les soldats de Géorgie / Brisent les deux cents/En avant, la Brigade des mules/Devant les Confédérés, chargez ! hennirent-elles."

Isidro se redressa, l'air amusé, avant de contourner le rocher et de se diriger vers l'endroit où se trouvaient les motocyclistes.

Je le suivis au petit trot, et quelques centaines de mètres plus loin, au détour d'un virage, nous fûmes confrontés à une scène de désastre. Il y avait des motards partout. La plupart d'entre eux avaient percuté des rochers, presque tous étaient inconscients et saignaient abondamment. Deux ou trois seulement réussirent à se redresser, visiblement sonnés. Un homme debout sur le sentier se tenait le bras et errait, essayant de comprendre ce qui venait de se passer.

Je lui flanquai un violent coup de poing dans le ventre puis je l'assis par terre.

Nous passâmes d'un homme à l'autre, récupérant les armes éparpillées sans oublier de les fouiller à la recherche d'autres équipements utiles.

Le dernier était coincé sous sa moto; elle avait dû quitter la route et décoller du sol avant de lui retomber dessus. Il tenait un pistolet braqué sur nous. J'espérais qu'il s'agissait de Bidarte, mais nous n'eûmes pas cette chance. Sa jambe était pliée à un angle étrange, probablement fracturée.

Le semi-automatique qu'il pointait sur nous tremblait.

Je m'arrêtai à environ trois pas de lui.

— *Hola*. Vous parlez anglais ?

Il cracha puis gesticula avec le 9 mm.

— Je parle avec ça.

Je jetai un coup d'œil vers Isidro, qui tenait le canon d'Epitafio braqué sur la tête de l'homme.

— Si vous ne faites pas attention, cette conversation sera terminée avant même d'avoir commencé.

Il ricana.

— Je suis le seul qui parle anglais.

— Où est Bidarte ?

Il agita son pistolet.

— Il n'est jamais loin, gringo.

Je m'accroupis et je l'examinai.

— Votre jambe est cassée et vous avez probablement deux ou trois autres fractures… On peut vous planter là, et vous mourrez écrasé sous votre moto, ou on peut vous sortir de là, vous porter et vous caler contre ces rochers, à côté de vos petits camarades.

Il ricana à nouveau, la voix chevrotante.

— Pourquoi vous feriez une chose pareille ?

— Parce que je suis officier de police.

Il laissa échapper un rire essoufflé.

— Moi aussi, avant.

— J'ai prêté le serment de protéger et servir.

— Moi aussi, mais j'ai trouvé un boulot qui payait mieux.

— Un boulot qui n'a pas tout à fait la même valeur.

Il sourit et ajusta sa visée.

— L'important, c'est ce qu'on fait, ce qu'on laisse derrière soi, et vous tuer, ça en vaut la peine.

Je désignai du menton Isidro, qui s'était encore rapproché.

— Vous n'en aurez jamais le temps.

— Peut-être, peut-être pas.

— Où est Bidarte ?

— C'est vous qui avez lâché les mules sur nous ?

— Je crois qu'elles ont pris cette décision toutes seules, mais je les ai peut-être aidées.

J'attendis quelques instants puis repoussai mon chapeau sur ma nuque.

— Où est Bidarte ?

Il gesticula à nouveau avec son arme, montrant la direction dans notre dos.

— Il y a un proverbe dans notre pays qui dit qu'en cas de grand danger, vous avez le droit de marcher avec le diable jusqu'à ce que vous ayez traversé le pont.

— Qu'est-ce que ça veut dire ?

— Tu le découvriras, gringo.

Il pointa à nouveau le 9 mm vers moi et Isidro tira. La tête de l'homme partit en arrière comme si elle avait reçu un coup de sabot de l'une des mules désormais loin de nous. Son corps sans visage s'écroula sur le flanc et tressaillit deux ou trois fois avant de s'immobiliser.

Nous dégageâmes les autres de leur moto et les traînâmes jusqu'au surplomb, faisant de notre mieux pour les installer confortablement avec leur équipement, moins une gourde recouverte d'un tissage de laine que je gardai pour moi. Un jeune homme avec une casquette de foot d'une équipe américaine me paraissait vaguement familier.

— Iván… ?

Il détourna les yeux.

Je lui donnai un coup dans la jambe du bout du pied.

— Iván, la dernière fois qu'on s'est croisés, on a passé un accord. Si on te revoyait, on t'arrachait le visage pour le coudre sur un ballon de foot.

— Euh… ouais.

— Qu'est-ce que tu fiches ici, au milieu de ces gars venus me tuer ?

Sa tête s'enfonça entre ses épaules comme une tortue essayant de devenir invisible.

— Euh… Je n'avais aucun endroit où aller.

— Et ton boulot de paysagiste à Tucson ? À Tucson ou n'importe où, sauf ici.

Avec une moue dubitative, je sortis mon portefeuille, pris quelques billets de cinquante dollars et les lui donnai.

— Une fois qu'on sera sortis d'ici, fais-toi aider.

Il contempla les billets.

— C'est tout ce que vous avez ?

— Tu sais, je risque de te tuer de mes propres mains.

Isidro se décala sur le côté, leva le canon de son arme, mais je lui fis signe de renoncer.

— Tu es le plus mobile de cette brigade légère. Reste là encore quelques heures, et ensuite, si personne ne vient, va-t'en chercher de l'aide dans un des villages autour, OK ?

— Personne ne va venir à notre recherche. (Il leva les yeux.) Peut-être que je peux faire venir un des ranchers du coin pour nous aider, mais ça coûtera plus d'argent.

— Voilà ce que ça me rapporte, d'être gentil.

Je sortis deux autres billets de cinquante et les lui donnai.

— Fais-le. Et si tu abandonnes ces gars ici, qu'ils meurent et que je l'apprends… (Je désignai Isidro d'un mouvement du pouce.) J'enverrai mon ami à tes trousses, et crois-moi, il vaut mieux que ça n'arrive pas.

Il acquiesça, tout en dévisageant l'Indien, qu'on aurait dit tout droit sorti d'une photographie d'Edward S. Curtis, si on faisait abstraction du Garand.

— Encore une chose. Où est Bidarte ?

— Je ne sais pas. Je vous jure.

— C'est lui qui vous a envoyés ?

— Euh… ouais.

— C'était quand, et où ?

— Au monastère.

Bizarre.

— Donc, avant l'éboulement.

— Ouais.

— Alors pourquoi il vous a fallu aussi longtemps pour nous rattraper ?

— Euh… à cause de l'éboulement… Et on a pris la route parce qu'on a cru que vous étiez partis par là.

— Est-ce que tu as vu ma fille ?

— Non.

Il ne me disait pas tout, alors je m'accroupis devant lui, tout près et je me penchai.

— Est-ce que tu as vu une Cadillac rose ?

Il parut hésiter.

— Euh… ouais.

Je tendis la main et l'attrapai par le menton, en l'obligeant à me regarder dans les yeux.

— Où ?

— Euh… sur la route, mais il n'y avait personne dedans.

14

Même dans mon état de grande agitation, je n'arrivais pas suivre la cadence d'Isidro.

Peut-être était-ce mon âge, le manque de sommeil, la chaleur, les vestiges des coups, le fait que j'avais traîné plusieurs corps, mais peu importait la quantité d'efforts que je faisais, je sentais que je ralentissais.

Nous continuâmes à grimper et je scrutai l'horizon pour voir si nous pouvions apercevoir les autres, mais jusque-là, rien que la lumière plate, horizontale, qui s'étalait comme une page vierge.

La température augmentait à mesure que le soleil montait, et mon énergie diminuait à chaque pas, mais je n'allais certainement pas m'arrêter maintenant. J'ignorais combien de temps il nous faudrait pour arriver chez Adan ; j'espérais que Cady y serait. Peut-être que la Cadillac n'avait pas démarré – elle s'était montrée capricieuse dans le passé. Peut-être qu'ils avaient pu emprunter un meilleur véhicule, plus adapté aux routes de montagne. Mon esprit cavalait devant moi sur le sentier, et dans son sillage je m'égarai dans un épais nuage de poussière mentale.

Par-dessus mon épaule, j'aperçus la tête d'Iván qui dépassait d'un gros rocher. J'étais certain qu'il attendait simplement que nous disparaissions pour abandonner ses *compañeros* et filer avec mes quelques centaines de dollars dans la poche.

Ah, quel sens de l'honneur chez les voleurs.

J'avançais à pas lourd derrière Isidro, avec l'impression d'être un grizzly traînant une antilope.

Je m'arrêtai, posai un coude sur un rocher voisin et ajustai la bandoulière du M16. J'essuyai la sueur sur mon visage, et quand je levai les yeux, je croisai le regard d'Isidro qui m'observait d'en haut.

— Désolé, je ne suis plus si jeune.

Comme je pouvais m'y attendre, il ne dit rien.

Repoussant mon chapeau, j'eus un geste de découragement.

— Qu'est-ce que je raconte, je n'aurais jamais pu te suivre, même dans ma prime jeunesse. (Je me dirigeai vers lui.) J'étais dans l'équipe de football à l'USC – j'étais *offensive lineman*. Diplômé en langue et littérature anglaise. (Je souris.) C'est pour ça que je parle aussi bien.

Je le rattrapai et sortis la gourde, que je lui tendis – il déclina ma proposition.

— Peut-être que j'aurais dû étudier l'espagnol.

Il sourit.

Je défis le capuchon et avalai une gorgée.

— Merci encore de m'avoir sauvé la vie.

Il hocha la tête une fois puis tourna les talons pour reprendre la route tandis que je rangeais la gourde volée et repartais. Au bout d'un moment, il devint évident que nos allures n'allaient pas être compatibles.

— Isidro.

Arrivé au virage suivant, il s'arrêta.

— Vas-y, je te rattraperai en haut. Je ne fais que te ralentir, et je préfère que tu sois là-bas avec eux plutôt qu'ici, à m'attendre.

Il pencha la tête dans une expression de confusion presque canine.

Je pointai un index vers le bord du canyon.

— Je ne veux pas qu'ils soient sans protection.

Il s'empressa d'acquiescer puis accéléra, et en quelques instants, ses jambes minces et ses sandales en caoutchouc avaient disparu.

Après ce qui me sembla être au moins deux éternités, l'adrénaline qui me coulait dans les veines commença à s'étioler. Je n'éprouvai que du soulagement d'avoir réussi à atteindre le sommet de la paroi du canyon, auquel je lançai un dernier regard avant de me hisser sur le plateau, une étendue plate d'une teinte ocre qui s'étendait aussi loin que mes yeux fatigués pouvaient voir. On aurait dit une énorme bête morte, aux couleurs léonines, avec des arêtes ressemblant à des côtes décharnées qui se détachaient sans grâce – un pays de charognes.

Isidro n'était pas là, il n'y avait personne.

Je tournai lentement dans toutes les directions, mais tout ce que je voyais, c'étaient les ondulations de la chaleur qui montait de la surface brûlante du désert comme des danseurs de samba invisibles. J'aurais tant voulu entendre un son, mais écrasée lourdement par le ciel, la terre ne donnait pas de réponse.

Quelques cactus et buissons d'armoise brisaient la monotonie, mais le désert semblait s'étirer à l'infini, et broyé entre le ciel et la terre, je ne distinguais que la courbe arrondie de la terre. Je fis quelques pas et trébuchai sur les sillons d'une vieille piste abandonnée depuis longtemps. Certains brins d'armoise étaient penchés, et en les examinant de plus près, je vis des marques de pneus dans le sable fin ; elles étaient fraîches – un camion tout-terrain, visiblement à quatre roues motrices. Quelqu'un était passé par ici, et récemment.

Je pivotai à nouveau sur moi-même, essayant de repérer un nuage de poussière qui pourrait m'indiquer la direction qu'ils avaient prise. Rien.

Je reculai et partis vers la gauche, où je vis que notre groupe s'était immobilisé, en rangs serrés. Ensuite, soit on les avait forcés à monter dans un véhicule, soit ils s'étaient enfuis dans un véhicule à eux, mais si c'était le cas, qui le conduisait, comment était-il arrivé ici, et pourquoi nous abandonner, Isidro et moi ?

Je n'aimais pas ça, pas du tout.

Et où diable était mon sniper ?

Un bruit étrange se fit entendre, presque comme un pépiement, et je pivotai en cherchant d'où il pouvait bien venir. Il me fallut un moment pour me rendre compte qu'il s'agissait du téléphone satellite que j'avais dans la poche.

Je sortis l'appareil, contemplai les dégâts supplémentaires qu'il avait subis, puis appuyai sur le bouton vert avant de le coller à mon oreille.

— Salut.

— Mais putain de bordel de merde, où es-tu ?

— Salut Vic.

Je passai ma langue sur les lèvres et avalai ma salive.

— Henry vous a appelés ?

— Ouais, et McGroder et les autres sont en train d'essayer de récupérer les coordonnées GPS du téléphone satellite que tu as dans la main, alors t'as pas intérêt à raccrocher.

Je perçus comme un bruit de bousculade et sa voix prit une tonalité plus personnelle.

— En marge de la première question, dans quel état tu es ?

— Fatigué. (Je contemplai les alentours.) Je pensais qu'on s'en était sortis, mais j'ai l'impression qu'il s'est passé quelque chose, et je n'en suis plus aussi sûr.

— Tu es blessé ?

Je laissai échapper un rire.

— Un peu cabossé, mais ça va.

— En tout cas, c'est une cata intersidérale là-bas… C'est toi qui as allumé un engin thermonucléaire dans ce village ?

— Non, j'ai juste mis le feu à quelques vieilles mines de soufre pour faire diversion.

— Eh bien, tu as aussi créé une pagaille de classe internationale. Le gouvernement mexicain croit maintenant qu'il y a une espèce d'intervention militaire en cours sur son territoire et ils refusent de nous prêter assistance.

— Je ne mangerai plus jamais de cuisine mexicaine.

— Quoi ? (D'autres bruits se firent entendre.) J'en sais rien, bordel. Je lui demande. (Des grésillements.) Walt, pourquoi ton téléphone ne communique pas de coordonnées GPS ?

— Comment je peux savoir ?

Je tendis le bras, fixai intensément l'écran comme si ça pouvait changer quelque chose, puis le recollai contre mon oreille.

— Il y a un bouton pour ça ?

— Ils disent qu'ils ne repèrent aucun signal…

J'essayai de me situer.

— Je me trouve à environ dix kilomètres du village. Je ne sais pas où sont les autres, mais il faut que je les retrouve avant qu'on puisse agir, alors travaille sur l'hypothèse que j'avance dans la direction est-nord-est à la vitesse d'un piéton.

— Walt ?

— Faut que j'y aille.

J'appuyai sur le bouton avant qu'elle ait le temps de répondre. Je posai les pieds dans le sable et commençai à suivre les traces. Je n'avais guère progressé quand je vis un petit objet posé verticalement sur une pierre plate au milieu de la route.

Je me penchai pour ramasser la balle de calibre .30-06 180-grain. Je la brandis à la lumière du soleil, jusqu'à identifier la minuscule croix gravée dans la cartouche en cuivre que Guzmán avait mentionnée dans une autre vie.

Isidro.

Ils l'avaient eu, lui aussi, ou il avait vu quelque chose et n'avait pas eu le temps de revenir me récupérer.

Glissant la carte de visite de mon ami sniper dans ma poche de chemise, je regardai dans la direction où la route disparaissait, comme le point de fuite d'un tableau surréaliste, et commençai à avancer vers l'horizon, suivant les traces de pneus et cherchant les empreintes des sandales de l'Indien.

Le soleil atteindrait son zénith d'ici une heure, et selon mon estimation, la température avait déjà largement dépassé les 40 °C. La sueur s'accumulait sous la bande de mon chapeau, dégoulinait au bout de mon nez, avant de tomber sur le sable, dessinant un petit creux qui s'évaporait rapidement. J'avais l'impression de marcher dans un four à chaleur tournante. J'essayai de me remémorer la conversation que j'avais eue avec Adan sur la géographie de la région, et je me rappelai l'avoir entendu dire que la distance de chez lui au canyon était d'environ huit kilomètres – il ne me restait plus qu'à espérer qu'en suivant cette route, j'allais dans la bonne direction.

J'avais avancé d'une centaine de mètres quand j'arrivai à un embranchement. Si j'en croyais les traces laissées dans la poussière, le véhicule se dirigeait légèrement vers le sud, ce qui était bizarre, parce que j'aurais juré, d'après l'endroit où le soleil s'était couché, que le ranch se trouvait un peu au nord. J'observai à nouveau les marques de pneus, ne voyant toujours aucun signe qu'Isidro était passé ici, puis je décidai de suivre ces traces-là.

Elles me menèrent dans un vaste bassin préhistorique couvert de mica, de basalte, de feldspath et de quartz qui reflétait le ciel comme un miroir brisé, sur un territoire où les serres glaciaires avaient creusé de profonds *arroyos*, des blessures par la suite guéries par le passage de cours d'eau antiques ; maintenant les mesquites, les cactus et les yuccas prospéraient sur ce plateau bordé par une ligne de petites collines bleues à l'horizon.

Je trouvai le premier mort une heure plus tard.

Au moment où je dépassai une corniche rocheuse, je vis quelque chose couché dans le fossé, quelques urubus à tête rouge en train de l'attaquer à coups de bec. Je me précipitai sur le cadavre, faisant fuir les vautours : c'était le gamer fou, Lowery. Il avait la gorge tranchée. Le désert vorace avait englouti tout le sang de sa tête presque détachée du corps, la ligne de séparation aussi précise que si elle avait été tracée par un chirurgien, la blessure fatale ressemblant à une deuxième bouche gigantesque, dépourvue de lèvres.

Les yeux secs du jeune Californien étaient dirigés droit vers le soleil brûlant et même dans la mort, un petit sourire se dessinait sur sa bouche couverte de sable.

Je restai là, à le tenir pendant quelques instants, puis je le traînai jusqu'au bord de la piste, où je le calai contre un rocher, sans trop savoir pourquoi. Peut-être voulais-je lui témoigner du respect, peut-être étais-je un shérif habitué à dégager les routes, peut-être était-ce tout simplement ce que je devais faire.

Je le fouillai, en vain, et ce n'est qu'une fois que je me remis debout que je trouvai une deuxième balle Springfield .30-06 posée verticalement sur une grosse pierre. Je repérai la croix gravée, fourrai l'objet dans ma poche, et à nouveau, cherchai les empreintes de sandales en pneu, sans le moindre succès. Puis je repartis sans me retourner.

À moins que j'aie épouvantablement mal jugé Isidro, mon hypothèse était la bonne. Les hommes de Bidarte s'étaient probablement emparés des autres, qui ne nous avaient pas trahis, et quand Isidro était arrivé sur le plateau, il avait vu un véhicule et l'avait poursuivi dans l'espoir de ne pas les perdre de vue, laissant des messages pour moi dans la seule langue qu'il parlait.

Je pris la gourde et m'apprêtai à boire une gorgée, puis je me ravisai, décidant qu'il valait mieux que je commence à me rationner si mon expédition devait s'éterniser. Je calai une main sur mes reins et m'étirai pour tenter de soulager les crampes musculaires dans mon dos.

La piste continuait vers le sud-est et je poursuivis à pas lourds le long des traces jusqu'à ce que la surface du sol change, devienne plus dure avec moins de végétation. L'argile compacte disparaissait vers le sud, là où la chaîne montagneuse se prolongeait vers le sud-est, et je ne pus m'empêcher de penser que je me dirigeais vers l'Orfanato ou vers Torero, et non pas vers le ranch d'Adan, au nord.

Il me semblait que je marchais depuis des heures, mes jambes et mon dos étaient perclus de crampes et ma gorge me paraissait aussi sèche que le terrain que j'arpentais, alors je décidai de boire un peu. Je dévissai le bouchon et avalai une bonne lampée.

Pour autant que je pouvais le dire, il me restait encore un quart de ma réserve d'eau.

Je repartis mais les spasmes musculaires empiraient. Une pensée m'obsédait: dénicher un endroit à l'ombre, pour pouvoir me reposer, et il n'y en avait pas. Je continuai à avancer. Quelque part par là se trouvait ma fille, et s'ils croyaient que je renoncerais plutôt que de mourir, ils allaient être monstrueusement déçus.

Le deuxième corps était en travers de la route exactement comme le premier.

Même de loin, j'identifiai Alonzo, couché sur le dos, la gorge tranchée d'une oreille à l'autre. Une fois de plus, le sang s'était déversé sur le sol, mais ici, la surface rocailleuse avait refusé d'absorber le liquide et il y en avait partout. Les nuées de mouches bourdonnaient autour de moi alors qu'accroupi, je tournai son visage pour l'examiner.

Ses yeux derrière les verres épais, cassés, de ses lunettes étaient fixes mais son visage retenait l'expression d'une lutte acharnée. Il avait dû assister à l'exécution de Lowery et décider qu'il rendrait la tâche plus difficile à ses agresseurs, mais il était quand même mort, et pour la deuxième fois ce jour-là, j'écartai un corps de la route.

Haletant après l'effort, les mains calées sur les genoux, je pris une profonde inspiration et inspectai les alentours, ne voyant toujours rien que l'étendue infinie du désert. Le soleil était maintenant au zénith, et j'avais l'impression que la chair brûlait sur mes os, même avec mon chapeau en feuille de palmier. Les rayons du soleil tapaient sur le désert avant de rebondir sur moi comme la graisse dans une poêle chauffée trop fort.

En reprenant ma marche, je vacillai un peu et me servis de la crosse du M16 pour retrouver mon équilibre. Un élan de panique s'empara de moi. Ma vue commença à se troubler, et je sentis à nouveau que je perdais mes appuis. Finalement, je m'immobilisai, et contemplai l'ombre minimale que je projetais, qui dépassait à peine mes bottes poussiéreuses.

À un moment donné, il avait dû y avoir de l'eau recouvrant cette plaine sans relief, mais elle avait disparu depuis longtemps et laissé derrière elle une croûte dure de boue grise qui se cassait sous le poids de mes semelles comme des dalles minces. Je fis un pas puis m'arrêtai pour contempler les craquelures qui se déployaient en étoile sous mes pieds ; on aurait dit que le monde était couvert d'une couche de glace sale, prête à se rompre et à m'engloutir tout entier.

Au deuxième pas, je baissai la tête et aperçus une balle de .30-06 posée sur un monticule de terre sèche.

Je me penchai pour la prendre et, aussitôt, je sentis que je perdais l'équilibre et je m'écroulai dans une ornière. Je restai quelques instants couché par terre pour reprendre mon souffle, observant les nuages de poussière soulevés par l'air que j'expulsais par les narines. Le soleil tapait sur le côté de mon visage qui n'était plus protégé par mon chapeau. Finalement, je réussis à me mettre sur le flanc, tendis le bras et attrapai la balle, avant de la ranger dans ma poche de chemise avec les autres.

Combien d'entre eux étaient morts ? Je n'arrivais même pas à me rappeler. Quand tout ceci avait-il commencé, et combien mourraient avant la fin ? Il fallait que je me relève, ou alors je compterais parmi les victimes, mais en réalité, je ne le pouvais pas. C'était au-dessus de mes forces.

Lève la tête, reprends courage.

— Je suis fatigué.

Ça m'est égal.

— Je ne peux pas bouger.

Si, tu peux, il suffit que tu le veuilles, shérif. Lève la tête et ton cœur suivra.

Repliant une jambe sous moi, je calai le M16 de manière à pouvoir m'appuyer dessus. Je cherchai Virgil White Buffalo, mais il n'était pas là.

Après avoir pris quelques profondes respirations, je récupérai mon chapeau et me hissai en position debout, manquant m'écrouler tant l'effort était grand. Néanmoins mes jambes résistèrent et je remontai la bandoulière du fusil sur mon épaule avec celle de la gourde.

Mes mains et mes pieds étaient enflés, au point que j'avais l'impression que je portais des poids au bout de mes bras et de mes jambes, comme les extrémités du balancier d'une horloge. J'avançai en cadence, projetant mon autre jambe avec le bras opposé. Je découvris que je faisais un pas, puis un autre, et un autre, et je me servis de l'élan métronomique pour les enchaîner en titubant.

Je pensai à la manière dont le shaman crow de 2,10 m apparaissait dans les moments désespérés. Je l'aurais volontiers fait revenir, pour m'offrir de l'ombre, à défaut d'autre chose.

Plissant légèrement les paupières, à moitié aveuglé par le disque chauffé à blanc du soleil, je scrutai le lointain et crus apercevoir quelque chose devant, sur la droite. En m'approchant, je vis qu'il s'agissait d'un véhicule abandonné, un vieux camion datant du début du XXe siècle avec de grandes roues métalliques, de robustes pneus en caoutchouc et des flancs renforcés de plaques d'acier.

Certain d'avoir plus besoin d'ombre que d'eau, je m'approchai, chancelant, et ouvris la portière arrière, mais la vague de chaleur qui m'accueillit me fit comprendre que m'asseoir là serait comme tenter de me reposer dans une cuisinière, sans parler des nids de boue abandonnés collés au toit et l'intérieur tapissé de fiente d'hirondelle.

Me contentant de me poser sur le marchepied, je levai les yeux vers la tourelle à l'arrière et les lourds rivets qui servaient à assembler les différentes parties. Si je me fiais aux images que j'avais vues de l'expédition punitive de Pershing pendant la Révolution mexicaine, ce vieux débris avait été amené là puis abandonné – je savais ce que ça faisait.

Il y avait une plaque à l'intérieur de la portière sur laquelle je lus THOMAS B. JEFFERY COMPANY, KENOSHA, WISCONSIN.

Il faut que tu te remettes en route, shérif.

— Je sais, encore une seconde.

Elle a besoin de toi.

Je m'adressai au genévrier nain et à la candelilla qui avaient dû réussir à récupérer un peu d'humidité à l'ombre du véhicule blindé.

— Je sais, je sais…

Tout de suite.

Je tentai de me remettre debout mais m'écroulai contre la tôle et restai là, le souffle court. J'essayai de fixer mon regard et contemplai les cactus et les acacias ; soudain, je me rappelai la gourde. Je tirai sur la bandoulière pour l'attraper et dévissai le bouchon, avalai quelques gorgées d'eau chaude avant de la reboucher soigneusement.

Avec un profond soupir, je m'écartai de l'épave. J'ajustai les courroies sur mon épaule, je fis un pas, puis un autre, et encore un autre, jusqu'à retrouver la route et prendre la direction du sud-est, de plus en plus loin de chez moi.

Je ne sais pas exactement quand je me rendis compte que le soleil était derrière moi, mais il était bien là, et il séchait la transpiration qui menaçait de me transformer en statue. J'avais renoncé à penser, certain que si je relâchais ma concentration ne serait-ce qu'une seconde, je m'écraserais à nouveau sur le sol, sans plus avoir l'énergie de me relever.

J'essuyai la sueur qui me coulait sur le visage et ouvris la gourde à nouveau, mais il n'y avait rien, rien que le cuir parcheminé.

Une fois de plus, le paysage avait changé, cependant les montagnes couleur d'acier s'élevaient toujours à ma droite.

Il était difficile d'évaluer la distance que j'avais parcourue. J'étais sûr d'avoir marché une bonne partie de cette journée cauchemardesque ; mes jambes s'étaient transformées en échasses qui bougeaient comme les branches d'un compas, maladroites et raides. Le paysage était une photographie en négatif de lui-même, les couleurs toutes délavées, où ne restait que la phosphorescence brûlante des créosotes.

Je contemplai l'extrémité des montagnes qui commençaient à s'effacer – je devais avoir atteint la latitude de l'Orfanato et je scrutai les alentours, mais il n'y avait rien. Peut-être qu'aussi loin que je pouvais aller, il n'y avait rien, et que c'était ainsi que ça se finissait, seul dans un désert. Peut-être qu'après toute cette marche, je n'étais pas plus près de sauver Cady qu'au moment où j'étais sorti du canyon au début de cette journée interminable.

J'entendis un grondement sourd dans mon dos, comme des tambours.

Soudain, je sentis une brise très légère.

Me tournant un peu, j'aperçus les nuages qui avaient commencé à se rassembler au-dessus des montagnes, leurs contours étincelant comme du platine, et j'aurais juré que la température avait baissé de presque dix degrés. Une douzaine de tourbillons de poussière virevoltèrent entre les bois de fer et les cactus, l'odeur de la créosote agissant comme un dopant tandis que je demeurais là, à osciller dans le vent.

Le monde s'assombrit et, avec le vent dans le dos, je contemplai le ciel à la Cecil B. DeMille avec un peu plus d'énergie, comme une lumière sur la route de Damas.

Les tambours résonnaient toujours et je les sentais me pousser dans le dos. Mes bottes furent soudain animées d'une vie propre, chacune suivant l'autre pour me faire avancer avec le vent rasant. Le terrain était plat maintenant, et la route était droite, et j'avais découvert un fonds ultime de puissance qui me projetait vers l'avant, ma chemise gonflée comme un parachute devant moi.

Une rafale de pluie s'abattit sur le désert, un cadeau du ciel qui me rafraîchissait la peau et permettait au monde de retrouver un peu de couleur. Elle suffit à atténuer l'odeur de créosote mais pas à nourrir la terre, alors le désert se recoucha et fit ce qu'il faisait depuis la nuit des temps, il attendit.

Je m'éclaircis la gorge comme je pus et repartis, concentré sur l'horizon devant moi, quand je vis un autre corps étendu sur la route, trempé par la brève averse, le chemisier bleu et l'insigne niché au centre, immobiles.

Tous mes organes se figèrent et je me mis à courir vers elle. Je tombai à genoux et l'attirai contre moi. Je relevai sa tête et doucement, écartai les cheveux mouillés, collés, de ses yeux pour découvrir le visage de Bianca Martínez, qu'il avait obligée à mettre les vêtements de Cady.

Je la tins contre moi et la gardai là, ressentant un certain soulagement que ce ne soit pas Cady, mais une immense tristesse à la perte d'une telle amie. Je la serrai plus fort et soudain, je me rendis compte qu'elle n'était pas froide. Je l'écartai de moi, la dévisageai et j'eus un choc en voyant ses paupières battre et les iris violets me regarder.

Ses lèvres s'entrouvrirent et elle expira l'air que contenaient ses poumons, énonçant un seul mot.

— Non.

Je me penchai sur elle, souriant du mieux que je pouvais, et je coassai :

— Ça… Ça va aller.

On aurait dit un souffle poussiéreux sorti des pages d'un livre millénaire.

Sa main se souleva, effleura mon bras.

— Non.

— Je vous le promets, ça va aller.

— Non.

Elle détourna les yeux, et je craignis de la perdre, alors je passai mon autre main sous ses jambes pour la soulever.

— Non, ils…

Je venais de la prendre dans mes bras et je l'avais à peine décollée du sol quand quelque chose me frappa la tête par-derrière.

Je tombai en avant, couché sur elle, essayant maintenant de glisser mes mains sous moi pour m'extraire du sable rouge dans lequel mon visage était enfoui. Je l'entendis pleurer, puis je reçus un autre coup sur la tête et je m'écroulai. Je restai là, parce que c'était tout ce que je pouvais faire.

15

Le processus était lent, comme un rondin coincé au fond de l'eau qui aurait bougé, roulé, avant de remonter à la surface, pour voguer en dansant dans le courant. Depuis les profondeurs aveugles, je me sentis traverser l'un après l'autre les niveaux de la conscience jusqu'à redevenir vivant.

Une main caressait mon visage, et les doigts étaient frais.

Mes paupières hésitantes s'entrouvrirent et j'aperçus des yeux couleur améthyste plongés dans les miens. Je restai là, à les contempler.

— Sept anges espagnols…

Les yeux souriaient.

— Quoi ?

— C'est une vieille chanson.

— Eh bien, il en manque six.

J'essayai de m'asseoir, mais je m'écroulai à nouveau sur ses genoux.

— Cady…

— Elle est vivante.

Je fermai les paupières et me contentai de respirer, heureux de ces petits succès.

— Votre frère ?

Elle ne dit rien, je rouvris les yeux pour voir si elle m'avait entendu. Les traînées de larmes me le confirmèrent.

— Il a fallu quatre hommes, quatre hommes armés, et il ne leur a rien cédé, mais ils l'ont frappé jusqu'à ce qu'il perde connaissance. Il est dans la maison, avec les femmes et les enfants.

Dans la semi-pénombre autour de nous, je reconnus le mur de pierres écroulé et le grenier à foin branlant et même la mangeoire où j'avais découvert les AK.

— L'Orfanato ?

— *Sí.*

— Qui d'autre est encore vivant ?

— Je ne sais pas où est le Voyant. À part les orphelins, votre fille, Adan, la nounou et moi, tout le monde est mort.

Trouvant enfin assez d'énergie pour me redresser et me caler sur un coude, je m'étirai le cou pour essayer d'alléger la douleur.

— Est-ce que vous avez vu Isidro ?

— Qui ?

— Le sniper.

Une drôle d'expression se peignit sur son visage.

— Ah oui, c'est vrai… vous ne l'avez jamais vu.

Je tentai de me mettre debout, mais décidai que ça pouvait attendre.

— Qu'est-ce qui s'est passé ?

— La Cadillac ridicule d'Alonzo n'a pas voulu démarrer, alors on a pris une autre voiture sur laquelle on a trouvé la clé, et on était presque à Torero quand on est tombés en panne d'essence et ils nous ont rattrapés. Ils ont reçu un message qui disait que vous passiez par le canyon, et les hommes de Bidarte vous attendaient, prêts à vous cueillir.

— Comment sont-ils arrivés là aussi rapidement ?

— Ils ont un avion privé.

Me frottant l'arrière de la tête, je grognai.

— C'est Culpepper qui m'a assommé ?

— Oui.

— Comment a-t-il réussi à se tirer de cet enfer ?

— Il a eu de la chance, je suppose.

Nous nous tournâmes tous les deux pour observer l'homme si présomptueux debout de l'autre côté du muret écroulé, la moitié du visage couverte de pansements et mon chapeau sur la tête. Il se rapprocha d'un pas nonchalant avec mon colt .45, le couteau de Henry, une vieille lanterne à kérosène et un sac de courses en plastique.

— Je vais vous dire, vous êtes carrément résistant, comme mec.

— Et l'éloge est prononcé par César.

— Si vous voulez, sais pas ce que ça veut dire.

Il s'assit sur le bord de la mangeoire et accrocha la lampe qui sifflait sur un crochet, le sac de courses à ses pieds. De sa poche de chemise, d'où dépassait le haut du téléphone satellite, il sortit son tabac. Avec sa main bandée, il se roula une cigarette avec nonchalance, avant de lécher et coller le papier.

— On vous a cru mort au moins quatre fois, mais vous n'arrêtiez pas de repartir, comme le lapin Energizer.

— Vous me surveilliez ?

— Périodiquement.

Sortant de sa poche un briquet que je reconnus comme étant celui d'Adan, il l'ouvrit d'un geste et alluma sa cigarette au parfum âcre.

— Il fallait bien qu'on vous donne une piste à suivre, non ?

Je restai imperturbable – pour le moment.

— Comment vous avez fait pour vous en sortir ?

Il effleura les pansements qui couvraient intégralement un côté de son visage.

— J'y ai quand même laissé quelques plumes, si vous voyez ce que je veux dire.

Il prit une nouvelle bouffée et tint la cigarette devant sa bouche pour souffler sur l'extrémité, qui rougit dans le crépuscule.

— *That was a hot time in the old town**... Je vous l'ai dit. Vous auriez dû me tuer.

— Sans blague.

Il sourit.

— J'ai longé le mur sur presque cent mètres, et ensuite vous avez balancé cette grenade et elle est entrée en contact avec le soufre et le méthane. (Il désigna son visage.) Je me suis pris une partie du flash, et ça m'a cramé tous les cheveux d'un côté de la tête, mais j'ai réussi à passer de l'autre côté du mur et à m'enfuir avant que toute la montagne dégringole. (Il pointa la cigarette vers moi.) Vous avez fait des sacrés dégâts, dont le coût en argent comme en marchandise est énorme. Vous avez vraiment mis des gens en pétard.

— Je suis content de l'apprendre.

* Chanson populaire américaine datant de 1896 qu'on peut entendre dans différents films, de *Citizen Kane* à *Batman* en passant par *L'Homme qui tua Liberty Valance*.

Il sourit.

— Ouais, bon, on verra.

— Où est ma fille ?

— En sécurité. (Il fit un signe de tête en direction de Bianca.) Nous avons été obligés de lui emprunter ses vêtements, juste pour vous arrêter. (Il tira sur sa cigarette.) Je vais vous faire une proposition. Vous me dites où se trouve ce salopard de sniper indien et je vous montre votre fille.

— J'ignore où il est.

Perdant un peu de son arrogance, il contempla la nuit.

— Mais il est là, quelque part. J'en suis sûr.

Culpepper sortit les balles de .30-06 de sa poche.

— D'où elles viennent ?

— Je ne sais pas, mais je suppose que vous non plus.

Il me dévisagea pendant un long moment.

— OK, alors on n'a pas d'accord.

Avec un haussement d'épaules, il les rangea dans la poche de sa chemise.

— Maintenant, revenons à nos affaires. Comment vous vous sentez ?

— Laissez-moi voir ma fille.

— Vous la verrez demain. (Il balaya ma requête d'un revers de main.) Je répète, comment vous vous sentez ?

— Qu'est-ce que vous en avez à faire, vous allez tous nous tuer de toute manière.

— C'est pas moi qui décide. *El Jefe* a des projets pour vous demain matin, et il faut que je voie si vous êtes à la hauteur.

Repliant lentement une jambe, je me mis debout avec peine, et quand il me vit le toiser ainsi, il pointa ma propre arme sur moi.

— Doucement, cow-boy.

J'avais l'impression que j'allais soit tomber soit vomir, deux actions qui n'intimideraient certainement pas mon adversaire, alors j'obéis et ne bougeai pas.

— Vous êtes à nouveau copains, tous les deux ?

— Copains comme cochons. (Du bout du canon, il désigna le sac de courses.) Il y a à manger et à boire là-dedans pour vous deux, et j'en rapporterai demain matin, mais d'ici là, je suggère que vous vous reposiez, vous allez en avoir besoin.

Il se dirigea vers la sortie, et lança par-dessus son épaule ;

— Mes gars vous surveillent et d'autres font des rondes dehors. Ils guettent ce petit connard d'Apache, alors si vous entendez des coups de feu pendant la nuit, c'est probablement qu'ils sont en train d'expédier ce salopard dans le territoire des chasses éternelles.

Il se mit à siffloter un tube de Patsy Cline en s'éloignant.

— Faites de beaux rêves.

Je clopinai vers le mur écroulé derrière lequel il venait de disparaître et j'aperçus deux hommes debout à côté de l'enclos. Plus loin, la peau d'aluminium d'un bi-moteur Beechcraft scintillait dans le clair de lune. Je commençais à regretter de ne pas avoir avec moi mon ancien chef, le Doolittle Raider Lucian Connally.

Au bout d'un moment, je sentis Bianca tout près à côté de moi.

— Je suppose que vous avez un plan ?

La nourriture était bonne mais l'eau était meilleure. Assis dans le halo de la lanterne au kérosène datant des années 1930 que je venais de remplir et dont le sifflement créait une ambiance qui n'avait rien de romantique, nous fîmes l'inventaire de nos options.

— À votre avis, qu'est-ce que Bidarte a prévu ?

— Un truc théâtral, il adore ça.

Je finis de mâcher les tortillas et avalai encore de l'eau. Je me sentais un peu mieux.

— Je me demande où ils gardent tout le monde. Il n'y a pas tant d'endroits que ça. À part la maison principale et cette grange… à moins qu'ils soient dans l'avion, là…

— Vous savez piloter ?

Je réfléchis à la question pendant une nanoseconde.

— On serait plus en sécurité dans une confrontation avec des dealers psychotiques surarmés que dans un avion avec moi aux commandes.

— Alors, qu'est-ce qu'on fait ?

Je m'approchai de la mangeoire où Culpepper s'était assis et ouvris le compartiment secret où j'avais trouvé les AK. Je les avais emportés avec nous dans la montagne. Le tiroir était vide, et l'ironie du message ZAPATA ESTABA AQUÍ tracé à la craie ne m'échappa en rien.

— Eh bien, quoi que nous fassions, nous allons devoir le faire sans être armés.

— Et votre ami, l'Indien avec le fusil ?

— Honnêtement, je ne sais pas où il se trouve, ni même s'il est quelque part, là, dehors. (Je boitillai vers le mur.) Il n'y a que vous et moi. Combien d'hommes a-t-il avec lui ?

Elle me rejoignit et ensemble, nous contemplâmes les deux types postés à côté du corral qui fumaient en nous observant.

— Peut-être une demi-douzaine.

— Ça ne fait pas beaucoup. Vu qu'il y en a un ou deux qui surveillent le coin, un avec la vieille dame, les enfants, Adan et Cady dans la maison, il est possible qu'ils ne laissent qu'un seul garde pour nous cette nuit. Qu'est-ce qu'il y a comme véhicules ?

— Le 4x4 dans lequel ils nous ont embarqués à Torero, et un vieux bus scolaire qui appartient à l'Orfanato.

— Ouaip, eh bien, à mon avis, ce truc n'a pas roulé depuis que Truman était enfant.

Je soupirai, puis réfléchis, me rappelant ce qu'Adan avait dit.

— Votre frère a dit qu'ils l'utilisaient tous les jours pour aller jusqu'à Torero, mais j'irai d'abord voir l'Escalade. Je doute qu'ils aient laissé les clés dessus, par conséquent, à moins que je puisse les piquer à quelqu'un…

“Nous prendrons donc le bus, et j'immobiliserai l'Escalade. S'ils prévoient de nous pourchasser avec le Beechcraft, comment ils vont faire, nous percuter avec les roues ? Il est impossible de baisser la vitre sur un avion, ils ne pourront pas nous tirer dessus, et si ça se passe comme je l'entends, j'aurai de quoi tirer, moi. D'après mon expérience, les avions civils ne réagissent pas bien quand on les perfore avec des balles.

— Au passage, je vous ferai remarquer que vous vous inquiétez du désastre numéro 147 dans l'ordre des probabilités avant même qu'on ait survécu au numéro 1.

Je jetai un coup d'œil aux deux hommes et son regard suivit le mien tandis que ses doigts s'enroulaient autour de mon bras.

— Vous y allez ?

Ajustant la lampe, je répondis :

— Je crois que je vais tenter.

Plus tard, beaucoup plus tard. Nous avions baissé au maximum la lampe dans l'espoir de suggérer aux gardes que nous allions dormir, et pour que nos yeux s'habituent à la pénombre.

Accroupi contre la partie la plus basse du muret, je les épiais. Ces deux pipelettes avaient apparemment plus de cigarettes à fumer et de sujets de discussion que tout autre duo de Mexicains.

Bianca s'était allongée un peu plus loin, respirant doucement dans son sommeil, et j'étais sur le point de jeter l'éponge et dormir quelques minutes moi aussi quand l'un des deux hommes dit quelque chose à propos de *cigarillos* avant de s'en aller vers la maison.

À l'évidence, ils avaient épuisé leur stock de tabac. Enfin.

Il y avait un petit endroit sous la mangeoire où les pierres s'étaient écroulées, peut-être que je pouvais sortir par là, mais au moment précis où je commençais à bouger, le garde qui restait s'avança pour nous observer de près et je fis semblant de dormir.

Au bout d'un moment, je l'entendis repartir sur la route et pivotai pour découvrir Bianca, aux aguets.

— Maintenant ? chuchota-t-elle.

Je rampai vers l'ouverture, ne m'arrêtant qu'une seule fois pour lui murmurer :

— Rappelez-vous, quinze minutes.

Elle consulta la montre que je lui avais donnée et acquiesça. Je partis.

Rampant dans la terre au milieu des toiles d'araignées, je sortis dans ce qui devait être l'ancien tas de compost, ajoutant une dimension odoriférante à mon capital charme, déjà bien entamé. Je m'approchai doucement d'une clôture branlante. Je scrutai la pénombre mais je ne vis qu'une seule lampe allumée quelque part dans la maison. J'étais prêt à parier que Bidarte, Culpepper et peut-être un ou deux des autres préféraient profiter du confort de l'avion plutôt que de supporter le ranch décrépit.

La grange me protégeait du garde, cependant j'étais tout à fait visible depuis la maison et je ne pouvais qu'espérer que ceux qui s'y trouvaient étaient occupés à autre chose.

La première chose à faire était de mettre au point un moyen de nous enfuir – je choisis d'aller inspecter le 4x4 avant le vieil autobus, au cas bien improbable où quelqu'un aurait laissé les clés dessus.

Plié en deux, je traversai la route en me dirigeant vers le bout du corral, à l'opposé de la sentinelle, à l'endroit où était garée l'Escalade noire. Dépassant le capot, je me rapprochai de la portière pour voir à travers la vitre si la clé était là, avant de me souvenir brutalement que cette voiture s'ouvrait et démarrait sans clé. Je n'avais aucun moyen de voir si le badge électronique se trouvait à l'intérieur sans ouvrir la portière et alerter absolument tout le monde.

Et je ne saurais pas si elle était verrouillée sans tirer sur une des poignées.

Merde.

Contrarié, je me dirigeai vers le bus sorti des usines Mercury en 1959 qui ailleurs aurait constitué un ornement de jardin, et découvris que la porte pliante pendait et que la clé, accrochée à un porte-clés avec un ouvre-bouteille, se trouvait dans le contact. Combien de coups de manivelle faudrait-il pour mettre en route cette épave, et quelle distance pourrait-elle parcourir ?

Merde et remerde.

J'allais devoir me décider, parce qu'on n'aurait pas le temps de jouer aux voitures musicales quand on serait prêts à s'enfuir. L'idée avait beau me répugner, le choix le plus sûr était d'immobiliser l'Escalade et d'espérer que le vieux bus allait démarrer.

Prenant la clé sur le contact, je revins vers l'Escalade et, à l'aide de la partie pointue de l'ouvre-bouteille, j'essayai de percer un des pneus, sans succès. Changeant de tactique, je défis le bouchon tout doucement et utilisai la pointe pour enfoncer la valve, laissant sortir assez d'air pour que le pneu soit presque à plat. J'avais bien envie d'en vider un autre, mais je savais que le temps filait, qu'à tout instant Bianca allait déclencher la distraction que nous avions prévue, et à partir de là, il y avait des chances que ce soit une pagaille monstre.

Je me dirigeai vers le ranch et le contournai afin de me poster à côté des marches qui descendaient de la porte de derrière.

Une lampe au kérosène ou peut-être au propane était allumée dans la cuisine. Deux hommes étaient en train de boire de la bière dans des canettes, les pieds sur la table, et les vestiges du repas étaient éparpillés par terre.

Il y avait une porte sur la droite, et je supposai que c'était là que se trouvaient les femmes, les enfants, Adan et Cady. Je longeai l'arrière de la maison jusqu'à une autre fenêtre où Alicia, la petite fille si sérieuse que j'avais rencontrée ici quand nous étions venus chercher les mules, me fixait.

Je me figeai, et lentement, posai un index sur mes lèvres. Je lui indiquai silencieusement le châssis de la fenêtre. Aussitôt, elle le souleva et se pencha vers moi.

Le large visage d'Alexia apparut à côté de celui de l'enfant et je posai à nouveau mon doigt sur mes lèvres.

— Cady est ici ?

— Non, elle est dans l'avion avec les méchants.

Je soupirai, et d'autres petits visages crasseux se rapprochèrent de la fenêtre.

— Et Adan ?

— Il est là, par terre. Grièvement blessé.

— Essayons de le faire passer par la fenêtre, je le porterai.

Elle eut un mouvement de recul.

— Et les enfants...

Je scrutai la pièce derrière eux.

— Où est la vieille dame ?

— Ils l'ont tuée. Sur le porche, devant les petits.

Je me figeai un moment, sous le choc, puis je posai mon front sur le rebord de la fenêtre.

— Seigneur, prends pitié.

La voix d'Alexia ne tremblait pas.

— Oui, et tous les saints aussi. Dieu nous protège. On emmène les enfants avec nous, hein ?

Tout en contemplant le petit nuage de poussière que ma respiration soulevait sur le rebord de la fenêtre, je sentis soudain des mains minuscules tapoter l'arrière de ma tête, et quand je levai les yeux, je croisai le regard sombre d'Alicia. Avec l'impression que le monde avait été retiré de sous mes pieds et soudain posé sur mes épaules, je tendis les bras, soulevai la première orpheline pour la récupérer.

Les enfants parvenaient à rester bien plus silencieux que nous. Se prenant au jeu, ils se mirent à courir comme des petites souris jusqu'à l'autobus dans lequel ils se dépêchèrent de monter. J'aidai Alexia à porter Adan inconscient jusqu'au véhicule et j'étais sur le point de me retourner quand j'entendis quelqu'un hurler. Des flammes léchaient les poutres de la grange à moitié écroulée.

— *Fuego ! Fuego !*

À l'évidence, Bianca et la lanterne pleine de kérosène avaient réussi leur coup et la grange en feu éclairait comme en plein jour à cent mètres à la ronde.

J'avais encore deux autres passagers à embarquer, alors je dis à Alexia et aux enfants de rester dans le bus et de se baisser pour ne pas être visibles des fenêtres ; puis je repartis vers l'arrière de la maison à l'instant où le premier garde accourait vers le ranch.

Sachant reconnaître une bonne occasion quand elle se présentait, je fonçai tête baissée dans l'homme, qui était bien plus petit que moi, et l'écrasai par terre. Sous mon poids, ses poumons se vidèrent jusqu'au dernier gramme d'air et j'attrapai ce qui s'avéra être le M16 que j'avais, avant qu'ils me le prennent.

De la crosse du fusil je frappai sa tête qui partit sur le côté à la vitesse d'un retour chariot sur une machine à écrire – si avec ça, il n'était pas inconscient, il était au moins au tapis. Je vérifiai le chargeur du M16 et mis le fusil d'assaut en position automatique. Les forces commençaient à être moins déséquilibrées.

Alors que je traversais la route en boitillant, je vis Bianca qui courait vers les véhicules. Elle comprendrait rapidement que c'était le bus ou rien. Selon l'hypothèse la plus logique, la plupart des hommes se dirigeraient vers l'incendie, mais je savais que Bidarte laisserait au moins un de ses sbires auprès de Cady, et j'espérais bien que ce serait celui à qui je voulais régler son compte.

Je laissai le corral derrière moi et j'approchai de l'avion, toujours posé là. Les lumières s'allumèrent brusquement et quelques personnes dégringolèrent sur le marchepied par la porte ouverte dans le fuselage.

Afin d'ajouter un peu de confusion, je criai avec mon plus bel accent espagnol :

— *Policía ! Policía !*

Puis je tirai quelques rafales en l'air pour plus de plausibilité. Les deux hommes qui sortaient du ranch se jetèrent au sol quand je tirai, et je balançai une autre série de tirs vers le sol, provoquant de petits geysers de terre et de cailloux.

Quelqu'un d'autre fit feu, mais j'étais presque sûr que les tirs provenaient de l'autre côté de la maison, alors je poursuivis ma route le long de l'empennage et arrivai près de la porte. En me mettant lentement debout, j'aperçus par le hublot un inconnu à genoux sur quelque chose qui était enroulé dans une couverture. Il tenait un Glock 9 mm d'une couleur étrange et il regardait dehors.

Je me baissai rapidement et décidai de tenter une dernière ruse pour épargner à ma fille le stress de le voir se faire trouer la peau à l'intérieur du Beechcraft. Planté juste à côté de la porte, je lançai :

— *Fuego, fuego amigo !*

À l'évidence, il n'attendait que ça, une excuse pour quitter l'avion, parce qu'il sortit en courant avec le 9 mm à bout de bras ; il fut accueilli par toute la force que j'étais capable de mettre dans la crosse du M16. Il s'écroula, et si par hasard il lui restait un nez, je n'en voyais plus trace.

Après lui avoir arraché son arme de poing et l'avoir glissée dans mon jean, je brandis le M16 en position de tir, montai les marches et, depuis le seuil, vérifiai qu'il n'y avait pas d'autre homme armé dans l'avion. Je restai là quelques secondes, sans cesser de le tenir en joue alors qu'il était allongé immobile sur le sol, quand j'entendis une petite voix à l'intérieur.

— Papa ?

Je m'engageai dans le couloir, je la cherchai partout frénétiquement avant de m'arrêter à la rangée de sièges où le tireur était précédemment accroupi. J'aperçus une touffe de cheveux blond vénitien et une paire d'yeux gris acier qui me dévisageaient.

— Oh mon Dieu…

Elle pleurait. Prenant appui sur le siège, elle se mit debout et je l'attrapai avec la ferme intention de ne plus jamais la lâcher.

— Est-ce que ça va ?

Entre deux sanglots, elle acquiesça.

— Oui, oui, ça va, mais où est-ce que…

— Il faut qu'on sorte d'ici.

Je la tirai avec un bras tout en jetant un coup d'œil par chaque hublot avant de descendre le marchepied avec le canon du fusil automatique pointé devant.

L'homme n'avait pas bougé. Je me retournai vers elle, remarquant pour la première fois qu'elle portait la robe de flamenco de Bianca et qu'elle était pieds nus.

— Tu n'as pas de chaussures ?

Elle essuya ses larmes avec son poing et ses yeux étincelèrent.

— On s'en fiche, passe devant, je te suis.

Une fois que j'eus dépassé le fuselage et la queue de l'avion, je vis que la grange était en flammes, le foin sec dans le grenier devenu un brasier tourbillonnant gigantesque avec des étincelles orange emportées dans les courants brûlants.

— On y va.

Je la portai presque jusqu'aux véhicules et au même moment j'aperçus des hommes en train de se diriger vers le ranch et un autre en train de courir vers l'avant de l'avion.

— On n'a pas beaucoup de temps…

Coupant à travers le corral, nous escaladâmes les barrières de l'autre côté et je la fis monter rapidement dans l'autobus.

— Va rejoindre les autres, mais si j'arrive à démarrer l'Escalade, tout le monde devra s'entasser dedans à toute vitesse, compris ?

Découvrant le véhicule de transport collectif décrépit, elle soupira.

— Sans déconner.

Bianca l'attrapa par le bras et l'entraîna.

— C'est exactement ce que j'ai dit.

Je revins au 4x4, et arrivé à la portière côté conducteur, je tirai sur la poignée, qui ne céda pas. Je tirai à nouveau, mais elle était bien verrouillée.

— Mais quelle idée, de fermer sa voiture à clé au beau milieu du désert ?

Je pris mon élan et frappai la vitre de toutes mes forces avec la crosse du M16, sans le moindre effet.

Merde.

Je n'avais plus de temps, alors je repartis vers l'autobus et m'installai sur le siège à ressorts. Je tendis le fusil à Cady, qui prit place avec Bianca près de l'endroit où Adan était couché par terre. Avec plus d'une douzaine d'yeux rivés sur moi, je me fixai sur ceux d'Alexia.

— S'il y a une chance que les saints répondent à une prière collective, demandez-leur de faire démarrer cette épave.

J'écrasai l'embrayage et pompai sur la pédale des gaz avec toute mon énergie. J'actionnai la clé et écoutai le grincement maladif du moteur, qui ne dura que quelques secondes – puis plus rien.

Je recommençai. Rien.

Un gamin maigrichon s'était rapproché de moi et me parlait en espagnol. Alexia traduisit.

— Il dit qu'il manque quelques crans sur la roue dentée, mais que si vous continuez à pomper et à forcer, ça va marcher.

J'obéis au conseil du petit orphelin et, à la quatrième tentative, le vieux V-8 se réveilla en crachotant et finit par rugir par son échappement raccourci. J'étais prêt à croire aux saints. Tendant le bras, j'attrapai la poignée pour fermer la porte et me retrouvai face au garde que je croyais avoir mis K.-O. dans l'avion.

Debout sur le marchepied, le nez éclaté, le visage couvert de sang, il sourit, cracha et leva un AK qu'il avait dû récupérer en route.

Comme je redoutais que Cady ne soit pas assez rapide et que j'ignorais si elle savait comment utiliser le M16, tous mes espoirs se concentraient sur le Glock glissé dans ma ceinture et ces espoirs n'étaient guère reluisants.

Il brandit la kalachnikov, visant mon visage. Je le fixai et, toujours avec son sourire ensanglanté, il appuya sur la détente. Je venais de faire la paix avec tous les saints quand le côté droit de sa tête explosa comme une citrouille. Une grosse giclée rouge alla s'étaler sur la vitre de la porte en accordéon de l'autobus. Il s'écroula tel un sac de pierres, la rafale de l'AK perforant le toit du vieux bus alors que je plongeais pour me protéger. Retrouvant mon souffle, je jetai un coup d'œil derrière, où tout le monde s'était complètement figé.

— Asseyez-vous et accrochez-vous !

Je lâchai l'embrayage et fis avancer le bus d'un bond, avant de m'arrêter un instant pour tendre le bras et réclamer le M16 à Cady.

— Donne-moi le fusil !

Elle obéit et, d'une main, je dirigeai le canon vers la porte et canardai l'Escalade tout en relâchant à nouveau l'embrayage.

Des étincelles rebondirent sur les flancs du 4x4. Nous dépassâmes le corral en cahotant pour rejoindre la route principale qui menait à Torero. Nous étions à découvert, mais je pris le temps de balancer une douzaine de balles dans l'arrière du Beechcraft en même temps que nous essuyions quelques tirs accompagnés de beaucoup de cris.

Je virai vers la droite, et franchissant le replat avec une secousse nous nous trouvâmes sur une route plus petite en direction du nord-ouest tandis que je fouillais à la recherche de la commande des phares. Je finis par la trouver et une faible lueur jaunâtre apparut devant nous. Je passai la seconde et les quatre roues motrices du vieil autobus descendirent les creux sablonneux comme un chaland secoué par des vagues un peu hautes.

Hurlant pour qu'on m'entende avec le rugissement du moteur, je lançai :

— Tout le monde va bien ?

Ils échangèrent tous un regard, Bianca traduisit, puis toutes les têtes firent signe que oui, et nous poursuivîmes notre route.

Je ne voyais aucun phare derrière nous, alors peut-être que j'avais assez abîmé l'Escalade pour qu'elle ne soit plus utilisable. J'étais aussi certain qu'ils ne prendraient pas le risque de faire décoller le Beechcraft perforé dans la nuit… du moins, moi, je ne le ferais pas.

Je venais de passer la troisième quand je crus voir quelque chose sur ma droite, quelque chose qui bondissait dans les genévriers et les cactus rabougris comme une antilope lancée au galop.

Mince, le vieux Mercury n'était même pas capable de battre à la course une antilope.

Je finis par identifier la silhouette qui courait à hauteur du bus, familière, trop rapide pour être humaine ; je ralentis. Il aligna sa vitesse sur la mienne, sauta sur le marchepied avant d'attraper la rambarde, le Garand pointé vers l'arrière et nos éventuels adversaires.

Il monta les marches et je remis la sécurité sur le M16 avant de le tendre à ma fille assise derrière moi. Je désignai l'individu à l'air sauvage dans son poncho en coton élimé.

— Voici Isidro. Il n'est pas très doué pour parler, mais c'est un tireur hors pair.

Heureusement, la jauge d'essence marquait un niveau de moitié. Et malheureusement, nous roulions sur la route raboteuse depuis au moins une heure quand j'aperçus le vieux camion abandonné, où je m'étais reposé quelques instants.

Je savais que les corps de mes amis étaient là, mais il était exclu que je m'arrête pour les récupérer. Je pris à droite à l'embranchement, en direction du ranch d'Adan, me disant que si on y arrivait, on y trouverait assez de soutiens pour nous permettre de nous enfuir vers le nord.

Cady s'avança, abaissa un strapontin près de la porte et essaya de garder son équilibre en se cramponnant à la barre chromée et au tableau de bord.

— Je te suis infiniment reconnaissante mais… qu'est-ce qu'on fait, là, exactement ?

Je penchai la tête et levai un sourcil.

— Le plan se déroule comme prévu.

— Et quel était ce plan ?

— Te sauver. Henry, Vic et le reste de la bande sont emberlificotés dans des démarches administratives, alors j'ai pris les devants, et j'ai décidé de faire cavalier seul sur ce coup.

Elle contempla l'arrière du bus.

— Et tu libères des orphelinats aussi ?

— C'est une activité secondaire.

D'un mouvement du menton, Cady désigna Bianca et Adan, toujours allongé par terre.

— Et eux, c'est qui ?

— Mon personnel médical.

Elle resta silencieuse un moment.

— J'ai cru que je ne m'en sortirais pas, papa.

Dans l'énorme rétroviseur qui me donnait une vue panoramique sur l'intérieur du bus, j'aperçus Isidro au fond en train de viser par une des fenêtres de coin qui avait perdu sa vitre.

— Je n'aurais jamais laissé une chose pareille arriver, chérie.

Elle rit sans joie, et posa sa main sur mon bras tout en contemplant le désert noir.

— Eh bien, il faut admettre que cette mission est un peu différente de ce que tu fais d'habitude.

Nous roulâmes en silence pendant un moment, et je remarquai que la plupart des enfants étaient couchés sur les banquettes et essayaient de trouver le sommeil.

— Le Texan, celui qui m'a enlevée…

— Culpepper.

— Ouais. (Ses yeux restèrent fixés sur les ténèbres dehors.) Il a dit que c'était lui qui avait tué Michael.

Je hochai la tête sobrement et continuai à fixer la route.

Elle me regarda à nouveau, et je vis qu'elle pleurait.

— Je voudrais qu'il meure. C'est horrible, non ?

— Non, chérie. C'est normal.

— Toi aussi, tu veux qu'il meure ?

Je réfléchis, essayai de trouver quelle vérité j'énoncerais dans ma prochaine phrase, mais optai finalement pour une formule d'évitement.

— J'aurais pu le tuer, j'en ai eu l'occasion, et peut-être que j'aurais dû.

— Il n'arrêtait pas de dire qu'on était des gens faibles, toi et moi. Que c'était pour ça qu'ils gagnaient toujours, parce que nous, on est gentils dans les moments où on ne devrait pas l'être. Tu penses que c'est vrai ?

— Je pense que c'est tordu. (J'essayai d'expliquer le mieux possible.) Il y a tellement de choses pour lesquelles ça vaut la peine de vivre, et de mourir, mais seulement quelques-unes qui valent la peine qu'on tue pour elles, et peut-être que les deux sont mêlées – je ne sais pas. J'arrive presque à pardonner à Culpepper – il n'est qu'un animal tueur –, mais Bidarte s'en est pris à moi personnellement en attaquant ma famille et mes amis… Tout ce que je sais, c'est que je ne vais pas le laisser tuer qui que ce soit d'autre qui ait de l'importance pour moi.

— Des phares !

Dans le rétroviseur, je vis Bianca debout au milieu du bus. Elle nous tournait le dos. Une paire de phares LED modernes bondissait sur la route et gagnait du terrain, très vite.

16

Tout en essayant de maintenir le Mercury bringuebalant dans les sillons de la piste défoncée, je me tournai vers ma fille, qui avait appris à conduire sur le tracteur 8H de 1948 de mon grand-père, et criai :

— Tu vas pouvoir conduire ce truc ?

— S'il le faut !

Je laissai le vieux bus ralentir un peu, sortis du siège et elle sauta à ma place.

— Contente-toi de rester sur la route et d'éviter les embardées.

Elle écrasa l'accélérateur et se pencha en avant, les yeux rivés sur le pare-brise poussiéreux.

— Quelle route ?

Je récupérai le M16 sur la banquette et d'un pas mal assuré, passai par-dessus Adan, à côté des enfants terrifiés, pour aller rejoindre Bianca et Alexia et m'asseoir de l'autre côté de l'allée, au niveau d'Isidro. J'évaluai la situation. Ils nous rattrapaient aussi rapidement que si nous étions arrêtés. Il leur restait moins de quatre cents mètres à parcourir avant de se retrouver collés à notre pare-chocs.

— C'est eux ?

— Faites remonter les enfants vers l'avant, demandai-je à Bianca.

Les deux femmes obtempérèrent. Isidro, qui avait retiré son poncho et l'avait posé plié sur le rebord de la fenêtre sans vitre, installa son .30-06 pour viser les phares qui approchaient.

— S'il le faut, est-ce que tu peux les avoir à cette distance ?

Il haussa une épaule tandis que nous avancions en cahotant.

— Combien il te reste de balles ?

Il leva deux doigts.

Comme je regrettais de ne pas avoir les trois balles qui se trouvaient dans la poche de Culpepper. Assis au dernier rang, dans le coin opposé, je sortis le chargeur du M16, comptai mes munitions et le remis en place. Il m'en restait environ quatorze.

— L'Armalite n'aura pas la puissance de ce .30-06, alors je vais te demander de tirer dans l'avant de ce 4x4 quand il se rapprochera.

Il ouvrit grand les yeux.

— Je sais que ce n'est pas ta spécialité, mais nous ignorons combien d'hommes il y a dans ce véhicule et la façon la plus simple de les arrêter tous, c'est de mettre la voiture HS en tirant sur le radiateur ou le moteur.

Il continua à me dévisager. Je n'étais pas certain que ma logique l'avait convaincu.

Je gesticulai avec l'arme automatique dans les mains.

— Une fois que tu auras tiré tes deux balles, promis, je te donnerai ça.

Il se positionna vers la cible, et je supposai que nous étions parvenus à un accord.

L'Escalade gagnait du terrain plus rapidement maintenant que nous avions atteint une ligne droite, mais bien que la route ne fût pas sinueuse, son état n'en était pas meilleur, ce qui en réalité nous donnait un petit avantage. Le bus Mercury était tellement vétuste que sa garde au sol était élevée et qu'il avait un plus grand empattement.

Même ainsi, le 4x4 n'était plus qu'à une centaine de mètres de nous. Il bondit en avant et Isidro tira, la vieille crosse en bois s'encastrant dans son épaule comme si elle faisait partie de son anatomie.

Nous observâmes la paire de phares qui approchait sans constater le moindre effet de notre balle.

— Vas-y, une autre.

Isidro visa et tira à nouveau.

Rien. Le gros 4x4 rugit et bondit, avant de venir percuter l'arrière de l'autobus avec une force inouïe. Le Mercury fit une embardée.

Secoués en tous sens, nous finîmes par retrouver nos positions. Je criai à Cady :

— Ça va ?

— Oui !

Elle corrigea la trajectoire dans le sable glissant, puis recorrigea, maintenant le bus à une vitesse presque constante d'environ quatre-vingt kilomètres à l'heure, ce qui semblait être son maximum.

Lorsque je me retournai, le 4x4 prenait son élan pour nous percuter à nouveau, et encore plus affolant, le toit était en train de s'ouvrir et quelqu'un essayait de se mettre debout, armé de ce qui avait l'air d'être une autre kalachnikov.

Désignant l'Escalade transformée en bélier, je pris le Garand à Isidro et lui donnai le M16.

— Fais ce que tu sais faire de mieux.

Il entreprit d'examiner l'arme automatique comme si c'était un lanceur Atlas puis la cala contre son épaule juste à temps pour la braquer sur l'individu vociférant qui émergeait du toit ouvrant, à l'instant précis où l'Escalade nous rentrait dedans à nouveau.

La force de l'impact fit faire à l'autobus un écart tel que les roues accrochèrent les bords extérieurs des ornières avant que Cady ait le temps de manœuvrer, et je sentis le Mercury pencher sur le flanc, prêt à se coucher. Suivant le mouvement tout en douceur, Cady reprit le contrôle, mais nous avions ralenti au point que l'Escalade ne se trouvait qu'à quelques mètres de nous. Je voyais même Culpepper sur le siège passager, nous visant, le sourire aux lèvres, armé de mon colt qu'il avait passé par la fenêtre.

Sur le toit, le tireur s'était replacé et calait le fusil d'assaut contre son épaule. Je lançai un coup d'œil à Isidro, mais lui aussi avait déjà épaulé et avait le doigt sur la détente. Il appuya. Il ne se passa rien.

Une rafale d'AK perfora l'arrière du bus et nous nous jetâmes tous au sol à la recherche d'un peu de protection. Je criai à Bianca et Alexia, le plus fort possible pour être entendu dans le fracas ambiant :

— Couchez-vous !

Isidro me donna le fusil, le visage perplexe. Tendant le bras, je défis le cran de sécurité au moment précis où une autre rafale traversait la tôle, et nous nous jetâmes à terre à nouveau.

Le bus fit une embardée mais pas aussi violente que la précédente, et Isidro et moi réussîmes à reprendre nos positions. L'Indien réépaula le M16 et visa soigneusement.

Dans le trou qui remplaçait l'autre fenêtre, je visai avec le Glock tandis que l'artilleur de l'Escalade tentait de maintenir la mire du fusil d'assaut sur nous malgré les ornières.

Nous venions d'arriver sur une nouvelle portion de route en ligne droite quand il leva sa kalachnikov ; aussitôt, une brève explosion se fit entendre du côté d'Isidro, la rafale de M16 déviant vers le haut comme un canon antiaérien, un défaut inévitable chez ceux qui ne sont pas habitués aux armes automatiques.

Néanmoins, la tête du tireur partit en arrière avec la première balle et il tomba dans l'Escalade avant d'être rapidement remplacé par un nouveau, armé d'un autre AK. Cette fois le conducteur s'y mit aussi, avec un pistolet tendu par la portière.

Je rangeai le semi-automatique dans mon jean et récupérai le M16 des mains d'Isidro. Je le poussai un peu.

— À mon tour.

Je visai rapidement et passai le sélecteur sur un coup tandis qu'ils rétablissaient leur trajectoire. Je tirai dans le pare-brise, qui explosa. Le 4x4 bondit à nouveau pour nous heurter encore plus fort qu'avant ; le gars qui dépassait du toit ouvrant fut projeté en avant et quelques-unes de ses balles fusèrent dans notre direction avant que son arme ne lui échappe, tombe sur le capot et finalement au sol.

Le Mercury fit une nouvelle embardée. La période sur deux roues parut durer une éternité pendant que Cady essayait de corriger le survirage. Puis le bus monta sur la berme avant de s'écraser lourdement sur ses quatre roues, dévier à nouveau et monter de l'autre côté, glissant de manière incontrôlable jusqu'à s'arrêter, le châssis probablement bloqué sur le talus central de la piste.

L'Escalade percuta violemment le coin de l'autobus une dernière fois puis dévia sur la gauche avant de s'immobiliser dans un grand dérapage, à un angle très bizarre, enfoncée dans le sable.

Je regardai vers l'avant du bus. Tous les enfants étaient couchés par terre. Cady écrasa l'accélérateur, mais le bus refusa de bouger. Elle passa la marche arrière, avec le même résultat.

— Amenez les gamins sur le côté droit !

J'avais à peine fini ma phrase qu'une nouvelle rafale trouait toute la longueur du Mercury. Bianca et Alexia attrapèrent les enfants et allèrent se réfugier de l'autre côté.

Je sortis mes deux bras par la fenêtre et vidai le chargeur du M16 dans l'Escalade dont le flanc fut troué comme une passoire. Rentrant dans le bus, je me calai contre la porte, éjectai le chargeur et laissai tomber l'Armalite par terre. Je sortis le Glock de mon jean.

— Eh ben, ça y est nous n'avons officiellement plus de balles pour le M16.

Isidro me dévisagea fixement.

Je mis ma main sur son épaule et il s'écroula vers l'avant, le dos couvert de sang. Je le rattrapai et tâtai son cou à la recherche d'un pouls qui avait disparu. Ma respiration bégaya dans ma poitrine et ma gorge, et je sentis monter la colère contre laquelle je m'étais battu toute ma vie. Je restai là, à serrer le jeune homme contre moi.

Tôt dans sa vie, on repère en soi un noyau de rage, et si on a de la chance, on commence à fabriquer tout autour une callosité, une couche épaisse d'humanité qui l'isole et le tient à distance, parce qu'il est trop dangereux pour qu'on prenne le risque que la fureur s'échappe. Votre famille ne le voit jamais, vos amis ne le voient jamais, personne ne doit jamais le voir – mais il est là, attendant d'anéantir par le feu la couche protectrice dont la construction a nécessité une vie entière et d'exploser comme un chancre volcanique d'émotion et de folie.

Je posai Isidro délicatement sur le côté et je me mis debout. Quelques balles de pistolet touchaient l'autobus, mais je m'en fichais. J'avançai, les balles essayant de m'atteindre tandis que je remontais le couloir central jusqu'à l'avant du bus. Je passai par-dessus Bianca, Alexia, Adan, les enfants et ma fille, et je poussai la poignée pour ouvrir la porte.

Recroquevillée sur le tapis de sol, Cady releva la tête juste assez longtemps pour apercevoir ce moi inconnu.

— Papa, qu'est-ce que tu fais ?

Me tenant à la barre chromée, je descendis les marches et posai mes deux bottes dans le sable poudreux, contournai l'avant du bus tandis que quelques autres balles venaient en percer le flanc.

Quand je débouchai devant l'Escalade, le chauffeur passa en courant devant le capot et tira à nouveau, cette fois dans ma direction mais bien trop à droite. Je levai le Glock et lui mis une balle en pleine poitrine.

Alors que je traversais la route défoncée, un autre tir sortit de l'Escalade, et je repérai la lueur de l'arme à la fenêtre arrière au moment où le tireur ouvrait sa portière – il me fallut deux balles pour arrêter celui-là. Il tomba et atterrit face contre terre au milieu de la route.

Je pivotai pour viser la portière passager qui s'ouvrait lentement. Culpepper apparut, couvert de sang et encore tenu par la ceinture de sécurité comme une marionnette cassée, mon chapeau sur la tête et mon .45 qui pendait dans la main droite.

Je crus au départ qu'il était mort, mais je vis le demi-sourire tandis qu'il me regardait approcher.

— Putain, vous êtes coriace.

J'inspectai la voiture jusqu'à être certain que les autres étaient bien morts puis je me plantai face à lui.

Il essaya de bouger, cracha une grosse quantité de sang qui inonda sa chemise, et rit.

— Je crois que je ne vais pas m'en tirer.

Je m'arrêtai à moins d'une longueur de tombe.

— Il est probable que non.

Le sang coulait de sa bouche, il tenta néanmoins de lever la tête.

— Je l'ai eu, ce petit connard d'Aztèque ?

Je n'allais certainement pas lui donner cette satisfaction.

— Non.

— Vous mentez.

— Brandissez mon pistolet et vous le saurez.

Il ne bougea pas et je maintins la mire du 9 mm sur le seul de ses yeux que je voyais sous le bord de mon chapeau.

— Je vais vous poser la question une dernière fois, est-ce vous qui avez tué mon gendre ?

Il rit de plus belle, pour s'interrompre à nouveau, toussant et crachant du sang, avant de me jeter une pelletée d'autres mensonges.

— Ouais, je l'ai tué, là-bas, à Philadelphie. Je lui ai tiré une balle dans le dos, ensuite je l'ai retourné et je lui en ai tiré une autre en pleine figure.

Il me servit le sourire que je trouvais totalement insupportable.

— Il a pleuré comme une fille.

— Vous mentez.

Sans se départir de son rictus moqueur – un sourire de tête de mort cette fois –, l'œil unique me toisa.

— D'accord… Le chef l'a fait lui-même. Il aime faire les sales besognes quand c'est personnel. Il dit que le jour où la bombasse qui vous sert d'adjointe se pointera, il va se la payer, elle aussi. Lentement. (Sa tête bougea.) Juste après qu'il vous aura eu, vous.

— Où est-il ?

— Quelque part. Pas loin.

Je pris une inspiration, peut-être la première depuis que j'étais sorti de l'autobus.

— Eh bien, j'ai beau prendre grand plaisir à notre conversation… Il faut qu'on s'en aille, et je veux mon chapeau, mon arme et le couteau de Henry.

Il tripota mon colt, le métal sombre étincelant dans le clair de lune froid, sans âme.

— Je vais vous le donner, le pistolet.

— Ne faites pas ça.

— Bon sang, sherif… (Lentement, il leva mon .45.) Au moins, je me ferai tuer par un Américain.

Il était presque arrivé à le hisser jusqu'à la position de visée quand je tirai.

Sa tête partit en arrière et son corps suivit, rebondit sur le dossier avant de s'écrouler sur le tableau de bord, retenu par la ceinture, sans vie. Du trou où se trouvait auparavant son œil, le sang coulait sur ses genoux.

Après une autre inspiration j'avançai d'un pas. Je récupérai mon chapeau et le reposai sur ma tête avant de reprendre mon pistolet. Je trouvai le Bowie de Henry par terre dans la voiture. Je jetai un dernier regard au visage massacré de Culpepper, dont la moitié était encore couverte de pansements. Il était mort avec le petit sourire narquois qu'il emportait en enfer, dans un ultime ricanement.

J'examinai le Glock, découvris qu'il était vide, et le laissai à l'intérieur de l'Escalade. Je sortis le chargeur de mon colt, qui était également vide. La seule balle restante était celle déjà engagée dans le canon. Avec un soupir, je remis le chargeur en place puis fis le tour de l'Escalade pour récupérer une des kalachnikovs et autant de munitions que je pouvais en transporter.

Quand je revins au bus, Cady, Bianca et Alexia étaient à quatre pattes et, avec leurs mains, creusaient le sable pour dégager le vieux Mercury. Bianca leva les yeux vers moi.

— Isidro est mort.

— Je sais.

Elle désigna le 4x4 des narcotrafiquants.

— Et eux ?

Je gesticulai avec ma collection d'armes.

— Tous morts.

Cady frotta ses mains pour enlever le sable puis aida Alexia à se relever.

— Je crois que c'est bon.

— Personne d'autre n'a été touché ?

— Non.

Elle s'avança vers moi, les traces laissées par les larmes sur son visage sale dessinant comme des peintures de guerre.

— Nous l'avons enveloppé dans son poncho et allongé par terre.

J'observai la faible lueur à l'horizon du levant, sentant mon énergie s'envoler comme si j'avais ouvert une valve.

— Il faut qu'on redémarre, le soleil va bientôt commencer à taper.

Face à notre véhicule bleu clair et ocre rouge, j'eus un peu de mal à énoncer la phrase suivante.

— Et je ne sais pas trop ce que vaut la climatisation dans ce truc.

Cady s'avança encore et enroula ses deux bras autour de moi. C'était la meilleure sensation que j'aie éprouvée depuis très, très longtemps.

Nous réussîmes à sortir le Mercury de l'ornière et trouvâmes assez d'adhérence pour ramener les quatre pneus craquelés sur la route tandis que les premiers rayons du soleil creusaient des gorges dans le paysage plat, volcanique, du désert.

Avec le soleil qui se levait, c'était presque comme si un monde étrange émergeait autour de nous, une planète inhospitalière, implacable, de roche et de feu, une sensation encore accrue par la combustion du moteur de notre vieux bus qui avançait en haletant.

La jauge affichait un quart de réservoir, et tout ce que j'espérais, c'était que nous pourrions arriver quelque part où nous trouverions assez d'essence pour nous emmener jusqu'à la frontière.

Le mien, de réservoir, avait depuis longtemps atteint le niveau critique. Nous nous orientions vers l'est ; mes yeux se fermaient, et je ne savais pas si c'était parce que je n'avais pas dormi depuis des années, à cause des coups répétés que j'avais pris ou si j'en avais juste assez d'être face au soleil.

Assises sur la banquette derrière moi, Cady et Bianca parlaient à voix basse. Elles s'occupaient d'Adan. Alexia et les enfants étaient endormis, et s'il y avait eu la moindre possibilité, j'aurais fait pareil.

J'avais l'impression que nous roulions depuis des heures lorsque je crus voir quelque chose au loin, mais honnêtement, j'ignorais ce que c'était, et si la chose était vraiment là. Dans le jaune frémissant du soleil, il y avait un objet avec des ailes, de grandes ailes qui dans mon imagination s'étendaient à l'infini, envoyant des ondulations de chaleur sur la surface du désert.

Le phénix est l'oiseau légendaire doté d'un plumage scintillant et d'une voix extraordinaire qui renaît du bûcher de ses propres cendres pour se régénérer et voler jusqu'à Héliopolis en Égypte, au temple de Rê, le dieu égyptien du soleil. Un symbole d'immortalité et une allégorie de la résurrection, l'oiseau de plus de mille ans se trouvait là, sur la route, devant nous, et la seule pensée qui s'imposa à moi fut qu'il était comme le soleil qui meurt métaphoriquement chaque nuit pour renaître chaque matin.

Je ralentis et inspectai les alentours, mais tout ce que mes yeux rougis parvenaient à distinguer était l'impitoyable désert mexicain, si intransigeant avec ce Mercury épuisé, le héros mythologique rêvé pour se confronter à l'obstacle qui bloquait la route devant nous.

Je restai un long moment, scrutant le désert à gauche et à droite, avant de couper le moteur du bus.

La voix de Cady derrière moi résonna à peine plus fort qu'un chuchotement.

— Oh, mon Dieu.

Dans toute fiction réside un mensonge, une invention qui dit que lorsque le moment critique de votre vie arrivera, vous serez reposé, propre, calme et préparé, mais c'est faux. Je vous le garantis. Vous serez épuisé, embrouillé, sale et blessé. Mais c'est là qu'intervient une force miraculeuse.

Cela. Vous. Sera. Égal.

Je me mis péniblement debout, contemplai les trois femmes et l'homme blessé, qui avait repris connaissance et qui, désormais assis, m'observait, le visage en sang.

— N'y va pas.

Mon regard se posa sur les enfants derrière lui, en particulier sur Alicia.

— Fermez les portes derrière moi, et peu importe ce qui se passe, ne sortez pas de ce bus, sous aucun prétexte.

J'ouvris les portes pliantes et descendis lentement les marches pour retrouver la surface dure de la route. Je sortis de mon jean le .45 avec sa balle unique et contemplai le bi-moteur Beechcraft, dont la carlingue en aluminium étincelait dans la lumière du soleil levant.

Avançant de quelques pas, j'examinai les alentours, où un certain nombre d'hommes s'étaient déployés, à une cinquantaine de mètres de nous, dans toutes les directions, leurs armes automatiques pointées sur l'autobus et moi.

Prenant une profonde inspiration, je me concentrai sur le soleil, l'avion et l'homme debout sur la route tandis que la sueur s'accumulait sous la bande de mon chapeau taché de sang. Je commençai à avancer vers lui, tout en sachant que si je levais mon bras tenant le .45, je serais mort avant de toucher le sol.

— Bienvenue.

Je m'arrêtai en entendant le son de sa voix, puis percutai et tentai de produire une réponse.

— Laissez-nous passer.

Il fit un pas vers moi, et je vis que dans une main se trouvait son couteau et dans l'autre, une espèce de tissu rouge.

— Vous suivez toujours votre boussole morale ?

— Si vous ne vous écartez pas de mon chemin, je vais vous tuer.

Sa tête s'inclina dans un geste de surprise feinte.

— Ah, shérif, peut-être que votre boussole n'intègre pas des situations comme celle-ci, un lieu où la justice est impuissante.

Je bougeai, imperceptiblement, le colt dans la main.

— Pas totalement impuissante.

Me jaugeant toujours, sous son chapeau à larges bords, il clarifia les choses.

— Vous pourriez me tuer, mais ensuite mes hommes vous tueront et ensuite ils tueront tous les passagers de ce bus jusqu'au dernier.

— Qu'est-ce que vous voulez ?

Il se décala légèrement sur la gauche, sans me quitter des yeux.

— Il est temps que ça se termine, cette histoire entre nous. Ça ne se passe pas exactement comme je l'avais prévu, mais bon, peut-être est-ce ainsi que ça doit être.

— Alors, comment allons-nous y mettre fin ?

D'abord, il ne bougea pas, puis tout à coup, il déplia une longue ceinture basque rouge, un *gerriko* – le tissu s'étalant sur la route comme une blessure fraîche.

— Vous voulez que je me pende ?

Il laissa échapper un rire.

— Vous avez le couteau de votre ami ?

— Je préférerais utiliser ce colt.

Il avança d'un pas.

— Non, je trouve que ce ne serait pas juste.

Envisageant toutes les alternatives, je jetai le .45 dans le sable sur le bord de la route et sortis de la ceinture de mon pantalon le couteau Bowie en bois de cerf de Henry Standing Bear.

— J'imagine que vous n'accepteriez pas un combat à mains nues ?

Il fit claquer la ceinture de quatre mètres de long.

— Je crains que là aussi, vous n'ayez l'avantage.

Je m'approchai, me penchai et ramassai l'extrémité de l'écharpe.

— Et avec ceci, vous n'avez pas l'avantage, vous ?

Il haussa les épaules.

— Peut-être, mais il est compensé par votre supériorité en taille et en muscles. Voyons qui, de l'adresse ou de la force, remporte la victoire. Une dernière corrida pour déterminer les sacrifices sur l'autel de la justice, même s'il n'y en a pas…

Enroulant le tissu autour de mon poignet d'un méchant coup sec, je tirai son bras vers l'avant ; il se mit de profil et brandit le poignard de trente centimètres de long à hauteur d'épaule, tel un scorpion qui lève sa queue courbée.

Je fis un pas vers la gauche, il contra en allant à droite, et j'observai le placement méticuleux de son pied. Il était comme un picador, attendant que le taureau se laisse distraire ne serait-ce qu'un instant.

Le couteau, lourd, me donnait une bonne sensation dans la main et je tentai de réveiller tous mes sens, sachant pertinemment que si je n'y arrivais pas rapidement, il n'y aurait pas de raison de lutter.

Je me sentais comme le taureau qui s'achemine vers le dernier acte, ensanglanté et voûté, attendant l'estocade finale qui percera son cœur fatigué. Je me déplaçai en arc de cercle et aperçus Cady et tous les autres collés au pare-brise du vieux bus. Ils contemplaient le spectacle, toute l'horreur de la situation peinte sur leurs visages, et j'eus envie de sourire ou de dire quelque chose qui les rassurerait.

C'est là qu'il frappa.

La seule chose que je sentis fut qu'on tirait sur le devant de ma chemise trempée de sueur et qu'un bouton-pression sautait avec un petit bruit sec.

Je ne l'avais même pas vu bouger. Il était incroyablement rapide.

Il s'était glissé sous mon bras tendu, son mouvement m'avait complètement échappé. Il se retourna et me toisa, impassible.

— L'*acoso y derribo*, pour tester la bravoure du taureau avant que le vrai combat ne commence.

Je passai le dos de ma main armée sur mon ventre ; il revint couvert de sang frais. Il n'y avait aucune douleur, la coupure n'était pas profonde, juste assez pour me faire savoir qu'elle aurait pu l'être beaucoup plus et que mon adversaire aurait pu mettre fin au combat d'un seul geste.

Un frisson me parcourut la peau comme un courant électrique tandis que je commençais à comprendre dans quelle situation périlleuse je m'étais mis.

— Alors, vous n'aimez pas la corrida, shérif ?

Sans me quitter des yeux, il changea de direction et brandit à nouveau sa lame.

— Le *cambio*, qui se produira plusieurs fois avant la fin de notre combat, mon ami.

Je sentis la colère monter.

— Vous vous amusez bien ?

— Je vais essayer de vous former à cet art.

Il continua à avancer sur son cercle et je l'imitai.

— Quand j'ai tenté de vous vendre aux enchères, je me suis laissé submerger par mon avidité, mais ceci est bien mieux, plus personnel. Et toute justice, souvenez-vous-en dans vos derniers instants, est personnelle.

Une feinte sur sa droite, puis il plongea comme pour attaquer à nouveau et je tombai dans le panneau, trébuchant un peu sur la route inégale. Il recula et m'observa, notant ce nouvel aveu de faiblesse de ma part.

Tirant dans la direction opposée, je saisis une autre pleine poignée de l'écharpe et l'enroulai autour de mon bras. Si je pouvais l'attirer plus près, j'aurais un avantage du fait de ma taille et de mon poids. Il se contenta de se décaler d'un pas, dansant presque, et il leva sa lame une nouvelle fois.

— *L'embestida*, ou la charge du taureau.

Dès que je perçus une ouverture, j'attaquai d'un grand geste, mais il recula prudemment avant d'entailler sérieusement l'épaule sans protection de mon bras, au point que je faillis lâcher mon couteau.

Il passa dans mon dos. Cette fois j'avais anticipé et faisant volte-face, j'attaquai à nouveau, lui effleurant tout juste l'avant-bras à l'instant où il se rétractait.

— Le *parado*, où le taureau fatigue sans pour autant rien perdre de son ingéniosité.

Il me regarda m'étirer l'épaule, grimacer sous l'effet du nouveau pincement de douleur dans le mouvement. Il savait désormais que j'étais diminué.

— Il n'y a pas de honte, shérif. Par contre, il y a un prix.

Je restai planté là, sur mes jambes de plomb. J'avais probablement encore l'énergie pour deux attaques avant de m'écrouler. Il fallait faire en sorte qu'elles soient efficaces. Si je devais mourir découpé comme un rôti de bœuf, j'allais malgré tout m'assurer que le diable ait ce qu'il méritait.

Tendant les bras au maximum, je décrivis un cercle en face de lui puis changeai brusquement de direction tout en tirant l'écharpe vers moi. Je lançai une nouvelle attaque, mais il se faufila sur le côté et se glissa sous mon bras, non sans me lacérer la cuisse, avant d'enrouler le tissu autour de mes chevilles pour me faire chuter.

Me hissant sur le replat, je boitillai sur ma jambe blessée et pivotai pour lui faire face, mais il s'était écarté pour m'observer depuis l'extrémité de l'étoffe.

— Le *suerte de varas*, le premier acte de la mise à mort.

Respirant lourdement, je levai les yeux vers le visage horrifié de ma fille tandis que mon sang disparaissait dans le sable à mes pieds, emportant le peu d'énergie qui me restait. Il était temps de se reprendre, vite. Je m'écartai en titubant vers la droite. Il avait fait quelques pas, puis il pivota avec un mouvement de revers qui me taillada le visage avant que j'aie le temps de reculer.

Dans un mouvement ample, je réussis à le toucher alors que ma mâchoire pissait le sang. Je m'arrêtai et pivotai, aveugle de l'œil gauche, et je le vis debout là, en train de contempler sa chemise déchirée et maculée.

Il releva la tête. Pas la moindre panique sur son visage.

Déglutissant avec difficulté, j'essuyai mon œil sur mon épaule et fus inquiet de la quantité de sang qu'il y laissa. L'œil était toujours dans son orbite, mais en gros, il ne fonctionnait plus.

Bidarte s'arrêta, dos au bus, et je le vis lever à nouveau le poignard au-dessus de sa tête, passant son poids du corps d'un pied à l'autre pour que je ne sache pas dans quelle direction la lame allait frapper.

Je pouvais presque lire une espèce de tristesse sur son visage devant tant d'incompétence de ma part. Il se faufila sur la droite, et quand je le suivis, il partit sur la gauche, se glissa sous mon bras pour enfoncer le couteau de trente centimètres entre mes côtes.

Tout dans mon corps se figea tandis que par réflexe, je me mettais sur la pointe des pieds pour essayer d'échapper à la fine lame, mais elle resta fichée dans mon corps ; je posai la main sur son épaule, mes doigts se desserrant autour du manche du couteau de Henry, qui tomba.

Ne pouvant plus respirer, je levai les yeux vers ma fille qui hurlait et vis Alexia et Bianca qui la retenaient. Seul le son de la voix de Bidarte me parvenait.

— *Suerte de matar*, l'acte final, l'estocade.

Mon bras lâcha son épaule dans un mouvement pathétique qui exprimait la défaite incontestable entre les mains d'un maître – puis tout à coup, je refermai ma main en sang sur la sienne tout en l'attrapant avec mon autre bras en crochet et j'approchai mon visage pour le scruter avec mon œil rescapé.

Avec une force qui lui broyait les doigts, je serrai sa main au bout du couteau et lentement, je commençai à extraire la lame du fourreau de ma chair. La crainte sur son visage grandit tandis qu'il luttait pour se libérer, en vain.

Je finis par retirer le poignard de ma cage thoracique et, tenant sa main sur le manche, j'amenai la pointe sous son menton où elle fit une indentation dans la peau.

Tandis que son regard se plongeait dans le gris acier apocalyptique de mon œil, j'y vis un début de panique.

— Vous avez tort, toutes les formes de justice ne sont pas personnelles. Mais celle-ci, oui.

Poussant la lame vers le haut avec toute la force qui me restait, je l'enfonçai dans la chair molle sous sa mâchoire. Elle traversa son palais et perfora son cerveau. Ses yeux s'écarquillèrent puis lentement, avec une tranquillité déchirante, ses yeux se perdirent dans le lointain.

Je le tins ainsi pendant un moment pour m'assurer de l'issue puis je le lâchai. Il glissa de mes bras et tomba sur le sable. Il haleta quelques instants comme un poisson hors de l'eau avec la bouche qui s'ouvrait et se fermait spasmodiquement, puis il s'immobilisa, complètement.

Courbé sur mon côté droit pour essayer de diminuer la douleur de mes blessures, je dus faire un effort surhumain pour ne pas tomber à mon tour. Plié en deux, je tentai de reprendre mon souffle, en vain, à cause de mon épuisement ou de mes blessures internes. Réussissant enfin à expulser le peu d'air qui demeurait dans mes poumons, j'inspirai et essayai de me redresser, sans y parvenir. Je restai plié en deux pendant je ne sais combien de temps.

Je me rendis progressivement compte que des bottes s'étaient approchées de moi et je pus enfin lever assez la tête pour les observer de mon œil indemne.

Ils étaient à peu près une demi-douzaine, à contre-jour, les hommes du désert avec les armes automatiques maintenant baissées, qui contemplèrent d'abord le cadavre de Bidarte puis moi.

Ils parlaient à voix basse, et bien que je ne puisse pas les comprendre et que les voix paraissaient venir de très très loin, je m'émerveillai de la beauté de leur langue. Un spasme me traversa, et entre deux quintes de toux, je portai la main à mon œil pour l'essuyer, mais il y avait trop de sang et je finis par renoncer, me concentrant sur l'impératif de rester sur mes jambes tandis qu'une vague de nausée montait.

Puis, je réalisai que les bottes n'étaient plus là et que j'étais seul.

Ne sachant pas trop combien de temps s'était écoulé, je perçus soudain un vrombissement puissant, et lorsque je levai les yeux, je vis le phénix se réveiller, rugir à intervalles réguliers et se mettre en branle, projetant de la terre, des cailloux et du sable sur moi en s'éloignant, de plus en plus vite jusqu'à ce qu'il monte lentement dans le ciel, parti vers Héliopolis en Égypte, le temple de Rê, ou Mexico – la première destination qui se présenterait.

Mes jambes cédèrent sous moi et je me retrouvai assis au milieu de la route, une main serrée contre mon flanc pour tenter de contenir l'hémorragie. Après quelques secondes, la nausée me reprit et je ressentis le besoin de m'allonger, ce que je fis, mais peut-être pas aussi doucement que je l'aurais voulu.

Couché là sur le sol, je vis le phénix tournoyer et étinceler dans le ciel brûlé par le soleil, conscient de sa mort imminente et de sa résurrection, émergeant de ses cendres *con moto* au son d'un chant magnifique qui résonna à mes oreilles tandis que je m'en allai lentement, espérant renaître.

— Papa, papa…

ÉPILOGUE

QUAND je revins enfin à moi, la première chose dont je me rendis compte, après avoir constaté que j'avais retrouvé la vue de l'œil droit, était que j'étais propre, et que je ne transpirais plus. La deuxième chose, c'était que Tomás Bidarte se trouvait assis sur une chaise au pied de mon lit, souriant, en train d'aiguiser son couteau.

Je sursautai et essayai de me redresser. Aussitôt, ma vision se troubla et, anéanti par la douleur, je retombai sur mon oreiller. Au bout d'un moment, j'ouvris l'œil à nouveau, mais il avait disparu et j'étais seul dans la chambre.

Une vague de chaleur me submergea et je contemplai la peinture granitée sur le plafond blanc comme la mort qui ressemblait à une peau. Tout était flou, et au loin, j'entendis quelqu'un parler espagnol dans un murmure. Je percevais d'autres sons, insignifiants et mécaniques, et malgré mes efforts, je ne pus que me dissoudre dans la douce moiteur.

Quand je me réveillai à nouveau, je refusai d'ouvrir mon œil droit de peur de me retrouver à nouveau dans le désert, mort, la tête tournée vers le ciel, alors j'ouvris mon œil gauche, et je ne vis personne, rien, seulement le noir total, ce qui en soi était un peu inquiétant.

Au bout d'un moment, je décidai de soulever ma paupière droite, et tant pis pour le désert et la mort, et je vis à nouveau la chambre d'hôpital et une jolie infirmière qui était venue ajuster ce qui avait l'air d'être des bandages sur ma tête. Elle prépara une seringue et me sourit.

Le temps que je cligne des yeux, elle avait disparu sans un mot.

Pendant des jours, j'alternai entre veille et inconscience, ce qui m'allait bien, car le gouvernement mexicain avait des milliers de questions, ce qui expliquait la présence des deux hommes en costume assis à côté de mon lit.

— Comment je sais que vous êtes réels ?

Ils me montrèrent leurs insignes de la police fédérale mexicaine.

— *We don't need no stinking badges*[*].

Ils me dévisagèrent.

J'essayai à nouveau de me redresser, mais la douleur dans mon flanc me coupa la respiration et je fermai l'œil en grimaçant. J'attendis que le spasme s'atténue et rouvris lentement mon œil. Ils étaient partis.

— Ça commence à devenir fatigant.

L'infirmière revint avec de la nourriture, que je mangeai, et je décidai que, désormais, le critère serait celui-là : s'ils m'apportaient à manger, ils étaient réels. Les deux agents de la police fédérale réapparurent.

— Vous auriez quelque chose à manger ?

* Citation célèbre du *Trésor de la Sierra Madre* de John Huston (1948) : "Des insignes ? On n'a pas d'insignes ! On n'a pas besoin d'insignes. J'ai pas besoin de vous montrer ces saletés d'insignes !"

Ils échangèrent un coup d'œil, puis disparurent à nouveau. Cette fois au moins, j'eus la satisfaction de les voir partir.

À l'évidence, on ne peut pas se pointer dans un pays étranger et infliger le grand *adiós* à quelques dizaines d'hommes – même si tout le monde est d'accord pour dire qu'ils méritaient le grand *adiós* –, et repasser la frontière dans l'autre sens avec un grand *hi-yo Silver**. J'examinai la chambre, et remarquai un Adan Martínez couvert de blessures assis au pied de mon lit.

— Doc ?

Il sourit, du moins, s'appliqua à sourire.

— Oui.

— Tu es ici, à l'hôpital, toi aussi ?

— Oui.

— Est-ce que tu aurais quelque chose à manger ?

Il me dévisagea entre ses nombreux pansements.

— Tu veux que j'appelle quelqu'un ?

— Non.

— Ils ne te donnent rien à manger ici ?

— Si, mais j'ai décidé que la seule chose qui me permette de dire si les gens sont là pour de vrai, c'est qu'ils m'apportent de la nourriture ou qu'ils me plantent une aiguille dans le bras.

Il se leva en s'appuyant sur ses deux mains.

— Je m'en souviendrai pour ma prochaine visite.

Le jour suivant, l'infirmière, qui d'après moi était réelle, m'emmena en fauteuil roulant dans un petit jardin entre deux bâtiments. Un cul-de-jatte voûté portant un porkpie

* Ordre lancé par le Lone Ranger à son cheval Silver dans les pièces radiophoniques éponymes.

était assis dans un autre fauteuil roulant. Il ne m'accorda pas un regard.

— Vous êtes là pour de vrai ?

Il orienta son visage vers ma voix, les fleurs se réfléchissaient dans ses lunettes noires.

— Vous avez perdu l'esprit, dans cet hôpital ?

— Peut-être.

J'attendis quelques instants avant de me remettre à parler, sans quitter de l'œil l'homme assis en face de moi de peur qu'il disparaisse. C'était vraiment ainsi avec le Voyant, si on ne prêtait pas attention, il se dissolvait et on se retrouvait seul avec ses propres pensées, quelque chose que je voulais à tout prix éviter, même si elles m'assaillaient de toute façon.

— Votre neveu, Alonzo…

Il acquiesça mais il était impossible de déchiffrer son expression derrière les immenses lunettes.

— Le père Rubio m'a aidé à allumer un cierge pour lui, tout à l'heure.

— Je suis tellement désolé.

Il hocha à nouveau la tête puis leva son visage pour l'offrir à la douce caresse du soleil – du moins, je croyais qu'il s'agissait du soleil, car je ne tenais rien pour acquis, désormais.

— Ce jardin est agréable, vous ne trouvez pas ?

— Oui.

— Avez-vous parlé aux autres ?

J'étouffai un rire sans joie.

— C'est bien le problème – j'ai parlé à tout le monde.

Je contemplai les alentours, et repérai les deux policiers mexicains assis près de la porte.

— Je crois que je suis assigné à résidence.

Il sourit.

— Votre ami, l'homme du gouvernement, de votre gouvernement, espère vous voir bientôt, mais il m'a dit des choses que je dois vous transmettre.

— McGroder ?

— Oui.

— Et ma fille ?

— Elle est rentrée, elle est auprès de votre petite-fille, avec le grand Indien qui terrifie tout le monde.

— Henry.

— Oui, et il y a une femme qui jure constamment qui traîne près de l'hôpital.

— Vic.

Il acquiesça.

— Elle est en contact avec le *señor* Guzmán – une mauvaise influence.

— Sur qui ?

— Les deux.

À mon tour d'acquiescer.

— Quelles nouvelles d'Adan, Bianca, Alexia et des enfants ?

— Vous avez de la chance qu'ils n'aient pas tué le docteur et qu'il ait réussi à vous sauver la vie.

Il ajusta son chapeau et pour la première fois, sourit.

— Ils ont uni leurs forces et ils ont installé l'Orfanato dans le ranch d'Adan.

— Ils seront en sécurité là-bas ?

Il fit oui de la tête.

— Avec l'attention que vous avez attirée sur le Monasterio del Corazón Ardiente, et le fait que les mines sont toujours en activité, le gouvernement est désormais inquiet et à mon avis, les narcos cesseront de trafiquer dans cette région-là.

— Alors Alexia a le projet de rester ici, au Mexique ?

— Apparemment.

— On dirait que ma fille a perdu une amie.

À côté de la porte, les deux hommes avaient commencé à parler, tous les deux tournés vers l'intérieur du bâtiment.

— Elle n'a aucune raison de rentrer dans le Wyoming, j'imagine.

J'avançai mon fauteuil de quelques dizaines de centimètres, tendis le bras et posai la main sur le moignon de sa jambe, juste pour être sûr. Il était bien là.

— J'ai l'impression que toutes les personnes impliquées dans ce fiasco ont perdu quelqu'un. Toutes sauf moi.

Il baissa la tête, et s'il n'avait pas été aveugle, il aurait regardé ma main.

— Vous avez failli vous perdre, vous…

— C'est vrai que la situation était à très haut risque, là-bas.

— Mais vous êtes toujours là.

— Oui.

— Et lui est parti.

— Vraiment ?

Le Voyant marqua une pause, et je ne pus m'empêcher de ressentir une légère panique lorsqu'il enleva ses lunettes de soleil pour la deuxième fois seulement depuis que je le connaissais, et m'observa avec ses pupilles opaques, d'un blanc laiteux.

— Vous doutez de vos capacités ?

— Comme un chat, il semblait avoir de nombreuses vies.

Il rangea les lunettes noires dans la poche de sa chemise, et nous restâmes là avec le poids du silence qui nous étouffait.

— Est-ce que vous avez déjà assisté à une corrida, mon ami ?

— Quoi ?

— Vous avez déjà vu une corrida ?

Je pris une profonde inspiration.

— C'est la question que m'a posée Bidarte, quand il est venu me voir dans ma cellule au monastère, et ensuite, sur la route, il me l'a reposée.

— Et c'est le cas ?

Il y eut du bruit provenant de l'intérieur et je remarquai que les deux policiers mexicains avaient disparu. Je fis un geste au Voyant, avant de me rendre compte qu'il ne pouvait pas me voir.

— Je reviens dans une minute, dis-je.

Je fis avancer mon fauteuil vers le hall, mais il n'y avait personne. J'entendis beaucoup de cris, mais je présumai que je n'avais pas besoin de m'en mêler. Avec un soupir, je fis pivoter mon fauteuil et retournai dans le jardin, pour découvrir que le Voyant avait disparu.

— Vraiment, il faut que je me ressaisisse.

Je restai assis encore quelques minutes, avant de décider soudain que je voulais me mettre debout. J'enclenchai le frein sur la chaise et posai prudemment mes pieds nus sur une dalle. Une fois que j'eus trouvé mon équilibre, je me levai, un peu plié en deux, jusqu'à me retrouver pas tout à fait droit, la douleur tellement violente que je ne parvenais pas à me redresser complètement.

Je repartis à l'intérieur et repris mon souffle. Mon œil suivit les dalles noires et blanches alternées sur le sol du couloir, et au bout, j'aperçus une porte en verre trempé entrouverte, à travers laquelle une lumière incroyable se déversait. J'inspectai le couloir dans toutes les directions, mais comme précédemment, l'endroit était désert.

Soudain, une apparition : Alonzo qui remettait ses épaisses lunettes et souriait de son air niais.

— Vous devriez y aller.

— Quoi ?

— La porte est ouverte, vous devriez partir.

— Je ne me déplace pas très vite, ces derniers jours, répondis-je en désignant mon fauteuil roulant.

— Prenez votre temps.

Fixant la lumière toujours vive qui traversait les portes en verre, je posai une main sur le mur et m'y appuyai tout en avançant, très lentement.

— Votre oncle était là, il y a deux secondes. (Je n'arrivai pas à poursuivre sans baisser les yeux.) Alonzo…

— *Sí ?*

— Je suis désolé. Je suis tellement désolé d'avoir causé votre mort.

Il haussa les épaules.

— Tout le monde meurt.

Je m'arrêtai, la tête basse.

— Tout le monde autour de moi.

— Vous avez sauvé beaucoup de gens.

Je pris une profonde inspiration et tentai de me redresser, lentement, jusqu'à être presque droit, avec l'impression que la douleur allait me couper en deux.

— Pas moi… nous.

Je levai les yeux et il n'était plus là, lui non plus. À sa place, quelqu'un d'autre se tenait à contre-jour sur le seuil de la porte. Avançant à petits pas, j'essayai de fixer mon regard, mais c'était comme si j'étais à nouveau dans le désert, sous l'implacable soleil.

Comme je m'y attendais, il ne dit rien.

Vu les circonstances, moi non plus.

Le jeune Indien à la chevelure en bataille était encore vêtu de son poncho en coton, le fusil M1 toujours accroché à l'épaule. Je sentais la lumière, presque comme si elle me brûlait à travers la porte. Au bout d'un moment, il fit un geste, le bras tendu et la paume tournée vers le haut, m'invitant à entrer ou à sortir, je ne sais pas.

— Je ne suis pas sûr de vouloir franchir cette porte, Isidro.

Il tendit son autre main vers moi et sans l'intervention de la moindre volonté de ma part, ma main attrapa la sienne et il me guida jusqu'au bout. Quand il se pencha, l'amulette qu'il portait autour du cou sur la fine chaîne se décolla de sa peau – Riablo, le diable farceur qui tentait de maintenir l'équilibre de l'univers grâce au sacrifice.

Le dessin gravé dans le métal scintilla dans la lumière.

— Tu me confies aux autorités supérieures ?

Je trébuchai et tombai vers l'avant, fermant les yeux pour les protéger de la luminosité violente. L'impact me coupa la respiration. Je roulai sur le flanc et sentis que quelqu'un me redressait et me calait en position assise.

Quand j'ouvris les yeux, ceux-ci plongèrent dans des pupilles vieil or parsemées de minuscules éclats plus clairs et une bouche qui couvrit la mienne avec des lèvres tendres mais insistantes, absorbant le peu d'air qui me restait. Ses cheveux formaient un voile sombre autour de ma tête, et me protégeaient de la lumière éblouissante.

— Qu'est-ce qui t'a retardé à ce point ? On est en train de s'évader, je te signale.

— Vic ? C'est vraiment toi ?

Elle recula un peu et sourit.

— Eh ben, merde alors, t'es vraiment amoché.

Examinant ce qui m'entourait, je compris que j'étais installé sur la banquette arrière familière de la décapotable Cadillac rose de 1959, avec mon adjointe assise devant et penchée vers moi.

— Dans la corrida…

Je découvris le Voyant, qui était à l'arrière, à côté de moi.

— Mais qu'est-ce qu'on en a à… ?

J'étais sur le point de développer ma question quand un homme immense portant un chapeau de cow-boy noir, doté d'une moustache impressionnante et vêtu d'une tenue d'hôpital arriva en courant dans la ruelle. Il était pieds nus lui aussi et en se jetant sur le siège du conducteur, nous montra copieusement ses fesses. Il démarra le moteur et fit rugir le gros V-8 de la Cadillac comme une panthère qu'on aurait agacée.

Il jeta un coup d'œil à Vic, puis allongea un bras sur le dossier de sa banquette et je pus lire son bracelet en plastique : GUZMÁN. Il m'adressa un clin d'œil.

— Il vaudrait mieux pour nous tous qu'on se tire d'ici tout de suite.

Le pied à fond sur l'accélérateur, il remonta la ruelle à la vitesse du son, percutant les bennes à ordures, chassant quelques piétons et enfin quelques aides-soignants en blouse blanche, les énormes cornes de bœuf ouvrant la voie.

Le Voyant, obligé de hurler pour se faire entendre, se pencha vers mon oreille.

— Comme je disais, dans la corrida, en de très rares occasions…

Il se pencha encore, son porkpie s'envola et, dans ses lunettes de soleil, mon image se refléta, noire.

— … c'est le taureau qui gagne.

REMERCIEMENTS

GENTIL lecteur, tournez le dos à la lumière aveuglante de Calle Juárez et entrez vous asseoir sur un tabouret au bar. Calez vos coudes sur le comptoir qui fait la longueur de la salle et levez les yeux vers le lambrissage en bois sculpté à la main expédié depuis la France au milieu des années 1930. Donnez-vous le temps de vous détendre dans l'atmosphère paisible créée par les lampes aux abat-jour un peu verts et la douce chaleur dégagée par l'acajou de l'Ancien Monde qui contraste avec les rues belliqueuses du centre de Juárez, au Mexique, que vous venez de quitter.

Après son ouverture, deux ans après l'instauration de la Prohibition, le World Famous Club Kentucky abreuvait une clientèle qui n'avait qu'à franchir la frontière. Rapidement, des célébrités de toutes sortes prirent leurs habitudes dans le bar où vous vous trouvez en ce moment même. Ne prêtez aucune attention au faucon géant empaillé posé au-dessus du lambrissage, ni au caniveau qui court sur toute la longueur du bar, rappelant le temps où les clients, plutôt que de risquer de perdre leur place, se soulageaient *in situ*, pour ainsi dire.

Laissez-moi appeler Lorenzo “Lencho” Hernandez pour que, dans ce pays d'origine de la *margarita*, il vous prépare un verre, et ne vous inquiétez pas du prix, elles ne coûtent que deux dollars l'unité, alors vous pouvez en commander autant que vous voulez.

Derrière nous, un homme très grand coiffé d'un chapeau de cow-boy est assis à une table en compagnie d'un bossu sans jambes avec des lunettes noires et un porkpie sur la tête. Ils ont l'air d'être absorbés dans une conversation très sérieuse. Quant à moi, je veux vous remercier et dire ma reconnaissance à quelques autres personnes comme je le fais toujours à chaque nouvelle histoire.

Si cela avait été possible, j'aurais adoré venir ici avec mes *compadres* habituels, Gail “Highball” Hochman et Marianne “Mai Tai” Merola. Nous lèverions nos verres à ma ribambelle de *Penguins*, Kathryn “Cosmopolitan” Court, Sarah “Sidecar” Stein et Victoria “Screwdriver” Savanh. Brian “Old Fashioned” Tart et Ben “Bellini” Petrone nous serviront quelques verres tandis que Jessica “Gin Fizz” Fitzpatrick et Mary “Whiskey Sour” Stone glissent quelques pesos dans le vieux juke-box Wurlitzer pour que les Coasters jouent *Down in Mexico*. Je dois aussi remercier Michael “Michelob Ultra” Crutchley et Ry “Rye Whiskey” Brooks pour certaines des répliques les plus drôles du livre.

Et je me garderai bien d'oublier celle qui toujours étanche ma soif, Judy “Champagne Cocktail” Johnson, le nectar de ma vie.

DERNIÈRES PARUTIONS

John Gierach, *Debout dans la rivière*
James Crumley, *La Contrée finale*
Paul Tremblay, *Le Chant des survivants*
Barry Lopez, *À ciel ouvert*
Lizzie Pook, *La Fille du pêcheur de perles*
Andrew J. Graff, *Le Radeau des étoiles*
Piergiorgio Pulixi, *L'Illusion du mal*
Joe Wilkins, *La Montagne et les pères*
Tiffany McDaniel, *L'été où tout a fondu*
Larry McMurtry, *Adieu Cheyenne*
Peter Swanson, *Chaque serment que tu brises*
Jake Hinkson, *Rattrape-le!*
Gregory Brown, *Les Jours sombres*
Jenny Lund Madsen, *Trente Jours d'obscurité*
Aldo Leopold, *Almanach d'un comté des sables*
Chris Offutt, *Les Gens des collines*
Giulia Caminito, *L'eau du lac n'est jamais douce*
Todd Robinson, *Les Morts de Riverford*
JoAnne Tompkins, *Ce qui vient après*
Christina Sweeney-Baird, *La Fin des hommes*
Larry Watson, *L'Un des nôtres*
Elliot Ackerman et James Stavridis, *2034*
Ellen G. Simensen, *La Vertu du mensonge*
Phil Klay, *Les Missionnaires*
Pete Fromm, *Le Lac de nulle part*
Larry McMurtry, *Cavalier, passe ton chemin*
James Crumley, *Les Serpents de la frontière*
John Gierach, *Nature morte avec truite*
Maren Uthaug, *Là où sont les oiseaux*
Craig Johnson, *Western Star*
William Boyle, *La Cité des marges*
Lance Weller, *Le Cercueil de Job*
Kate Reed Petty, *True Story*

*Cet ouvrage a été imprimé sur du papier
dont les fibres de bois proviennent
de forêts durablement gérées*

IMPRIM'VERT®

CET OUVRAGE A ÉTÉ COMPOSÉ PAR ATLANT'COMMUNICATION (VENDÉE)

ACHEVÉ D'IMPRIMER SUR ROTO-PAGE
PAR L'IMPRIMERIE FLOCH À MAYENNE
EN OCTOBRE 2022
POUR LE COMPTE DES ÉDITIONS GALLMEISTER
13, RUE DE NESLE
75006 PARIS

DÉPÔT LÉGAL : NOVEMBRE 2022
1re ÉDITION
N° D'IMPRESSION : 101188
IMPRIMÉ EN FRANCE